KB168253

명문大식 공부혁명

공부불패

工夫不敗

명문大식 공부 혁명

공부불패

工夫不敗

유재원

한국경제신문

프 | 롤 | 로 | 그

공부는 자기혁명으로부터 시작된다

"공부 잘하는 학생들은 나중에 뭘 해도 잘한다."

서울대 법대에서 30년 넘게 학생들을 가르친 곽윤직 교수가 모 일간지와의 인터뷰에서 한 말이다. 개인적으로는 이 말에 적극 공감하지만 반감을 품는 사람도 적지 않을 것이다. 공부를 잘하는 것과 일을 잘하는 것은 별개의 문제고, 오히려 공부를 잘하는 사람은 대인관계에 서툴러서 사회생활을 잘 못할 것이란 편견도 강하다. 실제로 명문대를 나오고도 제대로 취업을 하지 못해 백수 아닌 백수로 지내는 사람도 있다 보니 공부와 사회적 성공은 별 상관이 없다는 데 힘이 실리기도 한다.

하지만 크게 보면 교수님 말이 맞다. 나는 세 번 서울대에 입학하고 장장 13년이라는 긴 세월을 서울대에서 공부하는 중이다. 그러면서 수없이 많은 서울대생을 만났는데, 대부분 졸업 후 사회 각 분야에서 자기의 능력을 유감없이 발휘하며 승승장구하고 있다.

여기에 대해서도 말이 많다. 공부 잘하는 명문대생이 좋은 직장에 취직하고, 사회적으로 성공할 수 있는 것은 그들이 일을 잘하기 때문이 아니라 명문대 출신이라는 타이틀 덕분이라고 반박한다. 가까이서 직접 공부 잘하는 학생들을 지켜보지 않은 사람들은 충분히 그렇게 생각할 수 있다. 그러나 그들이 어떻게 공부를 하며 자기를 변화시키고 관리해왔는지를 지켜본 사람이라면 생각이 달라질 것이다.

흔히 머리 좋고, 집안 환경이 좋아야 공부를 잘할 수 있다고 말한다. 물론 머리가 좋고 집안 환경이 좋으면 공부하는데 좀 더 유리하겠지만 그것만으로는 공부를 잘할 수 없다. 내가 아는 한 공부를 잘하는 학생들은 하나같이 자기관리를 잘했다. 아무리 머리가 좋아도 자기관리를 못하는 학생들은 결국 성적이 떨어졌고, 처음에는 두각을 나타내지 못했어도 성실하게 자기관리를 하며 노력한 학생들은 끝내 최상위권으로 올라갔다.

공부는 끊임없는 자기관리를 통해 자기를 변화시키는 혁명과도 같다. 목표를 세우고, 그 목표를 달성하기 위해 때론 주변의 유혹과 씨름하고, 때론 나태해지는 자기 자신과 싸우면서 스스로를 변화시켜야 '공부'라는 거대한 산을 정복할 수 있다. 우리가 주목

해야 할 것은 바로 이런 공부 잘하는 학생들의 자기관리방법이다. 그런데 공부에 관심이 있는 학생과 학부모들은 당장 시험 성적을 올릴 수 있는 지엽적인 공부법에만 관심을 쏟는다. 물론 구체적인 공부방법도 필요하다. 하지만 스스로 변화의 필요성을 깨닫지 못하고, 스스로를 관리할 수 있는 힘을 키우지 못한 상태에서는 제아무리 훌륭한 공부법이라도 아무 소용이 없다.

공부 잘하는 학생들의 공부법은 사실 특별하지 않다. 누구나 한번쯤 들어보았을 법한 공부법이 전부라 해도 과언이 아니다. 그 평범한 공부법을 특별하게 만드는 것은 철저한 자기관리다. 공부 잘하는 학생들이 다른 일도 잘할 수 있는 이유가 여기에 있다. 공부 잘하는 학생들은 철저한 자기관리를 통해 자신을 변화시키는 방법을 터득한 사람들이다. 다른 일을 할 때도 공부를 할 때처럼 그 일에 필요한 것을 찾아내고, 계획을 세우고, 스스로를 격려하고 채찍질하며 일을 잘하기 위해 노력할 줄 안다. 그러니 어떤 일을 해도 잘할 가능성이 클 수밖에 없다.

어떤 특별한 공부비법을 기대하고 이 책을 보는 독자라면 구체적인 공부법이 많지 않아 실망할 지도 모르겠다. 하지만 구체적인 공부법보다는 자기를 변화시키는 훈련을 해야만 공부도 잘할 수 있고, 사회에서 일도 잘할 수 있다는 생각에는 변함이 없다. 서울대생 100명을 대상으로 설문조사를 하면서 이 생각에 더욱 확신을 갖게 되었다.

명문대식 공부혁명은 하루아침에 이루어지지 않는다. 마음을 다잡는 것만으로도 공부혁명은 시작할 수 있지만 수없이 많은 시행착오를 되풀이 하고, 때론 좌절하고 다시 일어서기를 반복해야 비로소 공부혁명을 완성할 수 있다. 한두 달 반짝 공부한다고 쉽게 성적이 오르지 않는 것도 다 공부가 이러한 공부혁명을 바탕으로 하고 있기 때문일 것이다. 그러니 쉽게 스스로를 변화시키지 못한다고, 쉽게 자기를 관리할 수 없다고 실망하지 않기를 바란다. 공부혁명을 하려는 노력을 멈추지 않는 한, 자기도 모르는 사이에 끊임없이 발선하고 있을 테니까 말이다.

공부불패工夫不敗
CONTENTS

CHAPTER 2

수석이 아니라 최연소에게 배운다

CHAPTER 3

공신은 손을 아끼지 않는다

CHAPTER 4

단순하게 살면 명문대 간다

CHAPTER 5

중간은 건너뛰어도 끝은 반드시 본다

CHAPTER 6

교과서는 안 봐도 소설은 읽는다

CHAPTER 7

하나를 잃으면 다 잃는다

CHAPTER 1

꿈은 필요 없어도 뻔뻔함은 필수다

"왜 공부를 해야하나요?"

"어떻게 해야 공부를 잘할 수 있나요?"

공부에 취미가 없는 아이들은 공부를 해야 할 이유를 찾지 못해 힘들어하고, 공부를 잘하고 싶어하는 아이들은 공부를 해도 성적이 잘 오르지 않아 힘들어한다. 이래저래 공부는 스트레스의 근원이다.

그렇지만 이제 더 이상 고민하지 말라. 일단 시작하는 것이 중요하다. 공부를 하다 보면 왜 공부를 해야 하는지, 어떻게 공부해야 하는지 스스로 터득할 수 있다.

꿈은 공부의 필수 조건이 아니다

사람들은 말한다. 공부를 시작하기 전에 꿈부터 꾸라고.

얼토당토않은 말은 아니다. 분명 꿈은 공부를 하는 데 강력한 동기부여를 해준다. 공부는 긴 마라톤과도 같다. 대학에 들어가기까지 12년이라는 긴 세월을 공부와 씨름해야 하고, 대학에 들어간 뒤에도, 졸업한 뒤에도 공부와의 전쟁은 평생 계속 된다. 아무런 동기 없이 그 긴긴 시간을 공부하기란 결코 쉽지 않다.

하지만 분명한 꿈이 꼭 있어야 공부를 잘할 수 있을까? 그렇지는 않다. 꿈과 공부는 선후 관계가 정해져 있지 않다. 꿈이 있으면 좋지만 없어도 사실 공부를 하는 데는 큰 지장이 없다. 오히려 너무 꿈에 집착하다 새로운 기회를 놓칠 수도 있다. 《새로운 미래가

온다》의 저자인 다니엘 핑크는 "젊은 나이에는 계획을 세우지 마세요. 세상은 너무 복잡하고 빨리 변해서 절대 예상대로 되지 않습니다. 대신 뭔가 새로운 것을 배우고 시도해보세요."라고 말하기도 했다.

꿈이 없다고 실망하지 말고 일단 공부 버튼을 눌러라. 그럼 꿈은 운명처럼 찾아온다.

꿈을 찾는 시간에 공부부터 하라

꿈이 공부의 필요충분조건이 아니라는 것은 서울대생 100명을 대상으로 한 설문 분석 결과에서도 나타난다. 서울대생은 자타가 공인하는 최고로 공부 잘하는 학생들이다. 우리나라 학생 중 상위 3% 이내에 들어야 겨우 들어갈 수 있는 곳이 서울대다.

서울대에서 공부하는 동안 1등을 수없이 만났다. 반 1등은 아예 명함도 못 내민다. 전교 1등도 그리 자랑할 만한 꺼리가 되지 못한다. 발에 차이는 게 전교 1등이다. 한번은 서울대 학생식당에서 밥을 먹는데 학생 한 명이 "고등학교 때 10등 안에 들었어."라고 이야기하는 것을 엿들은 적이 있다. 처음에는 고작 10등 안에 든 것을 자랑한다며 우습게 듣고 넘겼지만 그 숫자가 전국등수라는 것을 알고는 깜짝 놀란 일도 있다.

실제로 내가 만나 본 사람 중 전국에서 2등을 해보았다는 사람도 있었다. 서울법대를 나와 지금은 판사로 일하는 선배다. 그 외에도 세계과학 · 수학올림피아드에서 금메달을 딴 선배도 있었고, 외국에서 열리는 영어협상대회나 웅변대회, 글짓기, 과학경진대회 등 별별 특이한 대회 우승자들도 많이 볼 수 있었다. 학력고사 수석, 수능시험 만점자는 오히려 평범한 느낌이 들 정도로 서울대는 수재란 수재는 다 모여 있는 집합체이다.

꿈이 공부를 잘하는 데 있어 꼭 필요한 것이라면 서울대생은 대학에 들어오기 전에 100% 꿈이 있어야 마땅하다. 설문조사를 하기 전에는 나도 그렇게 믿었다. 나는 어렸을 때부터 역사에 관심이 많아 대학에 가서 국사학을 공부하고 싶다는 꿈이 있었다. 비록 국사학을 공부해 어떤 일을 하겠다는 것까지 명쾌하게 정리한 것은 아니었지만 공부를 하는 데 충분한 동기부여는 되었던 것 같다.

하지만 설문조사 결과는 다소 의외였다. '학생 때 하고 싶은 일이나 꿈이 있었나?' 라는 질문에 '없다' 라고 대답한 서울대생이 약 35%나 되었다. 물론 '있다' 라고 대답한 사람이 65%로 더 많았지만 1/3이 넘는 서울대생이 이렇다 할 꿈이 없었다고 대답했다는 것이 놀라웠다.

'있다' 라고 대답한 서울대생 중에서도 '그 꿈이 공부를 하는 데 도움이 되었나?' 라는 질문에 100% 다 그렇다고 대답한 것은 아니

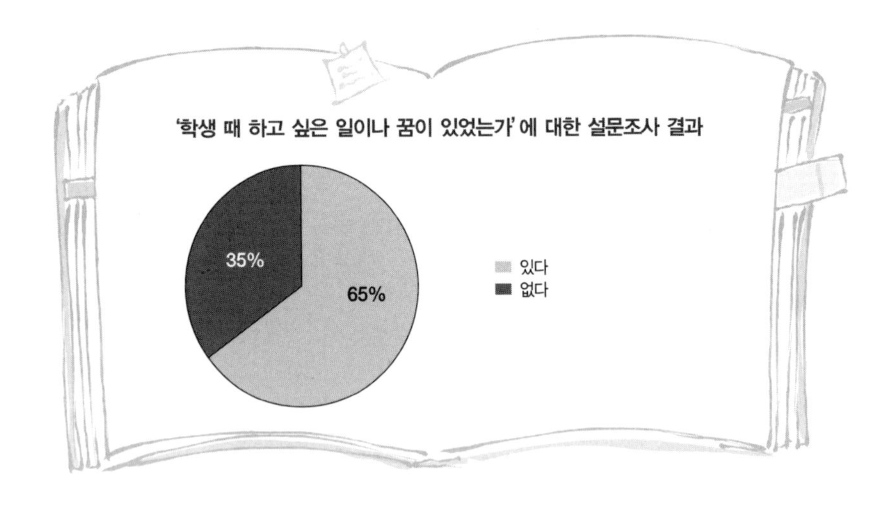

었다. 80% 이상이 힘들 때 꿈이 있어 잘 견딜 수 있었고, 공부를 열심히 할 수 있는 원동력이 되었다고 대답했지만, 꿈이 공부하는 데 별 도움이 되지 않았다고 대답한 서울대생도 제법 있었다.

생각해보면 정말 이루고 싶은 꿈을 찾기란 쉬운 일이 아니다. 갖고 싶다고 마음먹었을 때 바로 꿈을 갖게 되면 얼마나 좋을까마는 꿈을 찾는 데도 노력이 필요하다. 진정으로 자신이 원하는 것이 무엇인지 살펴보고, 수없는 시행착오를 되풀이해야 비로소 온몸의 세포를 뜨겁게 달구고, 어떤 어려움이 있어도 포기하지 않을 꿈을 찾을 수 있다.

이처럼 꿈은 하루아침에 생기지 않는다. 그런데 공부를 열심히 하기 위해 꿈부터 찾겠다고 한다면 최악의 경우 꿈을 찾지 못해 공부는 시작도 해보지 못하고 고등학교를 졸업할 수도 있다.

아직 꿈을 찾지 못했더라도 조급해할 필요가 없다. 우선 공부부터 하라. 꿈이 공부에 열중할 수 있게 만들어주기도 하지만 공부를 열심히 하는 동안 자신도 미처 몰랐던 꿈을 찾게 해주기도 하니까.

꿈은 움직이는 거야!

꿈을 찾는 일을 공부를 하는 일보다 우선하지 말라는 이유는 또 있다. 운 좋게 대학에 들어가기 전에 꿈을 찾았더라도 그 꿈은 언제든 변할 수 있기 때문이다.

애써 찾은 꿈이 변한다고 슬퍼할 필요는 없다. 어렸을 때의 꿈은 변하는 것이 당연하다. 자라면서 더 많은 것을 보고 경험하다 보면 하고 싶은 일도 많아진다. 애써 더 넓은 세상과의 소통을 차단하고 어렸을 적 꿈을 지키려고 애쓸 이유가 없다. 오히려 더 마음을 열고 지금껏 보지 못했던 더 많은 가능성에 주목하고, 자신도 몰랐던 새로운 꿈을 꾸어보는 것도 나쁘지 않다.

나도 대학에 입학할 때만 해도 변호사가 될 것이라곤 상상조차 하지 못했다. 1998년 그토록 꿈에 그리던 서울대에 입학했다. 서울대 입학이 곧 내 꿈의 전부는 아니었지만 나는 충분히 들떴다. 스스로가 대견스럽고 자랑스럽기도 했다. 조금은 뻐기고 싶은 마음도 있어 서울대 뺏지를 가슴에 달고 괜스레 서울대 마크가 있는 학생수첩을 공공연히 꺼내보곤 했다. 무엇보다 우리나라 최고의 대학에서 내가 좋아하는 인문학과 역사공부를 한다는 기쁨에 세상이 온통 장밋빛으로 보였다.

3월, 4월은 꿈처럼 지나갔다. 원하던 책도 맘껏 읽고 하숙방 형들과도 친하게 지냈다. '이런 곳이 대학이구나, 자유라는 것이 이런 것이구나.' 하는 걸 처음으로 실감했다.

5월이 지나자 선후배와 동기들이 학교와 대학생활에 불만 섞인 이야기를 하곤 했다. 우리 국사학과는 전통적으로 진보적인 성향을 가진 분들이 많은 편인데, 사회적 불만과 대학운영의 문제들을 입 밖으로 꺼내는 경우가 많았다. 그 사람들과도 어울려 보았는데, 늘 비판과 탁상공론일 때가 많아 조금씩 지루해져갔다.

당시는 IMF 체제였다. 쉽게 말해 나라가 빚을 진 상태였다. 나라에 외환보유고가 없어 국민들이 금을 팔고 외국인들에게 달러 투자를 적극 구애하던 시절이었다. 경제는 최악이었다. 그러던 때였으니 학교에서도 '우리나라가 망해서 일자리가 없다' 고 분통 터트리는 선배들과 동기들이 많았다. 학교에서는 '진보' 적인 말을 듣고 신림동 고시촌이 위치한 하숙집에 가면 '고시' 에 대한 이야기를 들었다. 혼란스러웠다.

어딜 가도 IMF 이야기를 하고 있었고 대기업들은 공채를 아예 진행하지도 않았다. 꿈만 같던 대학생활은 진보적이고 활동적인 학생들과 함께 시위현장에 나가는 것으로 점점 어두워져갔다. 국사학과 선배와 동기들은 시위현장에 나갔다. 나는 겁이 좀 많아서인지 좀처럼 나가보지 못했다.

혼란 속에서도 학생들은 나름 자기가 가야 할 길을 찾기 위해 애쓰고 있었다. 적극적으로 사회에 관심을 갖는 학생들도 있었고, 진보와 개혁을 주장하면서도 나름 대학생활에서 학점관리, 어학시험, 취업준비 등을 준비하는 친구들도 많았다.

하지만 나는 그 당시 좀 어정쩡했다. 인문대 수업 자체는 재미있고 유익한데, 앞이 보이지 않았다. 열심히 학점관리해서 뭐하나라는 생각도 들었다. 그렇게 뚜렷한 목표도 없이 그럭저럭 2년이 흘렀다. 서울대 인문대생이라는 타이틀 외에는 뚜렷하게 진행 중인 것이 없었다. 고전 같은 책과 클래식음악 음반을 사 모으면서 하숙비를 탕진하는 것 외에는 뚜렷한 대안이 없었다.

그나마 머리에 들어오는 건 법대 수업들이었다. 법학에 관심을 갖게 된 것은 순전히 하숙집에서 같이 생활했던 고시생들 덕분이다. 인문학과는 다른 사회학의 특징을 잘 가지고 있는 것이 법학이었는데, 점점 재미가 붙었다. 법과 관련한 책을 많이 사 모았다. 그때 이 책 저 책 사 모은 것이 1,000권이 넘는다. 아마 돈으로 환산하면 엄청날 거다. 법학은 실제로 많은 사건들을 해결하면서 지식을 활용할 수 있다는 점이 매력적이었고, 수학문제처럼 답이 딱 나오는 경우가 많다는 점도 흥미로웠다.

3학년이 되면서 더 이상 방황만 하며 살 수는 없다고 생각했다. 가만히 있다가는 죽도 밥도 안 되겠다는 생각이 절실했다. 잘못된 것을 비판하는 것도 중요하지만 그보다는 직접 무언가를 해야 한다고 생각했다. 그런 면에서는 차분히 실력을 쌓으면서 미래를 준비하는 고시생들이 부러웠다. 결국 난 고시공부를 시작했고, 지금 변호사로 활동하고 있다.

나뿐만이 아니라 우연한 기회에 전혀 예상치 못했던 새로운 꿈을 만난 사람들이 많다. 꿈이란 그렇게 움직이는 것이다. 이처럼 언제든 변할 수 있는 것이 꿈인데, 가슴을 절절히 울리는 명확한 꿈이 없다고 공부를 뒤로 미룰 수는 없는 노릇이다. 나 또한 무엇을 해야 할지, 어떤 꿈을 꾸어야 할지 불투명한 상황 속에서도 공부를 멈추지 않았다. 막연했지만 하숙집 고시생들과 함께 생활하면서 법학에 관심을 갖기 시작했고, 인문학과 더불어 1~2학년 동안 법학을 꾸준히 공부했다. 그렇게 법학을 공부한 덕분에 고시공부라는 새로운 꿈을 꿀 수 있었다.

꿈이 없기에 공부에 열중할 수 없다는 건 핑계다. 꿈이 없다면 더 열심히 공부하는 것이 좋다. 공부를 하는 동안 정말 자기가 원하는 것이 무엇인지 확인하고, 나처럼 나도 몰랐던 관심 분야를 새롭게 찾을 수도 있으니까 말이다.

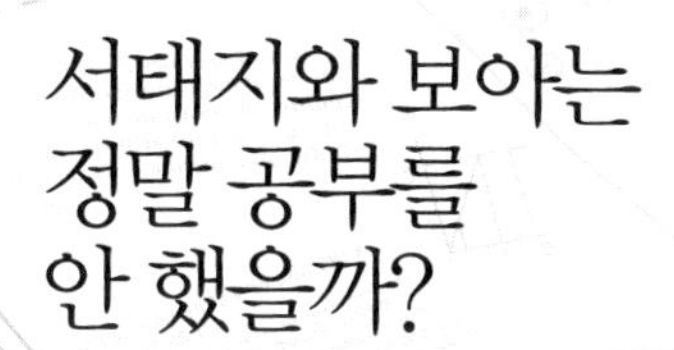

서태지와 보아는 정말 공부를 안 했을까?

서태지와 보아의 공통점은?

둘 다 음악에 천부적인 재능을 갖고 있고, 음악으로 성공한 사람들이다. 그들의 공통점은 또 있다. 둘 다 학교를 끝까지 다니지 않았다. 서태지는 고등학교를 자퇴했고, 보아도 한국켄트외국인학교 시절, 스스로 학교를 그만두었다.

이들을 보며 많은 청소년들은 꿈에 부푼다. 공부에 취미가 없는 학생이라면 더 열광한다. 누군가가 "열심히 공부해야 꿈도 이룰 수 있고, 훌륭한 사람이 될 수 있다."라고 말하면 자신 있게 반박한다.

"무슨 소리에요? 서태지와 보아를 봐요. 공부 안 했어도 대단한 사람이 됐잖아요."

정말 서태지와 보아는 공부를 안 했을까? 공부하기 싫어하는 아이들에게는 안된 일이지만 사실 그들은 엄청난 공부벌레였다.

공부하지 않고 이룰 수 있는 꿈은 없다

서태지와 보아가 공부를 안 했을 거라 생각하는 이유는 순전히 그들이 학교공부를 계속하지 않았기 때문이다. 하지만 다른 사람들처럼 매일 학교에 가지 않고, 졸업장이 없다는 이유로 그들이 공부와는 담을 쌓았을 것이라 생각하면 큰 착각이다.

서태지와 보아의 명성은 그냥 얻어진 것이 아니다. 비록 학교에서 가르치는 국어, 수학, 영어, 사회, 과학 등을 배우지는 못했지만 최고의 가수가 되기 위해, 훌륭한 뮤지션이 되기 위해 엄청난 공부를 했다.

서태지는 음악에 전념하기 위해 고등학교를 자퇴한 후 하루 24시간을 거의 음악에만 열중했다고 한다. 처음에는 악기를 다룰 줄도, 음악에 대한 기본적인 이론도 몰랐다. 누구의 도움도 받지 않고 혼자서 독학으로 화성학 등을 비롯한 음악 이론과 악기 연주법을 터득했다. 혼자서 공부하기가 쉽지는 않았겠지만 서태지 자신은 한 음악잡지와의 인터뷰에서 "독학하면서 큰 어려움이 있었던 적은 없는 것 같아요. 음악 공부하고, 음악 생활하는 것이 행복했어요."라고 대답했다.

데뷔한 이후에도 서태지의 음악공부는 계속 되었다. 서태지와 아이들의 멤버였던 이주노 씨는 KBS의 한 방송 프로그램에서 "서태지는 계속 혼자 음악 듣고 있고, 기타 치고 있고, 혼자 웅얼웅얼거렸다."라고 말한 적이 있다. 그러면서 같은 멤버인데도 서태지가 신기했다고 덧붙였다. 그만큼 서태지는 음악에 관한 한 누구보다도 많은 시간을 투자해 공부했다는 것을 알 수 있다.

보아도 만만치 않다. 특히 보아는 음악공부뿐만 아니라 일어, 영어 공부도 열심히 한 것으로 유명하다. 처음부터 보아를 스카웃한 기획사가 해외활동을 염두에 두고 전략적으로 일어, 영어 공부를 시키기도 했지만 보아의 노력도 대단했다. 데뷔 전에 한국과 일본을 오가며 준비를 했는데, 일어 공부를 위해 일본 아나운서 집에서 홈스테이를 했다고 한다. 하루 종일 연습실에서 춤과 노래 연습을 하면 지칠 대로 지쳐 집에서는 쉬고 싶을 텐데도 아나운서와 일어 공부를 했고, 그것도 모자라 틈 날 때마다 일본어 책을 읽었다고 한다. 일본어 책을 여러 권 구입해 무슨 말인지 몰라도 계속 읽고 또 읽었다고 하니 보아의 근성과 노력이 정말 대단하다는 생각이 절로 든다.

그뿐만이 아니다. 보아는 음악활동을 활발히 하면서도 검정고시 준비를 해 중학교, 고등학교 검정고시에 합격했다. 2000년도에 한국켄트외국인학교를 중퇴하고 2002년도에 고졸검정고시에 합격했으니 짧은 시간에 얼마나 집중해 공부했는지 짐작하고도 남는다.

보아가 고졸검정고시에 합격한 후 많은 사람이 보아가 어느 대학에 입학할 것인지 관심을 보였으나 정작 보아는 대학 진학을 포기했다. 꼭 대학을 가야만 자신에게 필요한 공부를 할 수 있는 것이 아니라는 것을 이미 경험했기 때문에 남들은 그토록 목을 매는 대학 진학을 과감히 포기할 수 있었으리라.

서태지와 보아야말로 진정한 '공신' 이었다. 공부의 내용이 학교공부가 아니었을 뿐, 꿈을 이루는 데 꼭 필요한 공부는 웬만한 공부벌레는 저리 가라 할 정도로 열심히 했다. 만약 서태지와 보아가 음악공부에 쏟은 열정과 노력을 학교공부로 돌렸더라면 그들은 서울대가 아니라 세계 최고의 대학이라는 하버드에도 너끈히 합격할 수 있었을 것이 분명하다.

공부에 대한 오해가 또 있다. 많은 학생이 판사나 검사, 의사 등과 같은 전문직의 꿈을 꿀 때만 공부를 열심히 해야 한다고 생각한다. 과연 그럴까? 서태지와 보아의 이야기에서도 알 수 있듯이 어떤 꿈을 꾸든 공부를 하지 않고 이룰 수 있는 꿈은 없다.

내가 아는 아이 중 요리사를 꿈꾸는 아이가 있었다. 요리를 하는 것도 좋아하고 어느 정도 재능도 있어 보였다. 그 아이가 늘 입버릇처럼 하던 이야기가 있다.

"요리사는 요리만 잘하면 되는 거 아닌가요? 하기 싫은 공부를 하는 대신 요리만 할 수 있었으면 좋겠어요."

하지만 조리사 자격증에 도전해 본 다음에는 그 소리가 쏙 들어갔다. 주변 사람이나 인터넷에 어떻게 하면 요리사가 될 수 있는지 자문을 구했던 모양이다. 사람마다 조언하는 내용이 조금씩 달랐지만 대부분의 사람이 조리사 자격증을 따라고 권했다. 자격증이 있으면 대학 갈 때 가산점을 받을 수도 있고, 조리학과에 똑같이 입학했어도 요리의 기본을 배운 사람과 처음 배운 사람은 실력 차이가 날 수밖에 없다고 조언했다.

당시 고등학교 1학년이었던 아이는 방학 때 요리학원에 등록했다. 그런데 이게 웬일인가. 요리만 잘하면 될 줄 알았는데 웬 해야 할 이론 공부가 그렇게 많은지 당황스러웠다. 기본적인 용어도 생소했고, 외워야 할 것도 너무 많았다. 그래도 요리사가 되겠다는 꿈이 워낙 강해 학교공부 할 때보다는 열심히 했는데 첫 번째 필기시험에서 보기 좋게 떨어졌다. 조리사 시험 재수, 삼수 끝에 어렵게 필기시험에 합격한 후 요리사가 요리만 잘한다고 될 수 있는 게 아니라는 사실을 깨달았다고 한다.

조리사 자격증을 따기 위한 공부는 새 발의 피에 불과하다. 그 아이처럼 요리사의 꿈을 품고 조리학과를 선택한 사람들은 모두 공부해야 할 게 너무 많다며 어려움을 호소한다. 이론적인 공부는 말할 것도 없고, 요리를 해야 할 일도 많다. 그냥 요리가 아니라 창의력을 발휘해 새로운 요리 작품을 만들어야 하기 때문에 스스로 연구하고 공부하지 않으면 요리사로 대성할 수 없다고 한다.

헤어 디자이너는 또 어떤가! 동네에서 주민들을 상대로 구멍가게 같은 미장원을 운영할 생각이 아니라면 공부를 해야 한다. 새로운 헤어스타일을 창조하고, 고객들을 만족시키려면 끊임없이 새로운 트렌드를 연구하고 새로운 지식을 공부해야 한다.

열심히 공부해 국내 최고의 디자이너 반열에 오른 사람이 있다. 준오(JUNO)헤어의 강윤선 대표가 바로 그 주인공이다. 강 대표는 돈암동 성신여대 앞에서 처음 미장원을 오픈했고, 열심히 노력해 직영점을 5개로 늘일 수 있었다. 하지만 기존의 지식과 방법만으로 더 이상 발전하기 어렵다는 한계를 느꼈고, 고민 끝에 유학을 결심한다. 남편 허락도 받지 않고 집을 팔아 1억 5,000만 원을 만들어 함께 일하던 디자이너 20여 명을 데리고 새로운 지식을 습득하기 위해 영국으로 떠났다.

유학을 가서 열심히 공부한 덕분에 준오헤어는 현재 70여 개의 매장과 2,000여 명의 헤어 디자이너들이 꿈과 열정을 불태우는 기업으로 성장할 수 있었다. 지금도 준오헤어는 직원 모두가 공부하는 기업으로 유명하다. 기업 차원에서 매월 권장도서를 선정해 책 읽기를 독려하고, 직원들이 새로운 헤어 트렌드를 접할 수 있도록 교육 기회도 많이 제공한다.

요리사와 헤어 디자이너뿐만 아니라 세상의 어떤 일도 공부하지 않아도 할 수 있는 일은 없다. 혹시라도 공부하기가 싫어 얼핏 보기에 공부를 하지 않아도 될 것 같은 분야에 눈을 돌렸다면 마음을 고쳐먹길 바란다. 거듭 이야기하지만 공부하지 않고 이룰 수 있는 꿈은 존재하지 않는다.

그래도 공부 오디션 경쟁률이 제일 낮다

지금 대한민국은 오디션 열풍에 휩싸여 있다. 오디션도 보통 오디션이 아니다. 대한민국 전 국민을 상대로 한 대대적인 오디션이다 보니, 참가한 사람이나 이를 지켜보는 사람 모두를 흥분시키고 있다. 가수를 뽑는 오디션, 배우를 뽑는 오디션, 아나운서를 뽑는 오디션 등 오디션의 종류도 다양하다. 그중에서도 가장 많이 진행되는 오디션은 단연 가수 오디션이다.

내 기억으론 제일 처음 전 국민을 상대로 한 가수 오디션을 시작한 프로그램은 〈슈퍼스타K〉다. 〈슈퍼스타K〉에 대한 관심은 가히 폭발적이었다. 참가자만도 70여만 명에 달했고, 얼마나 사람들의 관심을 많이 끌었는지 일개 케이블 채널이 동시간대 공중파 채널의 시청률을 압도해 또 다른 충격을 안겨주기도 했다.

〈슈퍼스타K〉 이후 공중파와 케이블 채널에서 각종 오디션 프로그램이 우후죽순으로 생겨났다. 여러 오디션 프로그램 중 개인적으로는 음악 관련 프로그램을 즐겨본다. 〈슈퍼스타K〉, 〈위대한 탄생〉, 〈K팝 스타〉 등 다양한 프로그램을 볼 때마다 어쩌면 저렇게 노래 잘하는 사람이 많은지 놀랍기만 하다. 그냥 잘하는 것이 아니라 소름 끼치도록 노래를 잘하는 사람들이 너무나도 많다.

처음 한두 개 음악 오디션 프로그램이 방영될 때만 해도 노래 좀 하는 사람들은 모두 출전했다고 생각했었다. 그런데 다른 음악 프로그램에서는 그 전에는 보지 못했던 또 다른 사람들이 가창력과 넘치는 끼를 뽐낸다. 어디 숨어 있었는지 오디션 프로그램을 해도 해도 노래 잘하는 사람들은 끊임없이 새로 모습을 드러낸다.

생각해보면 참 잔인한 경쟁이다. 웬만한 재능으로는 주목을 받기 어렵다. 내가 보기에는 가수 뺨치게 노래를 잘하는데도 '개성이 없다', '감정 표현이 서툴다', '너무 기교가 많다' 등 심사위원의 혹평을 받으며 탈락하는 지원자들이 부지기수로 많았다. 있는 힘껏 최선을 다했는데도 탈락해 뜨거운 눈물을 흘리는 사람들을 볼 때마다 나도 모르게 울컥한 적이 한두 번이 아니다.

오디션 프로그램을 보면서 차라리 공부로 승부를 보는 게 쉽다는 생각을 자주 했다. 요즘 대학가기 참 어렵다는 이야기를 많이 한다. 입시지옥이라며 경쟁에 내몰린 아이들을 걱정하는 목소리도 높다.

하지만 오디션 프로그램의 경쟁률은 최소 수십만 대 일이다. 〈슈퍼스타K〉 3차의 경쟁률은 100만 대 1이었다는 소리도 들었다. 2011년을 기점으로 수능 응시자수가 조금씩 감소한다지만 매년 수능 응시자수는 60만~70만 수준이다. 그 많은 60만~70만 명 중에 최종 한 명을 뽑는 경쟁이 음악 오디션 프로그램이라는 것을 생각하면 수능 경쟁률은 정말 아무것도 아니다.

대학 수시 전형 경쟁률은 적게는 약 10대 1에서 많게는 100대 1가량 된다. 논술로 합격자를 선발하는 일반전형의 경쟁률이 가장 높은데, 지원할 때의 응시율을 100대 1을 훌쩍 넘지만 결시율이 높아 실제 경쟁률은 수십 대 일 정도로 떨어진다.

수십 대 일의 경쟁률은 그 자체로만 보면 치열하기 그지없지만 수십만 대 일의 경쟁률에 비하면 충분히 해볼 만한 경쟁이다. 게다가 공부는 특별한 재능을 타고나지 않아도 된다. 누구나 열심히 하면 얼마든지 잘할 수 있는 게 공부다. 누구보다도 열심히 노력해도 본선에 오르지조차 못하고 탈락의 고배를 마시는 각종 오디션 프로그램 응시자들을 볼 때마다 '그래도 공부가 제일 쉽다'는 생각을 굳히게 된다.

대학전공에 관한 불편한 진실

대학을 가는 것도 어렵지만 많은 학생이 전공 선택을 놓고 고민한다. 분명한 꿈이 있는 학생이라면 고민이 덜하다. 꿈과 가장 밀접한 연관이 있는 전공을 선택하면 되니까.

그렇다면 아직 정말 하고 싶은 일을 찾지 못한 학생들은 어떻게 전공을 선택해야 할까? 대부분의 학생들은 어쩔 수 없이 부모님이 추천해주는 전공을 택하거나 아니면 대학 브랜드를 따지게 된다. 그러면서 고민한다.

"기껏 대학에 들어왔는데 전공이 나와 맞지 않으면 어쩌지?"

"명문대에 들어오고 싶어 평소 관심도 없었던 전공을 선택했는데 괜찮을까?"

내가 학교를 다니던 시절(1990년대 중반)에는 부모님의 선택이 곧 학생의 선택이었다. 부모님이 법대, 경영대, 의대에 가라고 하면 우리는 실력에 맞추어 대학을 선택하고 그 해당학과를 가는 것이 보통이었다. 그래서 우리 고교동창 중에 서울로 대학을 올 수 있었던 친구들도 몇몇은 지방의 의대로 진학하곤 했다.

나는 어렸을 때부터 역사에 관심이 많았고, 부모님이 내 의사를 존중해주었기 때문에 전공을 선택하는 데 별 어려움이 없었지만 내 친구들 중에는 명문대에 진학하고자 과를 낮춘 경우가 꽤 많았다. 그중에는 고등학교 때 배우지도 않은 불문과를 들어간 친구도 있고, 소비자와 아동 · 식품을 공부하는 생활과학대학(가정대학)이나 농대를 진학한 친구도 있었다. 그때 그 친구들도 똑같은 고민을 했다.

결론부터 이야기하면 나와 전공이 맞느냐 안 맞느냐는 대학에 입학해 직접 부딪쳐본 다음 고민해도 늦지 않다. 정 전공이 자신과 맞지 않으면 재수를 할 수도 있다. 정말 자신이 원하는 전공이 무엇인지 깨달았다면 1~2년쯤 다시 공부해 원하는 전공을 선택하는 것도 나쁘지 않다.

하지만 굳이 재수, 삼수를 하지 않아도 얼마든지 길이 있다. 요즘에는 대부분의 대학의 경우 대학 간의 전과(과를 바꾸는 것)가 비교적 자유롭다. 전과를 하지 않고 원하는 전공을 복수 전공해도 좋다. 나는 전공을 바꾸지 않고도 법학을 공부해서 사법고시에 합격했고, 나중에 서울법대에 다시 들어갔다.

입학할 때의 대학 전공이 자신의 모든 것을 결정한다고 생각하는 것은 오산이다. 실제로 대부분의 사람들은 자신의 전공과는 별 상관이 없어 보이는 분야로 진출한다. 방송국에서 일을 하고 싶으면 언론정보학과를 가야 한다고 생각하기 쉽지만 실제 방송국에서 일하는 PD, 기자, 아나운서 등등의 전공은 각양각색이다. 법대를 나온 사람도 있고, 철학을 공부한 사람도 있고, 어문계열 대학을 나온 사람도 있다. 오히려 언론정보학과를 전공한 사람을 찾기 어렵다.

대학의 전공교육은 그 사람의 최하한의 전공실력을 보장할 뿐이다. 대학에서 쌓은 전공실력은 사회에 나갔을 때 큰 힘이 되지 못한다. 실전에서 부딪치며 더 많은 공부를 해야 비로소 전문가로 거듭날 수 있다. 그러니 전공이라는 것에 미리 겁먹고 구속되지 않아도 된다. 자신이 원하는 대학에 들어가고 그 다음에 진로를 정해도 늦지 않다.

질투는 나의 힘

공부를 잘하는 친구를 보면 어떤 생각이 드는가! 부러운가? 아니면 어차피 그 친구와 나는 노는 물이 다르니 신경 쓸 필요가 없다고 생각하는가?

자기 자신에 대한 자부심은 중요하다. 사람은 저마다 장점과 특성이 다르기 때문에 어느 한 가지가 다른 사람에 비해 뒤처지더라도 주눅 들거나 자괴감에 빠질 필요가 없다. 하지만 가수가 되기를 꿈꾸는 사람들이 노래 잘 부르는 사람을 부러워하는 것처럼 공부를 잘하고 싶다면 자기보다 공부를 잘하는 사람을 부러워하는 것이 옳다.

다시 한 번 묻는다. 공부 잘하는 친구가 부러운가? 공부 잘하는 친구를 보면 자기도 모르는 사이에 질투심이 치밀어 오르는가? 그렇다면 공부를 잘할 수 있는 가능성이 아주 크다. 질투와 시샘은 공부를 하는 데 있어서 강력한 동기를 제공할 테니까 말이다.

공부 잘하는 친구를 가까이 두고 질투하라

서울대생을 대상으로 한 설문조사에서 의외의 결과가 나온 항목이 있다. 공부를 열심히 하게 된 이유를 묻는 질문에서 '친구들에게 지기 싫어서' 라고 답한 학생이 무려 32%로 가장 많은 비중을 차지했다. 그 뒤로 '스스로 공부가 좋아서' 가 25%로 2위를 차지했고, '부모가 시켜서 혹은 부모를 기쁘게 하기 위해' 가 12%로 3위를 차지했다. '분명한 목표가 있어서' 열심히 공부했다는 학생은 전체 중 5%에 불과했다.

이 설문조사 결과를 보고 많은 생각을 했다. '친구들에게 지기 싫어서' 공부했다는 것을 어떻게 받아들여야 할지 조금은 혼란스럽기도 했다. 공부라는 것이 스스로 재미를 느끼고 좋아서가 아니라 친구들과의 경쟁 심리에 의해 열심히 할 수도 있는 것인가. 이기고 싶은 마음에 공부를 열심히 한 것을 칭찬해주어야 하는가? 아니면 친구는 경쟁의 대상이 아니라 함께 길을 가야 하는 동반자

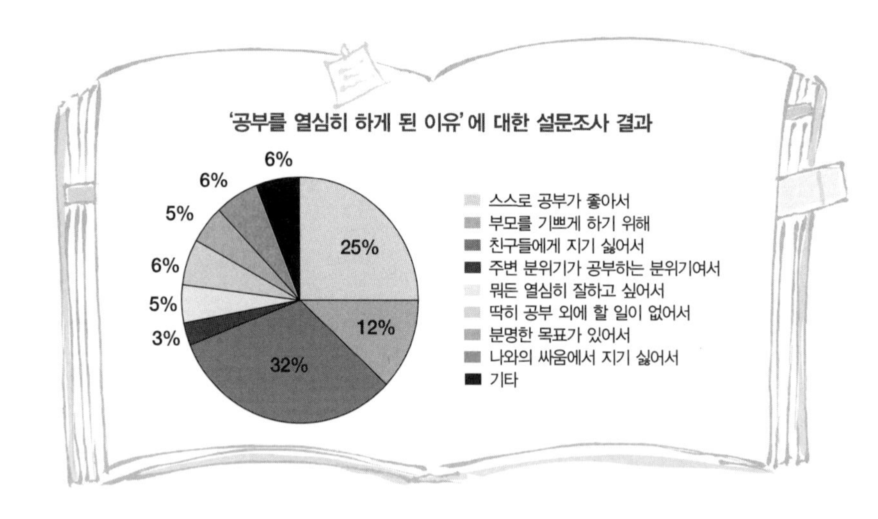

라는 것을 일깨워주어야 하는가?

하지만 곧 생각을 정리했다. 경쟁의 부작용이 너무 많아 경쟁을 무조건 부정적으로 바라보는 시각이 많지만 사실 경쟁만큼 강력한 동기를 제공하고, 실천하게 만들어주는 것도 없다. 지나치게 경쟁에 집착해 수단 방법을 가리지 않고 경쟁하는 것이 문제지, 이기기 위해 정당한 방법으로 최선을 다하는 것은 오히려 칭찬하고 장려해야 마땅하지 않은가!

생각해보면 나 또한 친구들을 많이 부러워하고 질투했다. 내가 어려워하는 과목을 잘하는 친구들은 더 많이 시샘했다. 그 친구들을 따라잡고 싶어 그 친구들이 어떤 방법으로 공부를 하는지 물어보기도 하고, 친구들보다 더 열심히 공부하려고 부단히도 노력했다. 마침내 질투의 대상이었던 친구를 앞서게 되었을 때는 세상을 얻은 듯 기뻤다.

질투는 나를 움직이게 만드는 강력한 힘이다. 공부 잘하는 친구가 부럽다면 마음껏 질투해도 좋다. 다만 질투의 방향을 잘 잡아야 한다. 질투의 강력한 힘을 스스로 더 노력하고 최선을 다하는 데 사용하면 결과는 언제나 해피엔딩이다.

건강한 질투는 질투를 하는 사람이나 그 대상자 모두를 발전시킨다. 누군가와 경쟁할 수 있다는 것은 행복한 일이다. 경쟁자가 없다면 1등이 무슨 의미가 있겠는가. 또 경쟁자가 없으면 실력이 늘기도 어렵다. 경쟁을 하면 서로가 서로에게 좋은 자극을 주면서 함께 발전한다.

공부 잘하는 친구를 질투하라. 그리고 가능하면 질투의 대상과 가깝게 지내라. 가까이 있어야 더 자극을 많이 받고, 친구의 장점을 많이 배울 수 있다.

이왕이면 최고를 질투하라

반에서 30등 하는 학생은 반에서 15등 하는 학생이 부러울 수도 있다. 하지만 이왕 질투할 것이라면 반에서 1등 하는 친구를 질투하

자. 전교에서 1등 하는 친구와 친하다면 그 친구를 질투해도 좋다.

자기 등수가 30등인데, 반에서 1등 하는 학생을 부러워하는 것은 가당치도 않다고 생각할 수도 있다. 오르지도 못할 나무를 쳐다보며 질투하느니, 조금 노력하면 따라잡을 수 있을 것 같은, 반에서 15등 하는 친구를 질투하는 게 현실적이라는 생각이 들기도 할 것이다.

세상에 오르지 못할 나무는 없다. 나무가 너무 높으면 높은 사다리를 만들어 올라가면 된다. 목표는 크게 잡으면 잡을수록 좋다.

고등학생을 둔 학부모로부터 들은 이야기다. 학부모 총회가 있어 학교에 갔더니 3학년 입시담당 부장 선생님이 이런 이야기를 하더란다.

"저는 우리 반 아이들이 다 천재인 줄 알았어요. 입시지도를 하기 위해 진학 희망 대학을 써내라고 했더니 몇 명 빼고는 다 스카이를 지망했더군요. 현실을 바로 직시해야 합니다."

강남 8학군에 위치한 학교라서 그런 것도 있지만 다른 지역의 학교들도 다 비슷하다. 선생님의 말대로 그 많은 학생들이 다 스카이를 갈 수는 없다. 해마다 스카이에 입학하는 학생들의 수는 기껏해야 학교에서 열 명 내외에 불과하다. 특목고나 강남 8학군 학교도 기껏해야 수십 명에서 아무리 많아도 백여 명 정도만이 스카이에 입학할 뿐이다.

현실이 그렇다고 처음부터 꼭 목표를 낮게 잡아야 할까? 목표는 크게 잡을수록 좋다. 물론 목표를 크게 잡고 아무런 노력도 하지 않는다면 자기 처지도 모르고 욕심만 부리는 허풍쟁이에 불과하다. 하지만 목표를 크게 세우고 최선의 노력을 할 때 성취도 또한 높아질 가능성이 크다. 예를 들어 서울대를 목표로 열심히 공부하면 설령 서울대는 가지 못하더라도 연대나 고대, 서강대나 성대는 갈 수 있다. 그런데 처음부터 자신의 실력이 중위권 대학 수준임을 인정하고, 중위권 대학을 목표로 공부한다면 중위권 대학은커녕 그 밑의 하위권 대학도 가지 못할 수도 있다.

이왕이면 최고를 질투하라는 것도 이와 같은 맥락이다. 사실 하위권에서 중위권으로 도약하기는 그리 어렵지 않다. 하위권과 중위권의 차이는 공부를 했느냐 안 했느냐에 있다. 어떤 방법으로든 공부를 하기만 하면 반에서 30등 하는 하위권이 반에서 15등인 중위권을 쉽게 따라잡을 수 있다.

일단 쉬운 목표를 달성한 후 순차적으로 더 높은 목표를 세우는 것도 나쁘지 않다. 하지만 목표를 어떻게 세우느냐에 따라 아무래도 마음가짐이나 노력의 정도가 달라진다. 목표가 크면 그만큼 자신의 부족함을 인정하고, 그 부족함을 채우기 위해 최선의 노력을 기울이게 된다. 1등 하는 친구를 부러워하고 질투하며, 그 친구를 따라잡겠다는 마음으로 열심히 노력하다 보면 언젠가는 자기 자신이 다른 친구들의 질투의 대상이 될 날이 올 것이다.

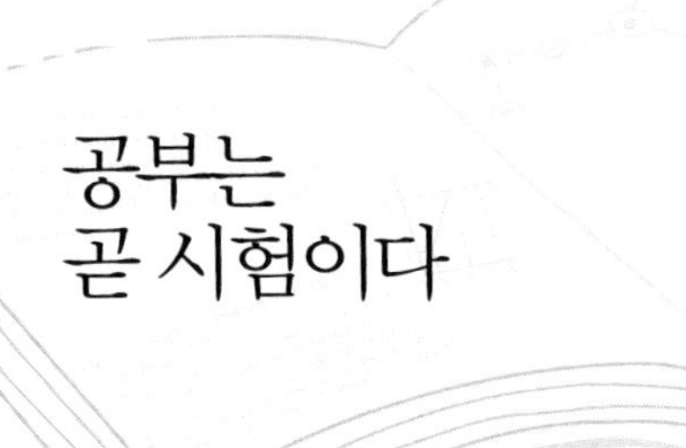

공부는 곧 시험이다

만약 이 세상에 시험이 없다면 어떨까?

시험이 없는 세상. 한참 공부하느라 스트레스를 많이 받는 학생이라면 상상만 해도 즐겁고 행복할 것이다. 어쩌면 시험을 봐야 한다는 중압감에서 벗어나 순수하게 새로운 지식을 습득하는 공부만 한다면 그동안 재미없었던 공부가 재미있어질지도 모른다.

하지만 적어도 학생들에게는 아는 것으로 만족하는 공부가 허락되지 않는다. 학생들에게 있어 '공부는 곧 시험' 이나 마찬가지다. 공부를 잘한다는 것은 곧 시험을 잘 보는 것과 같다. 야속하겠지만 이것이 우리가 인정할 수밖에 없는 현실이다.

공부에 재미를 붙이고 잘하려면 일단 시험을 만만하게 보는 게 중요하다. 공부를 충분히 하지 않았어도 "까짓 거, 시험이 별거야?"라는 마음으로 시험을 대해야 한다. 그런 밑도 끝도 없는 자신감을 갖는 것이 공부의 첫 출발점이다.

자신감 있는 사람이 열심히 하는 사람을 이긴다

혀를 내두를 정도로 공부라면 누구에게도 지지 않는 사람들이 있다. 원희룡 국회의원, 고승덕 변호사가 그중 하나다. 그들의 프로필은 듣기만 해도 현기증이 날 정도로 화려하다.

원희룡 국회의원은 대입 학력고사 수석, 서울대 수석 입학(서울대 법대 입학), 사법고시 수석을 해서 수석 3관왕이라고 불린다. 시험 잘 보기로는 고승덕 변호사도 빠지지 않는다. 내가 서울대학교에 다닐 때에는 고승덕 변호사가 단연 화젯거리였다. 대학 4학년 때(우리나이로 스물 넷가량)에 이미 사법고시, 외무고시, 행정고시를 합격했던 분이다. 이른바 삼시합격을 해서 고시삼관왕이라고 불린다.

공부에 관한 한 전설과도 같은 그분들을 국회에서 종종 보게 된다. 국회 법제관으로 일하는 덕분에 가까이서 그분들을 보고, 그분들의 이야기를 들을 수 있어 무척 행복하다. 학교 선배라는 친숙함도 있지만 '공부의 신'인 이분들의 이야기 한마디 한마디가 모두 공부비법 같기 때문이었다.

"도대체 어떻게 공부를 저렇게 잘할까?"

나도 공부라면 잘하는 축에 드는데도 그분들을 보면 늘 궁금했다. 그분들에겐 어떤 특별한 공부비법이 있을 것만 같았다. 나뿐만 아니라 기자를 비롯한 많은 사람이 집요하게 공부비법 좀 알려달라고 간청해도 대답은 늘 똑같았다.

"공부비법은 따로 없습니다."

하지만 딱 한 가지 공통적으로 이야기하는 것이 있었다. 그것은 '자신감을 가져라!'였다.

공부를 자신감으로 한다? 참으로 알듯 모를 듯 아리송한 말이다. 어찌 보면 허무맹랑한 거짓말 같기도 하다.

사실 공부에 자신감을 갖는 사람은 생각보다 많지 않다. 특히 공부한 결과를 평가하는 시험을 볼 때는 더더욱 그렇다. 누구 못지않게 열심히 공부하는데도 시험만 보면 긴장감과 불안함을 극복하지 못해 시험을 망치는 사람들을 종종 본다. 그렇게 한 번, 두 번 시험을 망치다 보면 '시험 공포증'이 트라우마처럼 자리 잡아 자신감은 바닥으로 떨어진다.

공부를 열심히 하는 것보다 시험에 대한 불안감을 극복하는 것이 더 중요하다. 전현희 국회의원이 좋은 사례다. 서울대를 졸업하고 치과의사이자 변호사이기도 한 그분을 보면 젊은 분이 언제 그렇게 많은 공부를 했는지 놀랍기만 하다. 그동안 수많은 시험을 통과했을 것이다.

그런데 남들은 어렵기만 한 시험을 척척 통과한 그분도 한때 극심한 시험공포증에 시달린 적이 있다고 한다. 시험날짜가 다가오면 다가올수록 공부한 것을 다 잊어버린 것 같은 기분이 들고, 제 실력을 발휘할 수 있을까 걱정도 많이 했다고 한다. 나도 시험을 많이 보았기 때문에 그 심정을 충분히 이해하고도 남는다.

전현희 국회의원이 시험공포증을 극복하지 못했다면 지금 이룬 것과는 다른 삶을 살고 있을지도 모른다. 다행히 그분은 시험공포증으로부터 벗어날 수 있었고, 수많은 시험을 훌륭하게 통과할 수 있었다. 그분이 시험공포증을 극복할 수 있도록 도와준 사람은 친구였다. 고등학교 시절, 대입 시험을 앞두고 초조해하며 불안해하는 그분에게 친구는 말했다.

"야, 뭘 걱정해? 콩나물을 기를 때 물을 주면 물이 밑으로 다 빠져나가는 것 같지만 콩나물은 쑥쑥 자라잖아. 이미 네가 공부한 것도 머릿속에 쌓여 있을 것이고 그걸 믿고 시험을 보면 돼."

친구의 한마디는 깨달음처럼 그분의 마음을 강타했다.

"그래, 열심히 공부한 나를 믿자. 난 잘할 수 있어."

결과는 이미 말한 대로다. 보란 듯이 서울대에 합격했고, 곧 의사자격시험과 사법시험을 합격했으며 얼마 뒤 국회의원에 당선되었다. 이 모두가 자신감을 되찾은 이후에 일어난 일이었다.

근거 없는 자신감도 OK!

흔히 아무런 근거도 없이, 아무런 노력도 없이 갖는 자신감은 자신감이 아니라 '객기'라고 말한다. 전현희 국회의원의 예를 보면서 많은 사람이 이렇게 생각할 것이다.

"아, 그분은 열심히 공부했으니 충분히 자신감을 회복할 수 있었던 것 아니에요? 양심이 있지. 공부도 안 하고 자신감을 가져봤자 무슨 소용이 있겠어요."

자신할 수 있어야 자신감을 가질 수 있다고 말하는 사람들이 많지만 난 생각이 다르다. 근거가 없이도 자신감을 가져야 한다. 객기라도 좋다. "덤벼봐, 공부야. 난 자신 있다고."라고 큰소리치며 공부를 만만하게 여기는 마음가짐이 필요하다. 처음부터 공부의 기세에 눌려 주눅이 든 상태로 공부를 하면 공부가 더 어렵다.

나는 근거 없는 자신감, 일명 '근자감 공부법'의 효과를 톡톡히 본 사람이다. 어떻게 사법고시를 합격했느냐고 물어볼 때마다, 나는 "1차 시험은 그냥 5개 중에 정답 하나씩 골라서 답안지에 마킹하면 되고요. 2차 시험은 4일 동안 종이에 글자 채우고 오면 돼요."라고 대답했었다.

자칫 잘난 척을 하거나 성의 없게 대답한 것으로 오해할 수 있으나, 난 정말 그렇게 생각했다. '사법고시는 대단한 시험 같지만, 1차 시험은 답안지 마킹이고 2차 시험은 글짓기다.' 적어도 나는 이렇게 생각했었다. 내가 잘나서 그렇게 생각한 것은 아니다. 이렇게라도 우습게 생각해야 그 어렵다는 '고시공부'가 조금이나마 쉬워졌다. 아니 정확하게 말하면 쉽게(만만하게) 생각되었다. 과연 이 효과는 나타났을까.

물론 사법시험은 어려웠고 내 자신감은 근거 없는 것이었다. 사법시험의 벽을 느낀 것은 대학 3학년 때 처음 1차 시험을 봤을 때였다. 정말 그때는 '아, 도대체 모르겠네, 뭐 이런 시험이 있나' 어안이 벙벙했다. 각 과목당 점수가 60점이니 70점이니 하면서 형편없이 나왔을 때는 정말 참담함도 느꼈다. 평균 86점 이상은 나와야 합격인데 말이다. '난 안 돼. 진짜 못 따라 가겠어' 라는 생각도 했다. 모든 사법고시 문제가 '수험생을 틀리게 하기 위한' 심술 같았다.

1차 시험을 형편없이 보고 집에 돌아오면서 드는 생각이 "사법고시가 뭐 별거냐? 시험? 네가 뭔데, 한번 붙어보자."라는 것이었다. 황당한 자신감이었지만, 이때부터 자신감은 시작된 셈이다. 아까 말한 대로 '1차 시험=답안지마킹, 2차 시험=글짓기' 라는 생각을 하고 나니 자신감이 생겼다. 공부가 점점 수월해졌고 '이까짓 마킹하는 시험' 이라면서 공부 자신감을 채웠다.

그런데 그런 '근 · 자 · 감'(근거 없는 자신감)은 실제로 나를 합격시켰다. 1차 시험을 형편없이 못보고 그 후에 불과 2년 내에 1차 · 2차 · 3차 시험을 모두 합격했다는 것을 보면 여러분들도 '근거 없는 자신감의 효과'를 믿어야 할 것이다.

내가 만난 서울대생들도 하나같이 자신감을 강조한다. 시험에 관한 한 서울대생은 두려워하지 않는다. 서울대생이라고 시험문제가 두렵지 않을 리는 없다. 다만 자신감을 가지려고 노력했고, 그런 노력이 시험에 대한 불안감을 해소시켜주었을 것이다.

무조건 자신감부터 갖자. 자신감이 없으면 시작부터 공부에 지는 것이다. 공부? 시험? 그깟 것 별거 아니라는 마음을 가지면 공부에 대한 부담감도 한결 줄고, 시험도 훨씬 만만해진다.

취약한 과목에 더 자신감을 가져라

만약 국어 70점, 수학 60점, 영어 95점, 과학 70점인 학생이 있다고 하면 그 학생은 어떤 과목에 자신감을 가져야 할까? 아마 대부분의 학생들은 "두말할 것 있나요? 당연히 영어죠."라고 대답할 것이다. 영어를 잘하니까 영어에 자신감이 있을 테고 앞으로도 영어에 자신감을 가지면 된다고 생각한다. 그래야 앞으로도 전략과목이 되어서 쉽게 점수를 딸 수 있고, 부족한 과목을 보완할 수도 있을 것이라는 계산이다. 잘하니까 자신감도 클 것이고 계속 전략 과목으로 삼아서 공부하면 다른 과목도 덩달아 잘 할 수 있으리라고 보는 것이다.

하지만 서울대생들의 생각은 다르다. "이 학생은 수학에 자신감을 가져야겠네요." 이렇게 답한다. 지금 수학을 못하고 있기 때문에 다른 과목보다 수학에 자신감이 부족할 테고 그래서 지금부터라도 자신감을 가져야 한다는 의미다. 객관적인 현실은 자신감을 갖기 어려운 상황이지만 억지라도 없는 자신감을 만들어야 한다는 것이다.

어렸을 때 나는 매운 음식을 잘 못 먹었다. 보기에는 너무 맛있어 보여서 먹고 싶었지만 선뜻 용기를 내지 못했다. 여러 매운 음식 중에서도 특히 쫄면이 먹고 싶었다. 도톰하고 쫄깃한 면발이 먹음직스러운 빨간 고추장에 버무려져 있는 모습은 절로 군침을 삼키게 했다. 결국 난 두려움을 뒤로 하고 쫄면을 먹었다. 처음 쫄면을 먹고 나서는 매워서 고생을 많이 했다. 하지만 계속 매운 음식을 먹기에 도전하면서 점점 매운 음식을 잘 먹게 되었다. 지금은 떡볶이건 낙지볶음이건 어떤 매운 음식도 다 잘 먹는다.

공부도 마찬가지다. 나도 다른 과목에 비해 수학을 잘 못했다. 고등학교 2학년에 올라가면서 모의고사에서 수학 점수가 안 나와 애를 먹었던 적이 있다. 언어나 사회탐구는 상위 0.1%에 해당할 정도로 모의고사 점수가 잘 나왔지만 수학 점수가 낮아 다 까먹었다. 수학에 자신감을 가지려야 가질 수가 없는 상황이었다.

수학을 포기하고도 원하는 대학을 들어갈 수 있다면 어쩌면 수학을 포기했을지도 모른다. 그러나 내가 가고 싶었던 서울대는 어떤 과목이든 다 잘해야 한다. 더군다나 수학처럼 중요과목에서 점수를 얻지 못한다면 서울대는 물 건너갔다고 봐야 한다.

쥐도 막다른 골목에 다다르면 고양이를 공격한다고 한다. 내 심정도 그랬다. 수학을 포기할 수는 없는 노릇이니 과감하게 부딪치기로 작정했다. 고2 겨울방학 때 다시 고등학교에 입학한다는 마음으로 수학공부를 했다. '기를 쓰고 덤비는데 수학이라고 못하겠느냐' 는 오기로 문제를 풀고 또 풀었다.

쉬운 문제부터 풀기 시작했다. 고등학교 1학년도 풀 수 있는 쉬운 문제지만 술술 문제를 풀고 맞으면 자신감이 붙었다. 그럴수록 나는 "그럼 그렇지. 수학도 별 거 아니구만." 하는 생각을 하면서 점점 더 어려운 문제에 도전했고, 겨울방학이 다 끝나갈 무렵, 수학에 대한 자신감을 완전히 회복할 수 있었다.

성적이 잘 나오지 않는 과목이라고 무서워하거나 거리를 둘 필요가 전혀 없다. 자신감을 갖고 덤비면 점차 나아지기 때문이다. 처음에는 근거 없는 자신감이었더라도 자신감을 갖고 노력하면 결국에는 '근거 있는' 자신감으로 발전한다. 그러니 민망해하지 말고, 마음껏 근거 없는 자신감을 갖도록 하자.

공부비법에 목숨 걸지 마라

공부만큼 뜻대로 되지 않는 것도 없다. 일단 큰 마음먹고 공부를 시작하려고 해도 어디서부터, 어떻게 시작해야 할지 막막하다. 그래도 용기를 내서 무조건 시작해도 여전히 첩첩산중이다. 나름 열심히 공부했는데도 성적이 잘 오르지 않는다.

이쯤 되면 공부할 의욕도, 자신감도 떨어지기 시작한다. 무엇이 잘못 되었을까? 잘못된 방법으로 공부를 한 것일까? 아니면 머리가 나빠 공부를 해도 한계가 있는 것일까? 오만가지 생각을 하며 해결책을 찾기 위해 동분서주한다. 주로 많이 선택하는 해결책이 잘 가르치기로 소문난 학원이나 강사를 찾거나 교재를 바꾸는 것이다. 공부 잘하는 친구나 선배의 공부 방법을 기웃거리기도 한다.

하지만 해결책은, 공부를 잘할 수 있는 비법은 멀리 있지 않다. 그 모든 것은 바로 내 안에 있다.

열공은 뜨겁게, 자기 평가는 차갑게

고등학교 시절, '서울대 간다', '고대 간다', '연대 간다'와 같은 말을 수시로 흘리는 친구들이 몇 명 있었다. 자신감도 넘쳐 다른 사람들까지도 '저런 자신감이면 원하는 대학을 갈 수 있겠구나'라는 생각이 들 정도였다.

하지만 고등학교 때 명문대를 가겠다고 호언장담했던 친구들 중 원하는 대학에 간 친구는 한 명도 없었던 것으로 기억한다. 몇 명은 재수 · 삼수까지 했는데도 결국 원하는 대학을 가지 못했다는 안타까운 소식도 들렸다.

분명 앞에서, 비록 근자감일지라도 자신감을 갖는 게 중요하다고 했다. 그런데 왜 그 친구들은 원하는 대학에 가지 못했을까? 이유는 분명하다. 그 친구들은 자신을 객관적으로 평가하려는 노력을 하지 않았다. 냉정한 자기 평가를 바탕으로 공부해야 실력이 향상되는데, 객관적인 자기 평가를 하지 않은 채 무조건 공부를 하니 열심히 공부해도 실력이 쉽게 오르지 않았을 것이다.

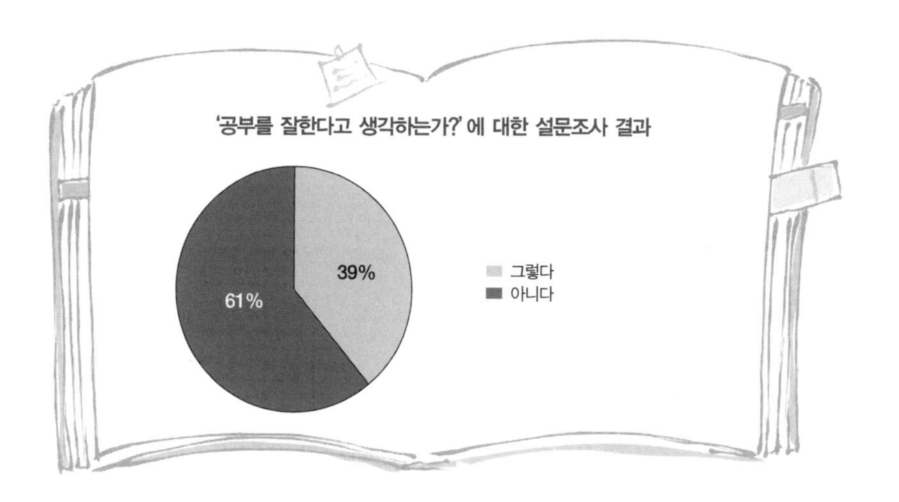

반면 서울대생들은 그 누구보다도 자신감이 넘치지만 자기에 대한 평가 또한 냉철하다. 설문조사 결과를 보면 서울대생들이 얼마나 냉정하게 자신을 평가하는지를 알 수 있다. '공부를 잘한다고 생각하는가?' 라는 질문에 '그렇다' 고 대답한 사람은 39%에 불과했다. 나머지 61%는 '아니다' 쪽에 손을 들었다.

왜 이런 결과가 나왔을까? 우리나라 최고의 대학에 다니면서 공부를 잘한다고 생각하지 않는다면 다소 기분이 상할 수도 있다. 그렇지만 스스로 부족함을 인정하고, 부족한 부분을 채우기 위해 노력했기 때문에 서울대에 합격할 수 있었을 것이다. 만약 상위권에 속한다는 것에 만족하고, 공부 잘한다는 뿌듯함에 취해 있었더라면 서울대에 합격하지 못했을지도 모른다.

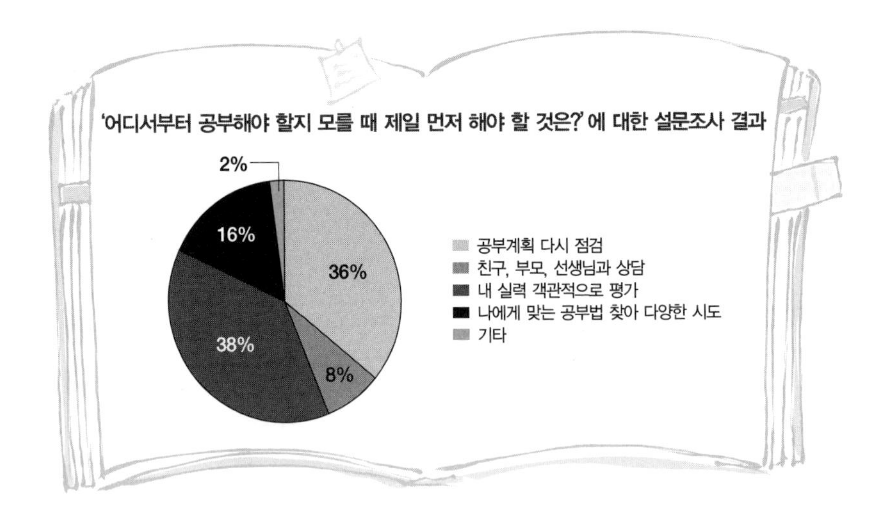

공부를 잘하려면 누구보다도 객관적으로 자기 자신을 평가할 수 있어야 한다. 지피지기면 백전백승(知彼知己百戰百勝)이란 말이 괜히 나온 게 아니다. '어디서부터 공부해야 할지 모를 때 제일 먼저 해야 할 것은?' 에 대한 설문조사 결과도 서울대생들이 자신의 현주소를 돌아보는 것을 얼마나 중요시하는지를 잘 보여주고 있다. 제일 먼저 '내 실력을 객관적으로 평가' 하는 것을 해야 한다고 응답한 사람이 38%로 제일 많았다. '공부계획 다시 점검' 도 36%로 높았지만 엄밀하게 따지면 이또한 자기 자신을 잘 알고 있지 않으면 불가능한 것이다. 자신의 장점과 단점, 잘하는 과목과 취약한 과목을 정확히 알지 못하면 제대로 된 공부계획이 나올 수가 없다.

나에게 맞는 공부법은 나만이 안다

똑같은 성분의 약도 사람마다 효능이 다르다. 어떤 사람에게는 최고의 보약인 약이 다른 사람에겐 독이 될 수도 있다. 사람마다 타고난 체질과 조건이 다르기 때문이다. 따라서 무조건 몸에 좋은 약을 먹는 대신 자기 몸에 맞는 약을 먹는 것이 중요하다.

공부도 마찬가지다. 효과적인 공부법은 분명 있다. 하지만 최고의 공부법이 나와 맞으리란 보장은 없다.

준형이란 후배로부터 들은 얘기다. 영어를 잘하고 싶어 영어를 아주 잘하는 친구에게 공부 방법을 물었더니 무조건 많이 듣고 많이 말을 해봐야 한다고 조언했다고 한다. 그러면서 자신은 영화를 여러 번 반복해서 보면서 귀를 뚫었고, 길거리에서 외국인을 만나면 무조건 쫓아가 말을 걸면서 입을 틔웠다고 알려주었단다.

듣기는 확실히 효과가 있었다. 평소 좋아했던 재미있는 영화를 보면서 듣기 공부를 하니 내용이 귀에 더 잘 들어왔다. 문제는 말하기였다. 꾸준히 듣기 공부를 해 90% 이상 알아들을 수 있게 되었는데도 도무지 입이 열리지 않았다. 어떻게 말을 해야 할지 몰라서가 아니라 어색해서였다. 친구가 알려준 대로 외국인을 만나면 몇 번이고 말을 걸어보려고 했지만 번번이 실패했다. 원래 소심한 성격이라 같은 한국 사람들을 만나도 말을 잘 못하는데, 낯선 외국인에게 먼저 말을 걸기란 정말 어려운 일이었다.

실의에 빠져 있던 중 우연히 영어 잘하는 다른 친구에게 고민을 털어놓았다. 친구는 새로운 방법을 제안했다.

"음. 그렇게 하다가는 입이 트이기 전에 스트레스로 병나겠다. 사실 외국인에게 먼저 말을 거는 게 쉬운 일은 아니지. 하지만 어쨌든 말하기는 입을 자꾸 열어 말을 해봐야 늘어. 이렇게 해봐. 가상의 말상대를 두고 연습을 하는 거야. 상상 속의 친구가 있다고 생각하고 어떤 상황을 설정해놓고 이야기를 주고받는 거야. 이 방법으로 효과를 본 사람들도 꽤 많아."

'가상의 친구와 대화하기'는 꽤 효과가 있었다. 남들이 보면 혼자서 중얼중얼하는 모습이 이상하게 보일 수도 있지만 낯선 사람에게 말을 걸어야 하는 스트레스를 겪지 않아도 되니 부끄러움 많이 타는 준형이 같은 타입에겐 최고의 공부법이었던 셈이다.

이처럼 나에게 맞는 공부법은 따로 있다. 나에게 맞는 공부법을 찾는 것은 어디까지나 나의 몫이다. 물론 처음부터 나에게 맞는 공부법을 찾기란 어렵다. 다른 사람의 공부법을 따라해보거나 자기가 원하는 방식으로 시작해보고 자기에게 맞는 공부법인지 아닌지를 판단해야 한다. 잘 맞는 부분은 살리고, 맞지 않는 부분은 보완해나가다 보면 자기에게 꼭 맞는 공부법을 완성할 수 있다.

CHAPTER 2

수석이 아니라 최연소에게 배운다

아기들이 말을 배우는 과정을 지켜보노라면 학습의 기본은 '듣기'라는 생각이 절로 든다. 거꾸로 이야기하면 잘 듣지 않는 사람은 그만큼 배울 기회가 적다는 얘기도 된다.

실제로 내가 만난 서울대생들은 남의 말을 잘 듣는다. 똑똑하고 공부도 잘하는 학생들이라 교만할 것 같지만 그렇지 않다. 아는 것을 이야기하는 것보다 모르는 것을 남들에게서 듣는 것을 더 좋아한다. 그리고는 스펀지처럼 들은 이야기를 쏙쏙 흡수해서 써먹는다.

이때 가장 결정적인 것은 누구에게 들어야 가장 효과적이고 공부에 도움이 되는지를 분명히 알고 있다는 것이다.

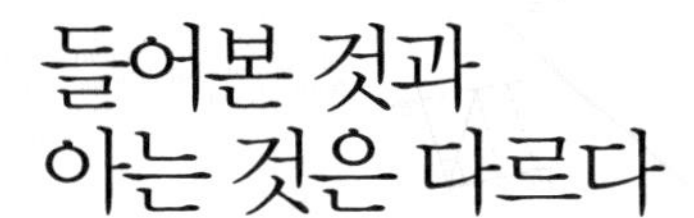

들어본 것과 아는 것은 다르다

언제부터인가 수업시간에 선생님의 이야기에 귀를 기울이는 학생들이 점점 줄어들고 있다고 한다. 그래도 눈을 뜨고 듣는 척이라도 하는 학생들은 착한 편에 속한다. 아예 노골적으로 엎드려 자는 학생들도 많고, 수업과목과는 상관없는 과목 공부를 하거나 학원 숙제를 하는 학생들도 적지 않다고 한다.

공부에 뜻이 없어 자는 학생들은 그렇다 치고, 수업과 다른 공부를 하는 학생들은 뭘까?

"다 학원에서 배워 아는 거예요. 아는 얘기 또 듣고 있느니 내 공부를 하는 게 좋지 않나요?"

그렇게 안다고 호언장담하는 학생들 중 공부를 잘하는 학생은 극히 드물다. 공부 잘하는 학생들은 조금 안다고 까불거나 유세를 떨지 않는다. 이미 한 번 들어본 이야기라도 진지하게 듣는다. 그러면서 지난 번에 들었던 이야기와 다른 부분을 흡수하고, 미세하게 다른 부분을 파악해 질문한다. 내가 만난 서울대생은 다 그랬다.

잘 들으면 모르는 것이 보인다

서울대생들은 왠지 건방질 것 같다고 말하는 사람들이 많다. 우리나라 최고의 지성들이 모이는 서울대에 합격한 사람들이니 당연히 그럴 것이라 추측한다. 똑똑하고 공부 잘하는 사람들이니 남의 말을 듣기보다는 아는 것을 자랑하기에 바쁠 것이라 속단한다.

하지만 내가 아는 서울대생들은 모두 남의 말을 잘 듣는다. 서울대생들은 다른 사람이 이야기할 때 "야, 그건 절대 아니야. 말도 안 되는 소리하지 마. 헛소리 하지 마."라고 말하는 법이 없다. 누군가 새로운 이야기를 하면 귀 기울여 듣고 "어, 그래? 그런 게 있었어?"라며 슬며시 자기도 인터넷과 책으로 찾아보곤 한다.

잘 듣고, 자기가 몰랐던 부분을 깨닫고 스스로 남의 이야기가 맞는지 확인해보는 습관. 이것이야말로 서울대생들이 공부를 잘

할 수밖에 없는 비결이 아닐까 싶다.

공부를 할 때 자기가 무엇을 모르는지를 아는 것은 아주 중요하다. 공부를 잘 못하는 학생들은 대부분 자기가 뭘 모르는지를 모른다. 뭘 모르는지를 알아야 모르는 것을 집중적으로 공부할 수 있는데, 뭘 알고, 뭘 모르는지를 모르니 공부를 해도 성적이 잘 오르지 않는다.

일찍이 공자는 '아는 것을 안다 하고, 모르는 것을 모른다 하는 것이 참으로 아는 것이다(知之爲知之, 不知爲不知, 是知也)' 라고 말했다. 소크라테스도 비슷한 말을 했다. 소크라테스는 '나는 내가 모른다는 것을 안다(Scio me nihil scire)' 고 말하면서 그래서 자신은 행복하다고 말했다고 한다.

자기가 무엇을 모르는지를 모른다는 것만큼 불행한 일도 없다. 공부를 잘하고 싶다면 무엇을 모르는지부터 알아야 한다. 그러려면 남의 말을 잘 들어야 한다. 남의 이야기에는 귀를 기울이지 않고, 자기가 알고 있는 얼마 안 되는 지식이 전부인양 떠들어대는 사람은 결코 자기가 뭘 모르는지를 알 수가 없다.

평소에 유독 아는 척을 많이 하는 중학생 아이가 있었다. 학교 공부는 물론 스포츠면 스포츠, 사회면 사회 등 어떤 분야에 대한 이야기가 나와도 막힘이 없다. 그 아이의 해박한 지식에 매료돼 친구들도 모르는 것이 있으면 그 아이에게 물었고, 그때마다 그 아이는 의기양양하게 대답을 하곤 했다.

공부도 최상위권은 아니지만 곧잘 하는 편이었다. 하지만 고등학교에 올라가면서부터 성적이 조금씩 떨어지더니 급기야는 중위권으로까지 추락했다. 주변 사람들도 놀랐고, 그 아이 자신도 놀랐다. 여전히 그 아이는 모르는 것이 없는 만물박사였는데, 대체 왜 성적이 떨어지는 것일까?

원인은 분명하다. 다른 또래 친구들보다 많이 안다는 자만심에 빠지면서 그 아이는 다른 사람의 이야기에 점점 귀를 기울이지 않았다. 게다가 다른 사람의 이야기에 자기가 아는 내용이 조금만 나와도 더 들어볼 것도 없다고 생각하며 귀를 닫았다. 예를 들어 수학 시간에 "오늘은 함수에 대해 공부해봅시다."라고 이야기하면 '함수? 그거 이미 다 배운 거잖아' 라고 생각하며 더 이상 선생님 말에 귀를 기울이지 않았다. 그렇게 귀를 닫으면서 점점 더 자기가 뭘 모르는지를 모르게 되었고, 배움에 대한 호기심도 줄어들었다.

공부의 기본은 듣기다. 잘 들을수록 모르는 내용이 많아진다. 대충 들으면 다 아는 것 같았던 내용도 집중해서 잘 들어보면 모르는 내용이 많이 나온다. 그만큼 무엇을 공부해야 할지도 명확해지니 공부를 하는 것도 쉬워진다.

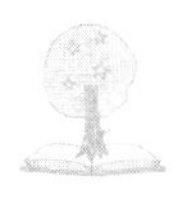

듣기 능력이 부족하면 선행부터 때려치워라

지인의 부탁으로 초등학교 6학년 남자아이를 가르쳤던 적이 있다. 부모가 교육열이 대단한 분들이라 벌써 중학교 과정까지 선행학습을 시켰던 모양이다.

"중학교 수학 과정은 벌서 다 뗐지만 그래도 수학은 기초가 중요하니까 선생님이 다시 한 번 중학교 과정을 다져주세요."

엄마의 목소리에 얼핏 자부심까지 묻어났다. 일단 가르치기에 앞서 실력을 알아보기 위해 간단한 테스트를 했다. 중학교 과정에서 기초적인 수준의 문제만 냈는데도, 절반도 채 못 풀었다.

"처음부터 차근차근 수학공부를 하는 것이 좋겠어요. 선행을 너무 일찍 해서 그런지 오히려 기초가 부실해요."

부모님께 양해를 구하고 초등학교 6학년 수학부터 시작했다. 그런데 과외를 받는 아이의 태도가 영 좋지 않았다. 설명을 하면 오래 집중해서 듣지를 못하고 멍한 표정을 지었다. 처음에는 화가 나기도 했지만 곧 그 아이가 반항심에 일부러 딴청을 부리는 게 아니라는 걸 알았다.

"죄송해요. 열심히 들으려고 해도, 이미 학원에서 들었던 이야기를 다시 들으려니 어쩐지 지루하고 재미가 없어서…."

미안해하는 아이를 보면서 잘 듣지 못하는 게 그 아이의 잘못만은 아니라는 생각을 했다. 듣는 데도 훈련이 필요하다. 그냥 열심히 들으면 되지 무슨 훈련이 필요할까 생각한다면 큰 착각이다. 아무리 좋은 얘기도 세 번 이상 반복해 들으면 싫증이 난다고 했다. 그런데 공부는 오죽하랴. 물론 공부가 재미있는 학생들은 들었던 이야기를 또 들어도 지루해하지 않겠지만 재미보다는 의무감이나 부모의 강압에 못 이겨 공부를 하는 학생이라면 고역도 그런 고역이 없다. 어디선가 들어본 듯한, 이미 알고 있다고 생각하는 이야기를 또 들으려니 집중력이 떨어진다.

듣는 연습이 부족해 듣는 능력이 떨어지는 학생이라면 과감하게 선행학습을 때려치우는 게 더 좋다. 사실 선행학습은 공부를 하는 데 큰 도움은 되지 않는다. 그리고 무엇보다 선행학습은 속속들이 내용을 모르면서도 안다고 착각하게 만들어 심도 있는 공부를 방해한다.

'그래도 남들 다 하는 선행학습을 하지 않으면 공부에 뒤처지지 않을까?'

이런 걱정은 붙들어 매길 바란다. 공부를 잘하려면 선행보다 복습에 집중해야 함은 서울대생을 대상으로 한 설문조사 결과에서도 입증되었다. 선행과 복습 중 어느 것에 더 집중했느냐를 묻는 질문에 복습 위주로 공부했다고 대답한 학생이 무려 84%나 됐다. 선행과 복습의 비중을 반반씩 나누어 했다는 학생은 고작 6%, 복

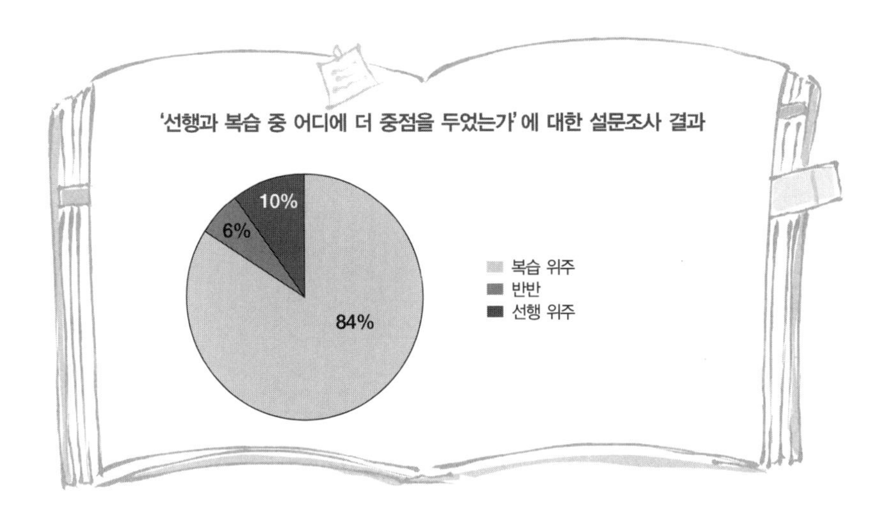

습보다 선행을 더 많이 했다는 학생도 10%에 불과했다.

복습을 위주로 했다면 복습과 선행의 비율을 어떻게 나누었는가를 묻는 질문에 대한 결과도 의미심장하다. 복습과 예습의 비율을 90 대 10의 비율로 했다는 대답이 37%로 1위를 차지했고, 80 대 20의 비율로 했다는 대답이 24%, 70 대 30의 비율로 했다는 대답이 23%에 달했다. 예습을 전혀 하지 않았다는 대답도 8%나 차지했다.

설문조사에서도 알 수 있듯이 서울대생은 거의 대부분의 시간을 복습하는 데 투자했다. 선행은 수업의 내용을 따라가는 데 필요한 정도로만 최소화시켰을 뿐이다.

왜 복습에 치중했는가를 묻는 질문에는 다양한 대답이 나왔는

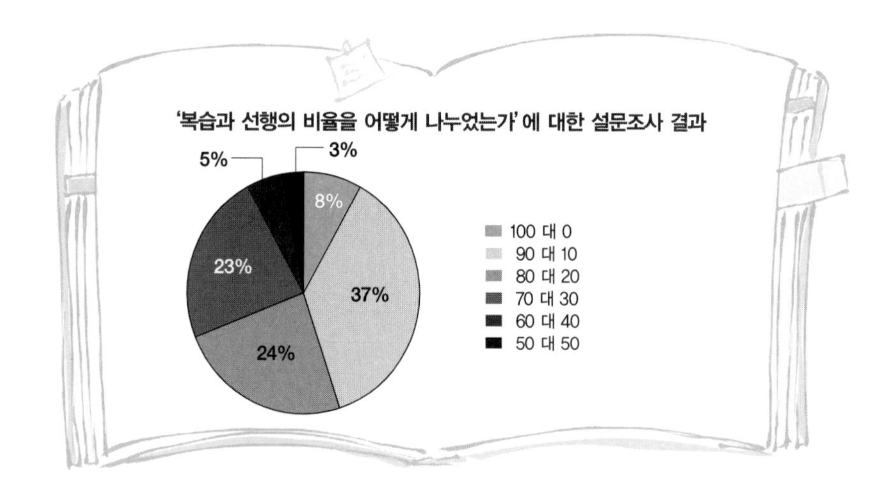

데, '복습을 해야 배운 것을 명확하게 알 수 있고, 완전한 내 것으로 만들 수 있기 때문' 이라고 답한 학생이 압도적으로 많았다. '선행학습을 하면 수업이 재미도 없고 집중하기가 힘들었다' 고 대답한 학생들도 적지 않았다. 대부분의 학생들은 선행을 하더라도 교과서를 한 번 죽 읽는 정도면 충분하다고 입을 모았다.

이처럼 선행학습은 공부를 잘하는 데 큰 역할을 하지 않는다. 따라서 어설픈 선행학습으로 수업시간에 집중하기가 어렵다면 차라리 하지 않는 것이 좋다. 잘 모르는 상태에서 수업을 들으면 자연히 귀를 기울이게 되고, 수업의 재미도 한결 쏠쏠해진다. 그렇게 듣는 훈련을 하다 보면 점차 조금 아는 듯한 내용이 나와도 방심하지 않고 집중해서 들을 수 있는 경지에 오를 수 있다.

수석보다 우등생이 따라하기 쉽다

전교에서 1등을 하는 학생과 전교 10등을 하는 학생!

둘 중 누구의 공부비법을 듣고 싶은가. 아마도 대부분의 학생은 전교 1등, 즉 수석의 공부비법을 듣고 싶어할 것이다.

하지만 수석은 질투의 대상은 될 수 있어도 나의 현실적인 롤 모델은 될 수 없다. 수석을 부러워하고 질투하는 것은 괜찮지만 수석의 공부법을 함부로 따라하다가는 목적지에 도착하기도 전에 지칠 수 있다. 우리가 정작 귀를 기울여야 하는 것은 수석이 아닌 전교 10등, 수석은 아니지만 공부 잘하는 우등생들의 이야기다. 얼핏 들으면 궤변도 이런 궤변이 없는 것 같겠지만 충분히 그럴 만한 이유가 있다.

수석에겐 배울 것이 없다

수현이는 착하고 예쁜 여중생이다. 외동딸임에도 남들 배려할 줄 알고, 예의가 발라 주변 어른들의 칭찬이 자자하다. 무엇 하나 나무랄 데 없는 수현이지만 딱 한 가지 아쉬운 점이 있었다. 공부를 열심히 하는 편인데도 시험을 보면 좀처럼 성적이 나오지 않았다.

보다 못한 엄마는 초등학교 때부터 전교 1등을 놓치지 않는 영미가 다니는 학원을 수소문해 수현이를 그 학원에 보냈다. 영미와 수준이 맞지 않아 같은 반에 넣을 수 없다는 학원 선생님을 설득해 억지로 영미와 수현이가 함께 수업을 받도록 했다. 그렇게 무리를 하면서까지 영미 가까이에 수현이를 있게 한 이유는 영미의 공부법을 수현이가 배우기를 바랐기 때문이다. 지성이면 감천이라더니 다행히 수현이는 엄마의 의도대로 영미와 친해졌고, 영미의 공부법에도 관심을 보였다.

"엄마, 영미는 학원 끝나고 집에 가면 꼭 학원에서 배웠던 내용을 복습한대. 이제부터 나도 그렇게 해볼 거야."

"엄마, 영미는 일요일에는 독서실에 가서 밤늦게까지 공부한대. 대단하지 않아?"

그렇게 조금씩 영미의 공부법이 신기한 듯 영미에게 들은 이야기를 엄마에게 이야기하더니 어느 날 비장한 얼굴로 이야기했다.

"엄마, 이제부터 나도 영미가 하는 것처럼 공부해볼 거야. 그러면 나도 전교 1등 할 수 있겠지?"

수현이 엄마는 속으로 쾌재를 부르며 아낌없이 수현이를 격려했다.

"그럼, 그럼. 우리 수현이가 머리가 얼마나 좋은데, 그동안은 공부법이 문제가 있었을 거야. 이제부터라도 영미처럼 공부하면 전교 1등을 하고도 남지."

그렇게 수현이의 영미 따라잡기는 시작됐다. 학원에서 돌아온 후 복습을 다 마치기 전까지는 잠을 자지 않았고, 주말에도 영미와 함께 독서실에서 하루 종일 공부했다. 하지만 영미 따라잡기는 그리 오래가지 못했다. 한 달 반쯤 지났을까? 수현이가 돌연 포기 선언을 했다.

"영미는 사람이 아니야. 어떻게 그렇게 쉬지 않고 공부만 할 수 있어? 난 도저히 못해. 영미처럼 공부하다가는 스트레스 받아 죽을 것 같아."

엄마는 온갖 말로 수현이를 설득했지만 수현이는 요지부동이었다. 어설프게 영미를 따라하다 역시 자신은 공부를 잘할 수 없는 아이라는 생각만 굳힌 듯했다. 수현이 엄마는 애간장이 타서 어쩔 줄을 몰라 했지만 처음부터 전교 1등을 붙여준 것이 잘못이다.

수석은 남다르다. 수석은 100점 만점(滿點)에 근접하는 학업실력을 가진 사람이다. 국어, 영어, 수학, 과학, 사회 등등의 모든 과목에서 하나도 빠지는 과목이 없다. 전 과목 점수가 90점을 훌쩍 넘는다. 시험이 어렵든 쉽든 크게 흔들리지도 않는다. 공부를 열심히 해도 시험문제가 쉬우면 점수가 더 잘 나오고, 어려우면 점수가 낮아지는 것이 보통인데, 수석은 늘 한결같다. 쉽든 어렵든 언제나 만점에 가까운 점수를 받는다. 그러니 수석의 공부법에 관심을 안 가지려야 안 가질 수가 없다.

하지만 수석의 공부법은 그다지 관심을 가질 만한 것이 못 된다. 수석은 아무나 될 수 없다. 수석은 거의 완벽한 사람이다. 어떠한 상황에서도 만점에 가까운 점수(예를 들면 99점)를 받으려면 보통 사람들은 상상조차 하기 힘든 엄청난 노력을 했을 것이다. 아무리 천재라도 무한한 노력 없이는 완벽에 가까운 무언가를 이루어 내기 어렵다.

무엇보다 수석의 공부법은 절대적인 시간을 필요로 한다. 한두 달 바짝 따라해본다고 효과를 볼 수 있는 그런 공부법이 아니다. 괜히 어설프게 따라 했다가는 수현이처럼 수석과의 거리감만 느끼고 좌절하기 쉽다. 그래서 나는 수석에게는 정작 배울 것이 없다고 말한다. 우리나라에서 공부를 잘한다는 사람들을 몇 천 명 만나본 내 경험은 그렇다. 수석에게 배울 게 없다니 참 큰일 날 소리 같지만 가까이 하기에는 너무 먼 수석을 따라잡고자 스트레스를 받을 이유가 전혀 없다.

우등생의 공부법을 듣는 것만으로도 충분하다

수석이 아니라면 대체 누구의 공부법을 들으면 될까? 우등생의 이야기를 듣는 것만으로도 충분하다. 흔히 우리는 공부를 잘한다고 말할 수 있으려면 100점이나 100점에 근접한 점수를 맞아야 한다고 생각한다. 하지만 막상 시험을 보면 90점 이상 맞기도 쉽지 않다는 것을 알 수 있다. 특히 전체 과목에서 고루 점수를 얻어 평균 90점을 넘기란 더더욱 쉽지 않다. 실제로 전 과목 평균 점수가 90점을 넘는 학생은 반에서 2~3명 정도에 불과하다.

평균 90점을 넘는 학생들을 우리는 흔히 우등생이라 부른다. 수석은 아니지만 우등생들도 공부를 아주 잘하는 학생들이다. 그러면서도 수석처럼 완벽하지는 않기 때문에 보다 친근한 느낌을 주는 학생들이 바로 우리 주변에 있는 우등생들의 모습이다.

수석을 따라하다 지쳐버린 수현이는 곧 마음을 추스르고 지원이의 공부법을 눈여겨보기 시작했다. 지원이는 반에서 2~3등 하는 아이였는데, 공부뿐만 아니라 노는 것도 무척 좋아하는 아이였다. 공부할 때는 공부에 집중하지만 쉬는 시간에는 친구들과 수다도 떨고, 주말에는 친구들과 어울려 쇼핑몰에서 아이쇼핑을 하거나 비싸지 않은 액세서리를 사는 것을 즐기기도 했다. 확실히 공부밖에 모르는 전교 1등 영미보다는 만만한 느낌이 들었다. 영미의 공부법은 도저히 따라할 자신이 없어도, 지원이 공부법은 조금만 노력하면 실천할 수 있을 것 같았다.

확실히 지원이의 공부법은 영미보다는 숨통이 덜 막혔다. 공부할 때는 공부에만 몰입하느라 에너지가 많이 소비되고 스트레스도 받았지만 지원이와 수다를 떨면서 많은 부분이 해소되었다. 또한 가끔은 서로의 고민을 털어놓으면서 공감대를 형성하기도 했다. 지원이 역시 공부를 어려워하고 때로는 공부가 잘 안 돼 고민하고 방황하기도 한다는 것이 수현이에게 큰 힘이 되었다. 사실 수석과 우등생의 공부법 자체는 큰 차이가 없다. 수석을 만드는 것은 공부법 자체라기보다는 일반 사람들이 쉽게 따라할 수 없는 철저한 자기관리와 노력이다. 어떤 유혹에도 흔들리지 않고 매 순간 최선을 다하는 피나는 노력이 수석으로 하여금 거의 만점에 가까운 점수를 받게 만드는 것이다.

하지만 모든 시험은 백점이나 99점만이 합격하는 것은 아니다. 대한민국의 많은 시험이 80점 정도 이상만 맞으면 합격을 보장하는 경우도 많다. 토익도 텝스도 1,000점 만점에 900점 이상은 어학실력이 괜찮다고 생각하는 것과 마찬가지다.

누구나 꼭 수석이 될 필요는 없다. 서울대에는 수석들도 많지만 수석만 서울대에 갈 수 있는 것은 아니다. 우등생들도 충분히 서울대에 갈 수 있다. 백점만점짜리 수석보다는 적당히 우수한 점수를 받는 우등생이 세상에 훨씬 많고 우리 가까이에 있다. 그렇다면 보통의 사람(범재)은 누구를 보고 배우는 것이 쉬울까. 당연히 우등생이다. 우등생은 보통 사람들과 좀 더 가까이 있는 사람들이기에 그들의 이야기는 좀 더 귀에 쏙쏙 들어온다. 우등생을 롤 모델로 삼고 그를 닮아가려고 노력하는 지혜가 필요하다. 그렇게 우등생의 말에 귀를 기울이고, 노력을 하다 보면 우등생을 넘어 수석을 할 가능성도 커진다.

거북이보다는 토끼가 빠르다

토끼와 거북이가 경주를 해 결국 거북이가 이겼다는 이야기를 모르는 사람은 없을 것이다. 공부도 거북이처럼 해야 한다고 말하는 사람들이 많다. 조급해하지 말고 거북이처럼 천천히, 차근차근 열심히 하는 게 중요하다고 강조한다. 틀린 말은 아니다. 공부는 누가 더 지치지 않고 오래 하느냐의 싸움이라 해도 과언이 아니다. 공부뿐만 아니라 인생의 많은 일이 거북이처럼 성실하게, 꾸준히 했을 때 탐스러운 결실을 맺게 되는 경우가 많다.

하지만 공부를 할 때는 때론 토끼와 같은 민첩함도 필요하다. 토끼가 거북이에게 진 이유는 빨리 갈 수 있는 능력이 부족해서라기보다는 자만심에 빠져 게으름을 피웠기 때문이다. 똑같이 열심히 경주를 했다면 거북이는 결코 토끼를 이길 수 없다. 거북이처럼 한 걸음, 한 걸음 단계별로 충실하게 공부하는 것도 중요하지만 현실적으로는 토끼처럼 빠른 시간에 원하는 목적지에 도달하는 효율적인 공부법이 더 중요하다.

최연소 합격생의 공부법을 훔쳐라

고시제도는 나라에서 인정하는 시험 중 제법 수준이 높다고 공인된 것들이다. 사법시험(사법고시), 행정고시, 외무고시, 기술고시, 변리사고시, 회계사 · 노무사 시험 등이 그렇다. 보통 경쟁률이 수백 대 일을 넘고, 3년에서 5년 정도 열심히 공부해야 겨우 합격할 수 있는 어려운 시험이다. 그보다 더 긴 시간을 공부한다고 해도 합격에 대한 보장이 없는 섬뜩한 시험이기도 하다. 많은 사람이 고시에 도전했고 또 합격했지만, 그 반면 시험에서 낙방을 거듭한 사람들도 수를 헤아릴 수 없을 정도로 많다.

그런데 이런 무지막지한 시험을 준비한 지 불과 1~2년 만에 합격하는 사람들이 있다. 이런 사람들을 보통 옛날 과거제도를 빗대 '소년등과' 한다고 표현하는데 불과 22세~24세 정도의 사람들이다. 게다가 이들이 고시공부에 전념하는 고시생이 아니라 학과공부도 열심히 하는 대학생 신분이라는 점은 더욱 놀랍다.

불과 2년~3년 만에 고시를 1차, 2차, 3차 모두 통과하는 것은 보통 일이 아니다. 처음에는 머리가 아주 특출나게 좋다든가, 그들만의 특별한 무언가가 있을 것이라 생각했지만 가까이서 보고 이야기를 들어본 후에 생각이 바뀌었다. 적어도 내가 보기에는 그들은 사람 자체가 탁월한 사람들은 아니었다. 다만 그들의 공부법이 탁월해 짧은 시간 공부하고 고시에 합격할 수 있었던 것이라고 결론을 내렸다. 최연소 합격생들의 공부법은 가장 효율성이 높은 공부법이라 할 수 있다. 이왕 공부를 할 것이라면 최대한 효율이 높은 방법으로 공부해야 한다.

공부를 하는 데도 때가 있다. 대학입시를 기준으로 한다면 보통 고등학교 3년(실제로는 3년이 채 안 된다) 동안 열심히 공부해서 그동안 공부한 것을 수능이란 시험으로 평가를 받아야 한다. 중학교까지 포함시킨다고 해도 6년이란 시간이 주어져 있을 뿐이다. 물론 원하는 목표를 이루지 못했을 때 재수, 삼수를 불사하는 학생들도 많다. 인생에서 목표를 위해 1~2년 정도 더 투자하는 것은 나름 의미가 있다. 재수, 삼수를 통해 학생들은 공부뿐만 아니라 깊이 있는 인생 공부를 할 수 있기 때문이다. 그렇지만 처음부터 재수, 삼수를 하겠다고 마음먹고 고등학교에 진학하는 학생은 내가 아는 한 단 한 명도 없다. 또 그런 마음으로 공부를 해서도 안 된다. 고등학교 3년이라는 제한된 시간 동안 최선을 다해 공부하고, 만족할 만한 결과를 얻는 것을 목표로 해야 한다. 그러려면 가장 효율적인 공부법을 실천한 최연소 합격생의 공부법을 듣고 배울 준비가 되어 있어야 한다.

가까이에 있는 토끼를 찾아라

고시에 있어서는 최연소 합격생을 토끼라 할 수 있다. 하지만 중 · 고등학생들이 주변에서 고시 최연소 합격생을 찾기도 어렵고, 설령 찾는다 해도 공부의 목표와 내용이 달라 그들의 공부법이 피부에 와 닿지 않을 수도 있다.

중 · 고등학생들은 그들의 롤 모델이 될 만한 그들만의 토끼를 찾는 것이 바람직하다. 주위를 돌아보자. 혹 주변에 지난 학기까지만 해도 성적이 중간 정도밖에 안 됐는데, 방학이 끝나고 새 학기가 되면서 상위권으로 급부상한 친구가 있는가? 바로 그런 친구가 우리가 찾는 '토끼' 다. 늘 전교 1등, 반에서 1등을 하는 친구보다 그런 친구의 공부법을 눈여겨봐야 한다.

갑자기 성적이 오른 친구들은 처음에는 오해를 받을 수 있다. 성태의 경우가 그랬다. 성태는 중학교 1학년 때까지만 해도 성적이 중상위권 정도였다. 학급 인원이 30명이었는데, 반에서 12등

~14등 사이를 왔다갔다했다. 그랬던 성태가 중학교 2학년에 올라가 첫 중간고사에서 반에서 5등이라는 놀라운 성적을 거뒀다.

단기간에 성적을 향상시킨 성태는 우리가 찾는 토끼 중 한 명이 분명하다. 그런데 처음에는 성태를 색안경을 끼고 보는 친구들도 있었다.

토끼의 공부법에 관심을 갖기보다는 의혹의 눈초리로 인정하지 않으려는 친구들이 많다. 충분히 그럴 수 있다. 공부는 마라톤과 같아서 잠깐 열심히 한다고 성적이 바로 쑥 오르지 않는다. 단기간에 성적을 올리기란 수석을 하는 것 못지않게 어렵다. 그러니 친구의 일취월장한 실력을 의심하는 것도 무리는 아니다. 단기간에 성적이 오른 친구가 정말 토끼인지 아닌지를 확인하기는 어렵지 않다. 커닝을 하거나 운이 좋아 시험을 잘 본 것이라면 다음 시험에서는 원래의 자기 실력이 드러난다. 그렇지 않고 한 번 성적이 오르더니 다시 떨어지지 않는다면 그 친구는 우리가 찾던 바로 그 토끼라 할 수 있다. 또 전 과목을 두루 잘하지는 못하지만 특정 과목만큼은 유난히 잘하는 친구도 '토끼'라 할 수 있다. 남들이 싫어하는 국사를 재미있다며 거의 달달 외우는 친구, 언어를 특별히 잘하는 친구, 다른 건 못해도 수학만큼은 수학귀신이라 불릴 정도로 두각을 나타내는 친구 모두 우리가 가까이해야 할 토끼들이다.

기꺼이 마마보이, 파파걸이 되어라

서울대생은 마마보이, 파파걸이라는 속설이 있다. 정말 속설대로 서울대생은 엄마, 아빠 말을 잘 듣는 마마보이, 파파걸일까?

서울대생 누구도 스스로 마마보이, 파파걸임을 인정하지 않는다. 그도 그럴 것이 서울대생들은 그 누구보다도 자기주도학습 능력이 뛰어난 사람들이다. 그런 사람들을 엄마 아빠가 하라는 대로 하는 마마보이, 파파걸로 몰아붙이는 것은 문제가 있다.

하지만 부모 말이라면 쌍심지를 켜고 반발부터 하는 학생들과는 달리 부모와 자주 대화하고, 어떤 일이든 부모와 상의하고, 부모 말을 경청하는 것을 마마보이, 파파걸이라고 한다면 서울대생은 분명 마마보이, 파파걸이다. 서울대생 치고 부모 말을 잘 듣지 않는 학생은 거의 없다. 거꾸로 이야기하면 공부를 잘하려면 엄마 아빠 말을 잘 들어야 한다는 얘기다.

서울대 공부법 = 40 : 40 : 20

누구의 도움도 없이 혼자서 공부해 서울대를 비롯한 명문대를 가는 학생들이 얼마나 될까? 아주 오래 전에는 그런 학생들이 제법 있었다. 하지만 지금은 사정이 다르다. 좋은 환경에서 공부한 학생들의 성적이 그렇지 않은 학생보다 월등히 좋다.

그럼 공부하기에 좋은 환경이란 무엇일까? 훌륭한 선생님, 공부에 집중할 수 있는 분위기, 하고 싶은 공부를 마음껏 할 수 있게 도와주는 경제적 지원도 좋은 환경의 조건이 될 수 있다. 하지만 다행스럽게도 이런 조건은 공부를 하는 데 꼭 필요한 절대적인 조건은 아니다. 학생 스스로 공부를 해야겠다는 의지가 강하면 이런 조건쯤은 얼마든지 극복할 수 있다.

서울대생 중에는 지방의 일반 고등학교 출신들이 많다. 다 그런 것은 아니지만 그중에는 학교 분위기가 전반적으로 공부를 열심히 하지 않는 분위기여서 공부하는 데 방해가 되었다고 말하는 사람들이 종종 있다. 공부에 집중할 수 있는 분위기가 절대적인 조건이었다면 아마 그들은 서울대에 합격하지 못했을 것이다.

경제적인 지원도 큰 문제가 되지 않는다. 물론 경제적인 뒷받침이 튼튼하면 공부하기가 수월한 것은 사실이다. 보고 싶은 교재도 마음껏 사 볼 수 있고, 부족한 부분을 과외나 학원의 도움을 받아 보충할 수도 있으니까 말이다.

그렇지만 경제적으로 넉넉하지 않더라도 공부하려는 의지만 있다면 얼마든지 공부를 잘할 수 있다. 굳이 과외나 학원의 도움을 받지 않아도 학교 선생님이나 주변 친구나 선배들만 잘 활용해도 공부하는 데 아무 문제가 없다.

결국 어떤 환경보다도 본인의 의지가 가장 중요하다. 본인의 의지만큼 중요한 것이 또 있다. 바로 '부모님의 후원과 격려' 다. 공부를 100으로 놓았을 때 본인의 의지가 40을 차지한다면 부모님의 후원과 격려가 차지하는 비중 역시 40이다. 나머지 20 정도를 선생님과 교재가 차지한다고 보면 무리가 없다.

어찌 보면 쉽게 공감하기 어려운 이야기일 수 있다. 본인의 의지가 중요한 것은 당연하지만 부모님 역할이 개인의 의지와 같은 비중인 40을 차지한다니 믿기 어려울 것이다. 그렇지만 내가 만난 서울대생은 거의 대부분 부모님의 지원과 격려가 큰 힘이 되어 서울대에 입학할 수 있었다고 말한다. 자기 자신도 기를 쓰고 열심히 공부했지만 부모님의 헌신적인 조언과 뒷바라지가 없었다면 좋은 결과를 얻지 못했을 지도 모른다고 인정한다.

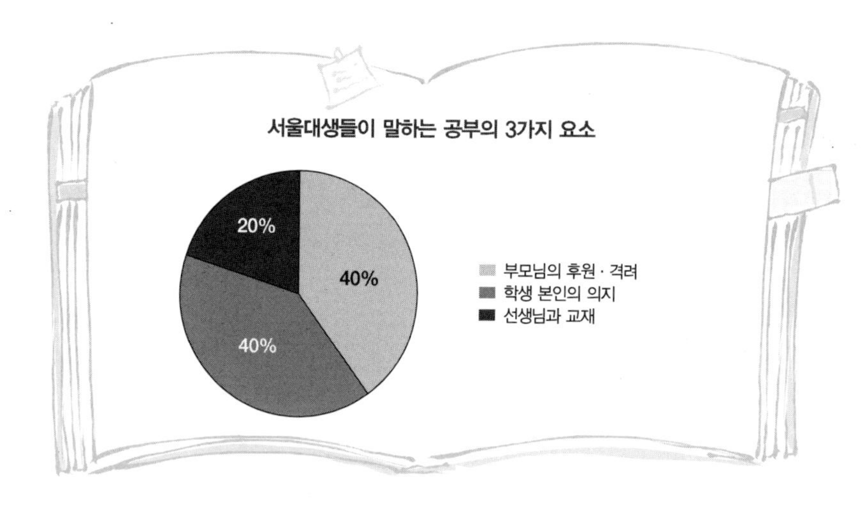

서울대생뿐만 아니라 공부를 잘하는 학생치고 부모님과 사이가 좋지 않은 사람은 드물다. 부모님과 사이가 좋지 않을수록 학업성적이 좋지 않다는 것은 이미 미국 교육학에서 통계로 증명된 사실이기도 하다. 우리나라에서도 비슷한 연구를 한 적이 있다. 2006년 10월 교육인적자원부(현 교육과학기술부)는 전국 초등학교 3학년의 3%인 663개교 1만 9,257명을 대상으로 기초학력에 영향을 미치는 변수를 분석한 결과를 발표했다. 그 결과 교사의 칭찬을 많이 듣고, 독서를 많이 하고, 학습준비물을 잘 챙기고, 숙제를 혼자서 해결하는 학생일수록 기초학력 점수가 높은 것으로 나타났다.

부모와의 관계도 기초학력 점수와 밀접한 관련이 있었다. 부모와 대화를 많이 하는 학생일수록 기초학력점수가 높은 것으로 나타났다.

연구결과에서도 알 수 있듯이 부모의 역할은 아주 중요하다. 흔히 가정환경이 중요하다고 하면 부모의 경제력을 먼저 떠올리는 사람들이 많은데, 경제력보다는 집안 분위기가 훨씬 중요하다. 집안 분위기가 화목하고, 부모와 자녀가 허물없는 대화를 자주 나누면 성적은 저절로 올라간다.

그런데도 여전히 부모를 공부하는 데 있어 없어서는 안 될 후원자가 아니라 매일 쓸데없는 잔소리를 해대는 귀찮은 존재나 싸움의 대상으로 생각하는 학생들도 있다. 공부를 잘하려면 훌륭한 공부법을 찾고, 스스로 노력하는 것 못지않게 부모님과의 관계를 돈독히 하는 데 집중해야 한다. 부모님과의 사이가 좋아질수록, 부모님과의 교감이 두터워질수록 성적은 꾸준히 오를 것이다.

모든 부모는 다 교육전문가다

"모의고사에서 언어 성적이 좀 떨어졌네. 언어에 신경 좀 써야겠다. 언어는 공부를 해도 확 성적이 오르지도 않고, 공부를 덜해도 확 떨어지지 않아 방심하기 쉬운 영역이래."

"이번엔 실수한 것뿐이에요. 제가 알아서 할 거예요. 엄마는 잘 알지도 못하면서…."

부모가 공부의 40%를 책임지는데도 부모의 말을 신뢰하지 않는 학생들이 많다. 큰 실수다. 부모만큼 내게 도움이 되는 이야기를 해주는 사람도 없다.

실제로 교육열이 높은 부모들은 교육전문가 못지않다. 미국 명문대인 예일대 법대교수로 재직 중인 에이미 추아는 최근 《호랑이 엄마의 전쟁노래Battle Hymn of the Tiger Mother》(우리나라에서는 《타이거 마더》라는 책으로 나왔다)라는 책을 썼다. 아이들에게 늘 목표를 제시하고 그것을 달성하도록 교육시켰고, 그런 엄마의 교육을 착실히 받은 두 딸이 학업, 예능, 인간관계 모든 면에서 훌륭하게 자랐다는 내용을 담고 있는 책이다. 그녀는 '호랑이 엄마'로 불리면서 숱한 비판을 받기도 했지만 그녀가 호랑이처럼 무서운 교육으로 두 딸을 최고의 재원으로 키운 것은 부인할 수 없다. 그녀의 큰딸은 하버드대학에 다니고 있고 카네기 홀에서 연주회를 할 정도로 음악적 재능이 훌륭하다.

한국인으로서는 드물게 하버드 법대 종신교수가 된 석지영 교수 뒤에도 교육열 강한 부모님이 있었다. 석 교수의 부모님은 그녀가 어렸을 때부터 철저히 시간 관리를 하고, 독서를 하도록 지도했고, 그런 교육이 지금의 석지영 교수를 만들어냈다. 석 교수뿐만 아니라 그녀의 두 여동생들도 모두 미국 명문대를 졸업하고 미국 사회에서 성공한 것을 보면 부모님의 교육법이 주효했음을 알 수 있다.

미국 호랑이 엄마만큼이나 대치동 엄마들도 대단하다. 대치동 엄마들의 교육열은 유명하다. 아이보다 더 효율적인 공부법을 많이 꿰뚫고 있고, 웬만한 교육전문가 못지않은 정보력도 갖추고 있다. 최근 서울대를 비롯한 명문대에 강남 출신 학생들의 비중이 해마다 늘고 있는 것은 결코 우연이 아니다.

하지만 대치동 엄마들처럼 정보력이 뛰어나지 않아도 모든 부모님은 교육전문가나 마찬가지다. 나의 부모님은 소박한 분들이었다. 나의 어머니는 대치동 엄마들처럼 따끈따끈한 최신 정보를 알지는 못했지만 기본적인 공부법을 알려주고, 공부의 소중함을 알게 해주었다. 지금 생각해보면 당시 어머니가 권한 공부법은 어찌 보면 고리타분한 구식 공부법이었지만 나는 어머니의 공부법에 귀를 기울였다.

사실 공부법은 유행이 없다. 세밀한 부분에서는 공부해야 할 내용에 따라 공부법도 조금씩 달라지고, 새로운 공부법이 제시되기도 하지만 공부법의 큰 원칙은 크게 다르지 않다. 그러니 살짝 구식인 듯한 부모님의 공부법도 잘 들어두면 다 살이 되고 피가 된다.

뭉치면 쉬워진다

친구는 공부를 방해하는 웬수일까? 아니면 함께 공부해 시너지 효과를 낼 수 있는 은인일까?

적어도 공부를 할 때만큼은 은인보다는 웬수라고 생각하는 사람들이 많은 것 같다. 실제로 친구는 소중하면서도 때로는 공부를 방해하는 존재이기도 하다. 중 · 고등학생일 때는 공부보다는 노는 것을 더 좋아한다. 힘든 공부를 계속하다 보면 더욱 놀고 싶은 마음이 간절한데, 그때 친한 친구가 잠깐 머리를 식히며 놀자고 유혹하면 뿌리치기가 참 어렵다. 그래서 독한 친구들은 공부하겠다고 마음먹으면 휴대전화를 없애 아예 친구들이 연락조차 할 수 없게 만들기도 한다.

하지만 공부는 혼자 할 때보다 여럿이 할 때 더 잘 된다. 안타깝게도 나도 고등학교 다닐 때까지는 함께 공부하는 재미와 효과를 경험해보지 못했다. 그렇지만 대학에 와서 친구들을 모아 소위 '스터디' 라는 것을 해보면서 가장 적은 노력으로 가장 큰 효과를 얻을 수 있는 방법으로 '스터디' 만한 것이 없다는 것을 확인할 수 있었다.

스터디의 전제조건, 끼리끼리 모여라

'스터디' 의 학습효과가 출중한데도 정작 중 · 고등학생 때 스터디를 해본 학생들은 드물다. 서울대생들도 마찬가지다. 내가 아는 한 많은 서울대생들은 혼자 공부해왔다. 서울대생들이 교만하고, 남들과 어울리기 싫어해서 그런 것이 아니다. 이미 이야기했듯이 서울대생들은 남의 이야기를 잘 듣고 교만을 떨지 않는다.

그런데도 스터디를 하기보다 혼자서 공부하는 데 익숙한 이유는 비슷한 수준의 친구를 만나기가 어려웠기 때문이 아닐까 싶다. 서울대생들은 대부분 초 · 중 · 고를 거치는 동안 최고의 최고(동네 1등, 반1등, 전교1등, 전국1등)의 자리를 계속 지켜왔고 그러다보니 자신의 수준에 맞는 친구들과 두루 어울려 공부할 기회가 적었을 것이다. 남들보다 많이 알고 있으니 다른 영역에 집중해야 하고 평범한 친구들과 함께 공부한다는 것이 그리 쉽지 않았으리라 본다. 공부수준이 비슷하다면 같이 하겠지만 그렇지 않은 경우라면 대개 혼자 한다.

상황 때문에 함께 공부할 기회를 갖지 못하고 혼자 공부하는 습관이 든 서울대생들은 대학에 와서도 1~2학년 때까지는 혼자 공부하는 경우가 많다. 그런데 대학 3~4학년이 되고 다른 공부(고시 공부, 취업준비, 유학준비 등)를 시작하면 이야기가 달라진다. 그때부터 서울대생들은 적극적으로 함께 공부할 친구들을 찾아 나선다.

내가 인문대학을 다니던 90년대 말에는 포스트잇으로 도서관 문에 광고를 내 스터디 회원을 구하곤 했다. 중앙도서관에 있다 보면 '헌법 스터디원 구합니다. 아침 9시에서 한 시간 헌법 책 진도 나갑니다.', '유기화학 스터디원 구합니다. ○○교재 원서로 정독합니다.' 등 별의별 스터디 모집 광고를 많이 볼 수 있었다. 공대의 경우 같이 프로젝트를 할 대학원생을 모집하는 광고도 있었다. 하루에도 수십 장씩 붙었고 대부분 그 스터디는 결성되어 서울대생 5~10명이 스터디(집단학습)를 시작하곤 했다.

실제로 나도 서울대 중앙도서관에 붙은 사법시험 스터디에도 참여해본 적이 있고 신림동 고시촌에서 스터디를 직접 조직해서 사법시험 1차를 합격한 적이 있다. 이런 스터디 말고도 과마다 스터디를 하는 친구들이 많다. 서울대 인문대는 영어스터디가 아직도 잘 운영되고 있고 경영대, 경제학과나 자연대도 과마다 스터디를 꾸려서 학과공부를 따라가려 노력한다.

스터디를 해본 적도 없는 서울대생들이 성공적으로 스터디를 할 수 있는 이유는 그만큼 효과가 좋기 때문이기도 하지만 비슷한 목적을 가진, 비슷한 수준의 사람들이 모였기 때문이 아닐까 싶다. 스터디는 일종의 협업이다. 어느 한 사람이라도 자기가 맡은 역할을 게을리하면 스터디는 유지될 수가 없다. 또한 아무리 열심히 하려는 의지가 있어도 공부수준이 현저히 낮아 다른 사람이 이야기하는 것을 이해를 못하면 스터디의 걸림돌이 될 수 있다.

끼리끼리 문화를 부정적인 시선으로 보는 사람들도 많지만 스터디만큼은 동일한 목적을 가진 비슷비슷한 사람들이 함께 하는 것이 바람직하다. 지금부터라도 친구를 함께 놀 수 있는 대상이 아니라 함께 공부하고 싶은 사람으로 보면 공부하는 데 큰 도움이 될 것이다.

스터디를 하면 공부를 더 잘할 수밖에 없는 이유

대학에 와서야 스터디를 해본 서울대생들 중에는 "내가 이런 스터디를 고등학교 때 알았으면 재수 · 삼수 안 했을 텐데."라고 말하는 사람들이 종종 있다. 대체 스터디가 어떤 효과가 있기에 그런 소리를 할까?

스터디를 직접 해보면서 느낀 장점은 다음과 같다. 우선 스터디는 자기가 부족한 공부를 가장 잘 알게 해주는 수단이 된다. 스터디를 하면 아무래도 자신의 실력이 그대로 노출될 수밖에 없다. '내 실력은 모르겠지?' 라고 생각한다면 착각이다. 자기도 다른 스터디원 중에 누가 실력이 있는지 순위를 매기고 있기 때문이다. 이처럼 실력이 드러나게 되니 자신이 부족한 과목과 그 부족한 정도를 쉽게 파악할 수 있다. 이제 이 학생은 그 취약부분을 집중적으로 공부하면 된다.

스터디를 하면 진도를 예정대로 마칠 수 있다는 것도 좋은 장점이다. 아무래도 혼자 공부할 때는 진도를 놓치기 십상이다. 수도를 잘 하는 스님도 선방(참선을 하는 공간)을 찾아가 다른 스님들과 같이 수도생활을 하지 않는가. 공부에 있어 자신감이 있는 나조차도 혼자서 공부할 때는 진도가 밀려 애를 먹었던 적이 한두 번이 아니다. 하지만 스터디를 하는 동안에는 진도를 밀리지 않았다. 아니 진도를 밀리지 못했다고 하는 것이 맞을 것이다. 스터디를 하면 나 말고도 다른 사람들도 신경을 쓰게 되고 내가 진도를 못 따라가는 것이 스터디 전체에게 피해가 될 수 있기 때문이다.

마지막으로 스터디를 하면 서로 가르쳐주고 배우면서 공부할 수 있는 장점이 있다. 공부를 할 때도 그렇지만 스터디를 할 때는

'잘 듣는 게' 아주 중요하다. 보통 스터디는 공부할 내용을 스터디원 수에 맞춰 나누고 각자 자기가 맡은 부분을 공부해 발표하고 토론하는 방식으로 진행된다. 스터디의 효과를 만끽하려면 다른 친구들이 준비해서 발표하는 내용을 하나도 놓치지 말고 잘 들어야 한다. 들으면서 잘 이해가 가지 않는 부분은 발표 후 질문과 토론을 통해 확실히 알아두어야 스터디를 한 보람을 느낄 수 있다.

또한 내가 맡은 부분을 발표하고, 질문에 답하는 것도 큰 공부가 된다. 친구들이 모르는 것을 물어와 가르쳐준 경험이 있는지. 분명 알고 있는 것인데도 설명을 하려니 어디서부터 설명해야 할지도 모르겠고, 설명을 열심히 하려고 애를 쓰는데도 제대로 표현을 하지 못해 쩔쩔 맸던 적이 있을 것이다. 아는 것과 남에게 가르치는 것은 또 다른 문제이기 때문이다. 완전히, 확실하게 알지 못하면 남에게 설명하기가 어렵다. 따라서 남을 가르치다 보면 내가 얼마만큼 알고 있는지를 확인할 수 있을 뿐만 아니라 아는 내용을 한 번 더 확실하게 복습하는 일석이조 효과를 얻을 수 있다.

이처럼 스터디의 효과는 상상을 초월한다. 이미 외국에서는 오래 전부터 초등학교 때부터 스터디 교육을 진행하고 있으며, 우리나라에서도 민사고를 중심으로 전주 상산고, 공주 한일고, 포항 포철고 등 몇 명 자립형 사립고에서 스터디 형식을 도입해 수업을 하는 것으로 알고 있다. 스터디의 효과는 굳이 말할 필요도 없다. 그 고등학교 학생들이 대부분 국내외 명문대에 진학했다는 사실

만으로도 스터디가 얼마나 효과적인 학습인지 증명이 되기 때문이다.

요즘 들어 서울대에도 중 · 고등학교 때부터 스터디를 한 입학생들이 점점 늘어나는 추세다. 좋은 학원이나 학습열이 높은 학교에서 학생들을 그룹으로 묶어 진도를 나가고 서로 도움이 될 수 있도록 배려하는 덕분이다.

학교에서 스터디를 엮어주지 않는다고 실망할 필요는 없다. 뜻이 맞는 친구끼리 스스로 스터디를 만들면 된다. 비슷한 수준의 친구들끼리 모여 스터디를 만들면 최상이지만 어렵다면 서로 다른 과목을 잘하는 친구들끼리 모여 스터디를 결성하는 것도 좋다. 사실 모든 과목을 다 잘하는 학생은 드물다. 언어를 잘하면 수학이 약하다거나 수학은 잘하지만 외국어는 약한 경우가 더 많다. 이런 학생들이 모여 스터디를 하면 서로서로 가르쳐주고 배우면서 자신의 취약과목을 보충하고, 잘하는 과목은 더 다지는 시너지 효과를 얻을 수 있다.

질문할 때만 입을 열어라

공부는 '듣기'가 기본이다. 수업시간에 귀를 쫑긋 열어놓고 열심히 잘 듣기만 해도 최소한 중간 이상의 성적을 낼 수 있다.

하지만 잘 듣는 것만으로는 부족하다. 공부를 더 잘하려면 잘 듣고 질문을 많이 해야 한다. 질문을 많이 하면 할수록 성적이 잘 나온다. 이를 입증이라도 하듯 서울대생들은 대체적으로 질문이 많다. 보통 수업을 마치면 교수님이 "질문 있는 사람?" 하며 수업시간에 이해하지 못한 내용을 확인해볼 수 있는 시간을 준다. 이때 서울대생들은 주저하지 않는다. 기다렸다는 듯이 질문 공세를 퍼붓고, 시간이 모자라 교수님이 미처 다 대답을 못해주면 수업이 끝난 후 뒤를 졸졸 따라가며 집요하게 질문을 해댄다.

서울대생들의 질문 습관은 어제오늘 생긴 것은 아니리라. 어렸을 때부터 모르는 것이 있으면 주변 눈치 보지 않고 질문을 했던 것이다. 그런 질문 습관 덕분에 중·고등학교 때 상위권 성적을 유지하고, 서울대에 입학할 수 있었던 것이다.

잘 들으면 질문이 터진다

선생님이 "질문 있는 사람?" 하고 물으며 친절하게 질문할 시간을 주었는데 질문할 거리가 없다면 어떻게 생각해야 할까?

우선 수업내용을 완벽하게 이해해 질문이 필요 없을 수도 있다. 하지만 이런 경우는 극히 드물다. 아무리 머리가 좋고 이해력이 뛰어난 사람도 한 번 듣고 다 이해하기는 어렵다.

그렇다면 왜 질문이 없을까? 이유는 둘 중 하나다. 질문하기가 귀찮아 잘 모르는 것이 있어도 질문하지 않거나 수업시간에 집중해서 듣지를 않아 뭘 모르는지조차 모르는 경우다. 어떤 이유든 질문을 하지 않는 정당한 이유는 될 수 없다.

수업을 열심히 들었다면 질문이 나오지 않으려야 않을 수가 없다. 50분이라는 제한된 시간에 일정한 분량을 나가다 보면 선생님도 어쩔 수 없이 압축해서 설명할 수도 있고, 어려운 내용이라면 여러 번 반복해서 설명해주어도 잘 이해하기 어려울 수도 있다. 그러니 공부를 잘하고 싶은 욕심이 있다면 자연스럽게 궁금증이 생겨 질문을 할 수밖에 없다. 질문은 내가 얼마나 알고 있는지를 측정할 수 있는 중요한 잣대다. 무엇을 알고 무엇을 모르는지 알지 못하고서는 질문을 할 수 없다. 또한 질문은 선생님으로부터 더 많은 지식을 전수받을 수 있는 매개체이기도 하다. 질문을 통해 선생님이 가진 지식을 최대한 내 것으로 만들 수 있다는 얘기다.

공부는 상호작용이다. 선생님의 수업을 일방적으로 듣고 머릿속에 주입하는 공부는 효과가 낮다. 수업을 듣고 궁금한 사항을 질문하면 선생님은 학생들이 어떤 것을 궁금해 하고, 수업내용을 얼마나 이해하고 있는지 가늠할 수 있다. 그럼으로써 학생들의 눈높이에 맞는 수업 진행이 가능해진다.

뭐든 부끄러워하지 말고 질문하라

모르는 건 죄가 아니다. 모르면서도 질문을 하지 않고 아는 척하는 것이 정말 씻을 수 없는 죄다. 그런데도 의외로 학생들은 몰라서 질문을 하는 것을 부끄러워한다.

"이거 나만 모르는 거 아냐? 괜히 질문했다가 망신만 당하는 거

아냐?"

"시험범위도 아닌데 질문해도 괜찮을까?"

공부의 주체는 자신임에도 다른 친구들이나 선생님의 눈치를 필요 이상으로 살핀다. 전혀 그럴 이유가 없다. 나는 중 · 고등학생 때 정말 별의별 질문을 다 했다.

"선생님, 연개소문은 연 씨일 텐데 왜 아들들은 남건과 남생으로 불리나요?"

"황제와 왕의 차이는 뭔가요?"

"조선시대 왕들의 이름을 보면 어떤 왕은 '종'이 붙고, 어떤 왕은 '조'로 끝나잖아요. 종과 조의 차이는 뭔가요?"

이런 엉뚱한 질문을 할 때마다 국사 선생님은 "그거 시험에 안 나온다."라고 하면서도 대답을 꼬박꼬박해주었다. 생각해보면 귀찮을 법도 했을 텐데, 혼 내지 않고 대답해준 선생님이 고맙다. 국사 선생님뿐만 아니라 세계사, 한국지리, 세계지리, 국민윤리 선생님 모두 엉뚱하면서도 집요한 내 질문에 친절하게 대답해주셨다. 만약 선생님들이 끊임없이 질문하는 나를 면박을 주거나 무시했다면 주눅이 들어 질문을 하고 싶어도 하지 못하는 소심한 학생이 됐을지도 모른다.

적어도 내가 아는 선생님들 중 질문을 싫어하는 분은 없었다. 선생님들마다 개인차는 있겠지만 거의 대부분의 선생님은 어떤 질문이든 질문하는 학생을 예뻐하면 예뻐했지, 귀찮아하거나 미워하지는 않는다. 그러니 어떤 질문이든 주저하지 말고, 부끄러워하지도 말고 해라. 질문을 많이 할수록 성적이 쑥쑥 오를 것이다. 실제로 나는 특히 사회탐구 영역에 해당하는 과목 수업시간에 질문을 많이 했는데, 고등학교 3년 동안 국사, 세계사, 한국지리, 세계지리, 국민윤리 시험에서 100점을 못 받은 적이 한 손에 꼽을 정도다.

서울대생들은 공부를 할 때뿐만 아니라 일상생활에서도 질문이 생활화된 것 같다. 오죽하면 내 동기는 연애 잘하는 법을 선배에게 물어 실천하기도 했을 정도니 말이다. 그 친구를 보면서 어쩌면 연애도 질문에서 시작한다는 생각을 했다. 타인에 대한 관심을 질문으로 표현하다 보면 그 사람을 더 잘 알게 되고, 나중에는 더 친해지기 쉽다. 연애도 그런데 공부는 오죽하랴. 공부도 계속 질문을 하다 보면 점점 공부의 핵심에 접근하게 된다. 그러면서 실력이 쌓인다.

왜? 아! 스스로 질문하고 답을 찾아보자

모르는 것이 있을 때 선생님이나 친구한테 물어보면 빨리, 정확한 답을 구할 수 있지만 때론 스스로 질문하고 답을 찾아보려고 노력할 필요가 있다. 현실적으로도 공부할 때 늘 곁에 선생님이나 친구가 있는 것이 아니어서 스스로 답을 찾아봐야 하는 경우가 많다.

물론 혼자서 질문하고 답을 찾으면 시간은 많이 걸린다. 하지만 선생님이나 친구에게 물어 답을 구했을 때보다 혼자 고민 고민하며 답을 찾으면 더 이해도 잘 되고, 기억하기도 쉽다. 그렇게 고생해서 터득한 지식은 굳이 외우려고 애를 쓰지 않아도 저절로 머릿속 깊이 저장된다.

공부는 결국 스스로 하는 것이다. 그 누구도 나의 공부를 대신 할 수 없다. 따라서 혼자서 질문하고 대답을 하면서 혼자 공부하는 방법을 터득하는 것은 매우 중요하다. 지금 당장은 귀찮고 힘들더라도 스스로 '왜'라는 질문을 던지고, 여러 방법으로 해답을 찾아보는 습관을 들이자.

CHAPTER 3

공신은 손을 아끼지 않는다

공부는 머리로만 하는 것일까?

그렇지 않다. 공부를 잘, 효과적으로 하려면 머리와 손이 환상적인 호흡을 맞춰야 한다. 머리와 손이 따로 놀면 반쪽짜리 공부가 되기 쉽다.

손을 적극적으로 활용하면 공부한 내용을 기억하기도 쉽고, 집중력도 높아진다. 어디 그뿐인가! 전체 내용을 보고 판단하는 것은 머리지만, 중요한 내용과 그렇지 않은 내용을 구분해 정리하는 역할은 손이 한다.

손으로 생략할 것을 잡아낸다

0, 1, 2, 3, 4, 5, 6, 7, 8, 9.

이 중에서 행운의 숫자 7이 제일 중요하고, 나머지는 들러리라 생각해보자. 어떤 숫자를 먼저 챙겨야 할까? 당연히 '7'이다. 나머지 숫자는 여력이 있으면 챙겨도 되고 여차하면 버려도 상관없다.

이처럼 중요한 것과 그렇지 않은 것을 구분하는 것, 경우에 따라 중요하지 않은 것은 과감히 생략하거나 버리는 것이 공부다. 특히 시험공부를 할 때는 더더욱 생략을 잘해야 한다. 시험이 코앞에 다가왔는데 처음부터 끝까지 빠짐없이 공부하는 것만큼 어리석은 일도 없다. 빠듯한 시간에 최대한의 성적을 올리려면 과감하게 불필요한 내용을 생략하고 중요한 것만 쏙쏙 골라 봐야 한다.

어떤 것을 생략할 것인지는 손에 달려있다. 일차적으로 중요한 것과 그렇지 않은 것을 골라내는 역할은 머리가 하지만 최종적으로 정리하는 역할은 손이 할 수밖에 없다.

무조건 받아 적지 말고 중요한 것을 판단하라

고등학교 때 정말 열심히 공부하는 친구가 있었다. 수업시간에도 선생님 말씀을 하나라도 놓칠세라 수업시간 내내 노트필기를 하던 친구였다.

그런데 그렇게 열심히 해도 이상하게 시험만 보면 성적이 잘 나오지 않아 주변 사람들조차 안타깝게 만들었다. 차라리 공부를 하지 않아 성적이 잘 나오지 않는 것은 괜찮다. 열심히 해도 성적이 잘 나오지 않을 때의 좌절감이란 이루 말할 수가 없다.

왜 그런지는 나중에 알았다. 어쩌다 우연히 친구의 노트를 보았는데, 충격적이었다. 친구의 노트에는 선생님이 지나가는 말로 농담처럼 했던 말까지도 토씨 하나 빠뜨리지 않고 적혀 있었다.

"야, 너 손 안 아프냐? 뭘 이렇게 많이 적었어. 중요한 것만 필기하면 되지."

사실 그 많은 내용을 필기한 친구가 잠시 신기하긴 했지만 한편으론 미련하기 짝이 없어 보였다. 노트필기는 중요한 내용을 나중에 다시 보면서 기억하기 위해 하는 것이다. 그런데 중요한 것과 그렇지 않은 것 구분 없이 몽땅 적어놓아 오히려 혼란스러웠다. 뭐가 중요한 것인지 알아보기도 어려웠고, 너무 내용이 많아 다 볼 엄두도 나지 않았다.

"응 나도 아는데, 솔직히 어떤 게 중요한 것인지 아닌지를 잘 모르겠어. 어쩌다 하나 안 적으면 나중에 꼭 그게 시험에 나오더라고. 그래서 몽땅 다 적게 돼."

노트필기는 수업내용을 그대로 받아 적는 것이 아니다. 핵심적인 내용을 중심으로 한눈에 내용을 파악할 수 있도록 정리하는 것이 진정한 노트필기다. 공부를 잘하는 학생들은 거의 예외 없이 노트필기에 재능을 보인다. 글씨는 악필일 수 있어도 기가 막히게 중요한 내용만 쏙쏙 골라 정리한다. 서울대에 입학한 후 이 사실을 새삼 확인할 수 있었다.

1998년 서울대에 와서 처음으로 중간고사라는 것을 보았다. 그 당시 서양문화사개론과 동양미술사라는 과목을 들었는데, 시험을 앞두고 왠지 불안했다. '최고의 대학에서 내는 시험문제이니 어려울 것 같다.' 는 선입관이 불안감을 고조시켰던 모양이다. 궁여지책으로 다른 학생들의 노트를 빌려보기로 했다.

그런데 친구들의 노트를 몇 권 보니 시험문제를 뻔히 알 것 같았다. 동양미술사에서는 남종화와 북종화에 대한 비교, 화법 중에서 준법(화폭에 그리는 붓질의 표현방식)이 집중적으로 정리되어 있었고, 서양문화사에서는 그리스 민주주의와 프랑스혁명의 성격(중간층 부르주아지의 정치개혁)이 집중 포인트였다. 세부적으로는 다른 내용이 간간히 있었지만 굵직굵직한 중요 내용은 신기하게 거의 유사했다. 그리고 놀랍게도 친구들이 중요하다고 집중 정리해놓은 내용이 그대로 시험문제로 나왔다.

노트 정리를 잘하려면 버릴 줄 알아야 한다. 중요한 내용을 중심으로 노트 정리를 하고, 중요하지 않은 내용은 과감하게 걸러 생략해야 한다. 그렇게 하지 않으면 불쌍한 손만 쉴 새 없이 움직이느라 고생은 고생대로 하고, 나중에 다시 볼 수도 없는 쓸모없는 노트만 양산될 뿐이다.

교과서도 손으로 읽어라

책을 별로 좋아하지 않는 사람도 재미있는 책은 술술 읽는다. 그런 면에서 교과서는 참 고약한 책이다. 교과서만큼 재미없는 책도 드물다. 중 · 고등학교 때도 그랬지만 지금도 중 · 고등학교 교과서를 보면 하품이 절로 나온다. 그런 교과서를 보면서 가끔 '교과서를 좀 더 재미있게 만들 수는 없을까? 소설책처럼 흥미진진하게 만들면 학생들이 좀 더 교과서와 친해질 텐데…' 라는 생각을 하기도 했다. 특히 사회 과목처럼 암기해야 할 사항이 많은 교과서는 가끔 재미있는 에피소드나 야사 같은 것을 넣으면 훨씬 읽기가 수월할 것 같았다.

하지만 곧 교과서를 재미있게 만드는 데는 한계가 있다는 것을 인정했다. 중 · 고등학교 교과서는 중 · 고등학생들에게 꼭 필요한 기본 지식을 전달해야 한다. 전달해야 할 내용은 많고 지면은 한정되어 있으니 자연스레 설명이 간단명료해지기 마련이다. 만약 재미있는 사례도 듬뿍 넣고 설명도 좀 더 알기 쉽게 풀어 쓴다면 교과서가 엄청나게 두꺼워질 수밖에 없다.

재미없는 교과서를 재미있게 만들 수 있는 방법이 있다. 눈으로만 읽지 말고 손으로 읽으면 된다. 중요한 사항들은 따로 노트에 정리해야 하지만 책에도 노트처럼 중요한 사항을 체크해둘 필요가 있다.

공부 잘하는 학생들의 책은 대부분 깨끗하지 않다. 여기저기 잔뜩 무엇인가가 적혀 있다. 대체 뭘 적어 놓은 것일까? 앞에서도 이야기했지만 교과서는 많은 내용을 전달하다 보니 설명이 충분하지 않은 부분이 많다. 그런 부분은 수업시간에 선생님이 어김없이 보충설명을 하는데, 공부 잘하는 학생들은 그 설명을 놓치지 않고 교과서에 적어놓는다. 그뿐만이 아니다. 선생님이 중요하다고 강조한 내용에는 밑줄도 치고, 중요 단어에는 예쁘게 동그라미를 치기도 한다.

이렇게 교과서를 손으로 읽고 공부하면 여러 가지로 좋다. 손으로 적고 밑줄을 치면서 읽으면 내용이 머릿속에 더 잘 들어온다. 나중에 시험공부를 할 때도 중요한 내용이 눈에 쏙쏙 들어와 효율적으로 공부를 할 수 있다.

다만 교과서를 손으로 읽을 때도 노트정리를 할 때처럼 중요한 사항을 중심으로 체크해야 한다. 그러려면 역시 중요한 것과 생략해도 될 것을 가려낼 줄 알아야 한다. 선생님 말을 모두 교과서에 적다 보면 교과서가 아니라 낙서장이 되기 십상이다.

교과서에 무언가를 적어 넣을 때는 노트정리를 할 때보다 더 생략을 잘해야 한다. 중요한 내용조차도 구구절절 적지 말고, 핵심적인 단어 중심으로 간략하게 적는 것이 좋다. 그 단어를 보고 수업시간에 선생님이 했던 이야기를 기억하거나 연상해낼 수 있는 정도면 충분하다. 그런 생략의 묘미를 살리지 않으면 교과서가 너무 지저분해져 나중에 다시 읽기조차 버거울 수 있다.

손으로 교과서를 읽을 때도 적정선을 지켜야 한다. 내가 아는 중학생 찬수는 교과서를 읽을 때 꼭 밑줄을 치며 읽었다. 성실한 학생이라 선생님이 강조한 내용에는 별표를 해두고 중요한 사항은 교과서에 간단하게 적어놓기도 했다.

처음에는 별 문제를 느끼지 못했다. 그런데 교과서를 한 번, 두 번 반복해서 읽는 동안 교과서가 점점 새카맣게 변했다. 굵고 진한 연필로 교과서를 볼 때마다 밑줄을 치니 나중에는 글자가 제대로 보이지 않는 지경에까지 이르렀다. 어찌나 밑줄을 여러 번 쳤는지 군데군데 교과서가 뚫어진 곳도 눈에 띄었다.

주변에 찬수 같은 친구가 한두 명쯤은 있을 것이다. 손으로 교과서를 읽으라는 것을 잘못 이해한 친구들이다. 손으로 교과서를 읽는 이유는 교과서 내용을 좀 더 쉽게 이해하고, 나중에 다시 볼 때 중요한 내용을 좀 더 집중적으로 볼 수 있도록 하기 위해서다. 그런데 교과서를 알아볼 수 없을 정도로 새카맣게 만들어놓았다면 낙서를 해댄 것이나 다름없다.

안타까운 마음에 찬수에게 너무 밑줄을 많이 치면서 교과서를 읽으면 안 된다고 조언을 하니 찬수는 풀죽은 목소리로 대답했다.

"네…, 그런데 습관이 되어서 그런지 밑줄을 치지 않으면 교과서 내용이 눈에 들어오지 않아요."

찬수 같은 친구에게 권할 만한 좋은 방법이 있다. 일단 연필을 연한 색으로 바꾸자. 그러면 밑줄을 여러 번 치더라도 교과서가 새까매질 염려가 없다. 볼펜심을 집어넣은 상태로 밑줄을 치며 읽는 것도 괜찮다. 그러면 밑줄을 치는 것과 같은 효과를 얻으면서도 실제로는 밑줄이 쳐지지 않으니 깨끗하게 교과서를 보면서도 머릿속에 잘 들어온다.

달인의 노트를 훔쳐라

"노트정리가 중요하다는 건 알겠어요. 그런데 대체 어떻게 정리를 해야 건지 잘 모르겠어요."

이런 고민을 하는 학생들이 많을 것이다. 사실 나도 그랬다. 핵심을 파악하는 능력은 그리 떨어지지 않는 편인데도, 차분하게 노트를 정리하는 능력은 기껏해야 평균치에 불과했던 것 같다.

혼자서는 도저히 어떻게 노트정리를 해야 하는지 감이 잘 잡히지 않는다면 노트정리 잘하는 친구의 노트를 보는 것도 좋은 방법이다. 백문불여일견(百聞不如一見)이란 말은 괜히 나온 게 아니다. 잘된 노트를 한 번 보면 방법이 보인다.

노트정리 필살기를 배워라

"와 노트정리를 이렇게 할 수도 있구나!" 하는 감탄이 절로 나올 정도로 훌륭한 노트는 서울대에 와서 처음 보았다. 고등학교 때 보았던 노트들과는 차원이 달랐다. 서울 법대에서 아주 유명한 노트였는데, 노트의 주인공은 박마리라는 법대 선배였다. 지금은 김앤장(KIM&CHANG)이라는 유명 로펌에서 변호사로 활동하고 있는데, 어찌나 노트정리가 잘 되어 있는지 보는 사람마다 탄성을 질렀다. 그 노트가 하도 유명해서 민사소송법, 민법 등 과목별로 고시책방에서 팔았던 적도 있다. 그분의 노트만 있으면 서울 법대 강의를 듣지 않고도 다 알 수 있을 정도였다.

많이 아는 것과 강의를 잘하는 것은 다르다. 서울대 교수님들의 학문의 깊이는 의심할 여지없이 최고의 수준이다. 그렇지만 강의는 영 재미없어 저절로 잠이 오는 경우도 종종 있었다. 법대 강의도 그랬다. 그런데 그 어수선하고 일부 엉성하기까지 한 강의를 박마리 선배는 핵심만 추려서 일목요연하게 정리해내는 특별한 능력을 발휘한 것이다.

박 선배의 노트에는 다음과 같은 특징이 있다. 우선 공부시작과 공부결론이 있었다. 어디서부터 새로운 주제가 시작되는지 누가 봐도 명확하게 알 수 있고, 그 주제가 어디서 어떻게 끝나는지 결론이 분명했다.

두 번째로 중요부분에 대한 강조가 명확히 되어 있었다. 노트정리 잘하는 사람들은 대부분 비슷하다. 별표를 하든, 다른 색깔로 표시를 하든, 동그라미를 하든 자신이 선호하는 방식으로 중요한 부분엔 어김없이 표시를 해 놓는다.

세 번째는 강의 내용을 나름대로 이해하고 핵심을 파악해서 노트에 적었다는 것이다. 말이 쉽지 강의를 들으면서 바로 일목요연하게 정리한다는 게 쉬운 일이 아니다. 강의 내용이 그리 쉽지도 않은데다 노트정리를 편하게 할 수 있도록 일목요연하게 강의해 주는 교수님도 드물다. 강의를 들으면서 거의 실시간으로 내용을 이해하고, 핵심을 파악해 재빨리 노트정리를 하려면 이해력, 판단력, 손의 민첩함 삼박자가 맞아 떨어져야 한다.

마지막으로 박 선배는 도표와 그림을 잘 활용했다. 이는 노트정리 필살기 중에서도 핵심적인 필살기다. 도표와 그림은 문장보다 훨씬 직관적이다. 쉽게 내용을 이해할 수 있도록 도와준다. 도표나 그림을 잘 활용하면 다른 내용은 보지 않고 도표나 그림만 보아도 중요한 내용을 알 수 있을 정도로 노트정리를 하는 데 중요한 역할을 한다.

요즘엔 중 · 고등학생들 중에도 노트정리 달인들이 많은 것으로 안다. 내가 중 · 고등학교에 다닐 때와는 달리 요즘에는 선생님들이 수업시간에 칠판에 중요한 내용을 적지 않고, 미리 학습안을 정리해 프린트물로 나눠주고 수업을 하는 경우가 많다. 노트 필기 싫어하는 학생들을 위한 배려이기도 하지만 이 때문에 우리 때보다 노트정리 능력은 전반적으로 좀 떨어진 듯싶다.

대신 공부 잘하는 학생들의 노트는 단연 두각을 나타낸다. 공부를 잘하고 싶다면 그런 노트들을 구해 어떻게 노트정리를 했는지 보아야 한다. 노트정리 달인들의 필살기는 대부분 비슷하지만 또 제각기 자기만의 독특한 노트정리 비법이 있으므로 많이 봐둘수록 유리하다.

많이 본 후에는 반드시 자기 것으로 만들려는 노력을 해야 한다. 노트정리 달인의 노트를 보는 것만으로는 공부가 되지 않는다. 직접 여러 가지 노트정리 필살기 중 가장 자기에게 맞고 편한 필살기를 동원해 노트정리를 해봐야 비로소 공부가 된다.

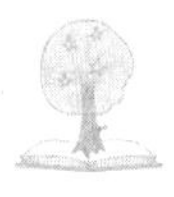

나만 알아볼 수 있어도 괜찮다

사실 내가 고등학생일 때까지는 노트정리가 그리 어렵지 않았다. 선생님이 친절하게 기본적인 주요 내용들을 칠판에 적어주었기 때문에 학생들을 그대로 노트에 적기만 해도 되었다. 공부가 하기 싫어 노트필기 자체를 아예 하지 않으면 모를까, 성실하게 칠판에 적힌 내용을 옮겨만 적어도 기본은 했다.

너나 할 것 없이 노트에 정리된 내용이 똑같으니 노트정리 기술보다는 누가 더 글씨를 예쁘게 잘 쓰는가에 따라 노트정리 달인이 결정되었다고 해도 과언이 아니다. 그런 면에서 난 불리했다. 나는 손에 힘을 많이 주고 편이라 서체가 딱딱하고 각이 져 있는 편이다. 흘려쓰기가 힘들고 흘려 쓰면 나조차도 못 알아 볼 정도로 악필이다. 이런 글씨체로 서울대를 세 번 들어가고 사법고시와 노무사 시험을 합격했다고 하니 어떤 친구들은 "유재원이는 실력이 진짜 좋은가 보다. 글씨로는 10점씩 까먹겠는데."라고 말했을 정도다. 사정이 이렇다 보니 내가 쓴 노트를 다른 사람에게 보여주기가 영 민망했다.

하지만 나처럼 악필이라고 노트정리를 포기할 수는 없다. 노트정리는 그 자체가 바로 공부다. 노트정리를 하지 않고 공부를 한다는 것은 불가능하다. 아무도 알아볼 수 없는 악필이라도 상관없다. 나만 알아볼 수 있으면 된다.

서울대생들 중에도 악필이 많다. 특히 서울대 경제학과 선배는 내가 본 악필 중에서도 단연 으뜸이었는데, 글씨체는 물론 숫자글씨체는 더더욱 엉망이었다. 그분도 다른 공부 잘하는 사람들과 마찬가지로 수시로 메모하는 습관이 있었는데, 그분의 메모를 알아볼 수 있는 사람은 거의 없었다. 메모가 아니라 거의 암호에 가까웠다.

그래도 신기하게 선배 자신은 아무 어려움 없이 메모를 읽었다. 다른 사람이 메모를 알아보기 어려워서 그렇지, 그분의 메모정리 실력은 무척 훌륭했다. 해독하듯 메모를 읽어보면 어쩜 그리 핵심을 짚어 논리정연하게 메모를 했는지 놀라울 뿐이다.

노트정리를 할 때 악필이라 기죽을 필요는 없다. 이왕이면 남들도 쉽게 볼 수 있는 깔끔한 글씨체면 다른 사람에게 노트를 빌려주는 기쁨을 맛볼 수도 있겠지만 나만 척척 알아보면 문제는 없다. 내가 쓴 노트의 최고 독자는 바로 '나' 니까.

많이 쓰면 손이 기억한다

어떤 학생이 공부를 열심히 하는 학생인지 아닌지는 손만 봐도 알 수 있다. 공부 잘하는 학생들의 특정 손가락은 유난히 못생겼다. 가지런하게 쭉 뻗어야 할 손가락에 못이 박혀 손가락 라인이 매끄럽지 못하다. 울퉁불퉁하고 단단하게 못이 박힌 손가락을 보면 안쓰럽기까지 하다.

손가락에 박힌 단단한 못은 열심히 공부했음을 증명하는 상징이다. 손가락에 못이 박혔다는 것은 오랜 시간 수도 없이 쓰기를 반복했다는 얘기다. 연필이나 볼펜을 쥐고 끊임없이 쓰기를 하는 동안 여린 손가락은 밀리고 단단하게 변한다.

왜 그렇게까지 손가락을 아프게 하면서까지 쓰고 또 썼을까?

답은 간단하다. 쓰면서 공부해본 사람들은 다 안다. 쓰면서 공부하면 공부가 훨씬 잘 된다. 집중도 잘 되고, 기억에도 오래 남는다. 그러니 공부를 잘하기 위해 손가락 맵시쯤은 얼마든지 포기하는 것이다.

손은 제2의 뇌!

"아, 금방 외웠는데 왜 생각이 안 날까?"

공부를 하다 보면 수도 없이 이런 안타까운 상황에 부딪친다. 서울대생들이라고 별반 다르지 않다. 왠지 그들은 한 번 본 것은 다 기억할 것 같지만 서울대생들도 공부한 내용을 자꾸 잊어버려 애를 먹는다. 외운 내용을 최대한 잊어버리지 않기 위해서는 반복 또 반복하는 것 외에는 길이 없다. 그러면서 나름 가장 효율적으로 암기를 하는 방법들을 터득하기도 한다.

서울대생들이 주로 사용하는 암기방법은 무엇일까? 어떤 방법이든 반복이 바탕을 이루지만 그중에서도 '몇 번씩 읽고 쓰면서 암기했다' 는 학생이 46%로 가장 많았다. 거의 절반에 가까운 사람이 쓰면서 암기했다는 것은 그만큼 쓰기가 기억하는 데 큰 도움이 된다는 것을 입증한다.

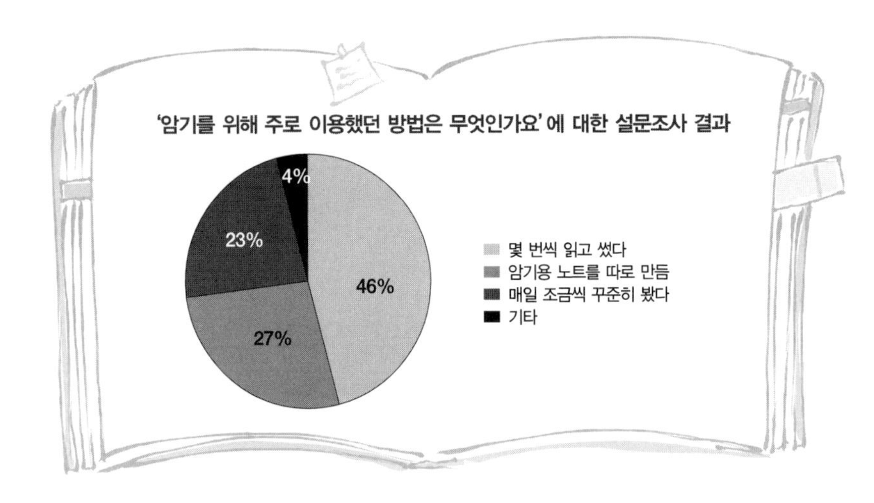

물론 쓰지 않고 머리만으로도 암기할 수 있다. 언젠가 선배가 아이 때문에 푸념하던 말이 생각난다.

"우리 애는 왜 쓰면서 암기를 하지 않는지 몰라. 영어 학원에서 매일 단어를 50개씩 외워오라는 숙제를 내주는데, 빤빤히 놀다 학원가기 직전에 외워. 그때만큼은 놀라운 집중력을 발휘하지. 한 10분간 단어들을 노려보고 다 외웠다며 학원에 가지. 신기하게 단어 시험은 잘 보나봐. 그러면 뭐해. 시험보고 나면 싹 잊어버리는걸."

선배는 아이에게 수도 없이 쓰면서 외우면 더 오래 기억할 수 있다고 조언을 한 모양이다. 하지만 아이는 도통 아빠 말을 듣지 않았다.

"그냥도 잘 외워지는데 왜 꼭 쓰면서 외우라고 그래. 쓰면서 외우면 시간이 너무 많이 걸린단 말이야."

쓰면서 공부하면 그냥 공부할 때보다 시간이 많이 걸리는 것처럼 느껴질 수 있다. 그러나 결과적으로는 눈으로만 보면서 공부했을 때보다 더 빨리 내용을 머릿속에 담고 더 오래 기억한다. 그냥 외우면 10번은 반복해야 외울 수 있는 것도 쓰면서 외우면 5번 정도만 반복해도 외울 수 있다.

손은 '밖으로 나온 제2의 뇌'라 불릴 정도로 뇌와 직접적으로 연결된 부위다. 쓰면서 공부할 때 공부도 더 잘 되고, 기억력도 더 좋아지는 이유가 바로 여기에 있다. 물론 입으로 소리를 내거나 귀로 들으면서 공부를 해도 그냥 할 때보다 잘 된다. 하지만 쓰면서 공부를 하면 뇌에 좀 더 직접적인 자극이 가해져 뇌가 활성화되고, 쓰면서 정리한 정보를 뇌에 전달하기 때문에 머릿속 깊숙이 저장된다.

공부를 잘하고 싶다면 손을 아끼지 마라. 부지런히 써라. 손이 바쁘고 피곤할수록 성적이 오르니까.

저절로 손이 움직일 수 있을 때까지 문제를 풀어라

아무리 쓰면서 공부하는 걸 귀찮아하는 학생들도 어쩔 수 없이 손을 동원해야 할 때가 있다. 문제집을 풀 때다. 특히 수학문제를 풀 때는 선택의 여지가 없다. 죽어라 열심히 손을 움직여야 한다. 수학이 아닌 다른 과목 문제를 풀 때도 수학문제를 풀 때만큼은 아니지만 손을 가만히 둘 수가 없다. 문제를 잘 풀려면 문제에서 요구하는 핵심사항에 동그라미를 치거나 밑줄을 치기도 해야 하고, 보기에서 확실히 정답인 것과 아닌 것을 구분도 해야 한다. 이렇게 부지런히 손을 움직여야 문제에서 요구하는 답을 찾아 정답을 적을 수 있다.

문제는 많이 풀면 풀수록 좋다. 기본적인 개념과 원리를 잘 이해하고 있다고 모든 문제를 척척 다 풀 수 있는 것은 아니다. 요즘 시험문제들은 복잡하다. 단순한 지식을 묻는 데서 끝나지 않고, 지식을 응용하고 종합해 판단할 수 있는 능력을 요구하는 문제들이 태반이다.

종합력과 응용력을 키우려면 다양한 문제를 접해야 한다. 다양한 유형의 문제를 많이 풀어야 어떤 문제가 나와도 당황하지 않고 풀 수 있다. 얼마나 많은 문제를 풀었는가가 곧 그 학생의 실력을 말해준다고 해도 과언이 아니다.

《공부가 가장 쉬웠어요》라는 책을 쓴 장승수 씨 이야기를 한 번쯤은 들어보았을 것이다. 가정형편이 어려워 막노동을 하던 젊은이가 늦깎이로 공부를 시작해서 5년간의 입시준비 끝에 서울대에 수석입학해 세상을 놀라게 했던 장본인이다. 그분이 책에서 밝힌 여러 공부법 중에서도 자신의 키만큼(최소 수십 권 이상) 수학문제집을 풀었다는 대목이 특히 기억에 남는다.

장승수 씨뿐만 아니라 서울대생들은 대부분 문제풀이 귀신들이다. 서울대생이라도 모든 과목을 잘하는 것은 아니다. 그들에게도 취약과목이 있다. 설문조사에서 취약과목을 어떻게 정복했는지를 묻는 질문에 입을 맞춘 듯이 '문제를 많이 풀었다' 고 대답한 학생들이 많았다.

어떤 문제를 풀었는지는 사람마다 조금씩 달랐다. 최근 7년 동안의 모의고사, 수능 기출문제를 풀고 또 풀었다는 학생들도 많았고, 여러 문제집을 풀기보다 문제가 좋다고 판단되는 문제집 몇 권을 선정해 반복해서 풀었다는 학생들도 적지 않았다. 그런가 하면 시중에 나와 있는 문제집이란 문제집은 다 풀었다는 학생들도 있었다.

중요한 것은 어떤 방식으로든 문제를 많이 풀었다는 점이다. 문제를 많이 풀다 보면 머리보다 손이 먼저 기억하고 답을 찾는다. 그 정도는 돼야 시험에서 만점을 기대할 수 있다.

시험을 잘 보려면 최소한 절반 이상의 문제는 보자마자 어떻게 풀어야 하는지 딱 알 수 있어야 한다. 이런 문제들이 많으면 많을수록 만점을 받을 가능성은 커진다. 어떻게 풀어야 하는지 종잡을 수 없는 문제들이 많으면 그날 시험은 '쪽박' 이다. 고민하는 동안 시간이 다 흘러가 몰라서 못 풀고, 시간이 부족해 못 풀기 때문이다.

제한된 시간에 문제를 다 풀려면 문제를 보고 고민하는 시간을 최소로 줄여야 한다. 그래서 문제를 많이 풀어보는 것이 중요하다. 보자마자 바로 손을 움직여 문제를 풀 수 있을 정도가 되면 "공부가 가장 쉬웠어요."라고 말하게 될지 모른다.

문제집은 깨끗하게 풀어라

문제집이 귀했던 시절에는 문제집에 직접 푸는 학생들이 드물었다. 요즘에는 너나 할 것 없이 문제집에 직접 답을 체크한다. 수학 문제집은 빈 여백에 풀이과정을 적으면서 문제를 푼다.

문제집은 여러 권 풀어보는 것도 좋지만 한 권을 여러 번 반복해서 푸는 것이 효과가 더 좋다. 그런데 문제집에 직접 풀면 여러 번 반복해 풀기가 어렵다. 이미 답이 선명하게 표시되어 있는데, 어찌 새로운 마음으로 문제를 풀어볼 수 있단 말인가.

문제집을 여러 번 풀려면 연습장에 풀어야 한다. 특히 수학처럼 풀이과정이 필요한 문제는 연습장이 필수다. 다른 과목들은 굳이 연습장까지 동원하지 않아도 된다. 페이지 밑에 답을 적었다가 맞춰보고, 다시 문제를 풀 때는 맨 아래 답이 적혀 있는 부분만 가리고 다시 풀면 된다.

문제집을 깨끗하게 풀어야 하는 이유는 또 있다. 확실히 아는 문제를 반복해서 풀 필요는 없다. 틀린 문제를 다시 풀어보는 것이 중요하다. 따라서 문제를 풀 때 틀린 문제를 표시해두었다가 다시 풀기 위해서라도 문제집을 깨끗하게 푸는 것이 좋다.

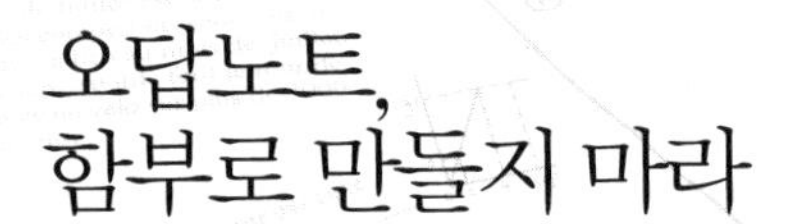

오답노트, 함부로 만들지 마라

공부비법으로 자주 소개되는 것 중 하나가 '오답노트'다. 오답노트의 중요성을 강조하면서 오답노트를 만드는 방법까지 친절하게 안내하는 경우가 많다.

오답노트가 필요하다고 강조하는 근거도 제법 설득력이 있다. 일반적으로 시험을 볼 때 꼭 예전에 틀렸던 문제를 또 틀리기 쉽다. 틀린 문제를 또 다시 틀리지 않으려면 왜 틀렸는지 확실히 알아야 한다. 이미 잘 알고 있는 문제를 반복해서 푸는 것보다는 틀린 문제를 확실하게 점검해 온전한 내 것으로 만들어야 시험성적이 오르는 것도 사실이다.

하지만 내 주변에서는 그 중요한 오답노트를 열심히 만드는 친구를 거의 본 적이 없다. 나 또한 오답노트 만드는 데 열을 올렸던 기억이 없다. 서울대에 와서도 고등학교 때 오답노트를 만들었고, 오답노트가 공부에 큰 도움이 됐다는 친구를 만나지 못했다. 오히려 오답노트가 방해가 되어 안 만들었다고 말하는 친구들이 더 많았다.

주객전도의 함정에 빠지지 마라

학창 시절, 나도 오답노트에 대한 이야기는 많이 들었다. 하지만 내 주변에는 오답노트를 만들었던 친구들이 없었기에 오답노트의 실체를 잘 몰랐다. 그러던 어느 날, 독서실에서 공부를 하고 있는데 어디선가 '사각 사각, 슥 슥 탁 탁.' 하는 소리가 들렸다. 아주 미세한 소리였는데도 조용한 독서실이라 귀에 거슬렸다. 도대체 어디서 나는 소리인지 궁금해 고개를 들어 살펴보니 예쁘장하게 생긴 여학생 한 명이 열심히 문제집 복사한 것을 오려 노트에 붙이고 있었다.

'아, 저게 바로 말로만 듣던 오답노트구나.'

오답노트를 만드는 학생을 처음 봐 신기하기도 했지만 곧 고개를 돌려 다시 공부를 시작했다. 그런데 계속 사각 사각 가위질 소리와 탁 탁 붙이는 소리가 났다. 얼마 동안인지는 모르겠지만 꽤 오랫동안 오답노트를 만드는 소리가 났던 것 같다.

'저렇게 오답노트를 만들어서 과연 도움이 될까?'

오답노트를 만드는 광경을 목격하고 이런 의문이 들었다. 그 전에는 나는 귀찮아서 오답노트를 만들지 않아도 오답노트의 필요성을 하도 많이 들어서 막연하게 공부하는 데 도움이 될 것이라 생각했다. 하지만 오답노트를 만드는 데 꽤 많은 시간을 투자하는 모습을 본 후에는 혼란스러웠다.

오답노트를 만드는 목적은 틀린 문제를 다시 틀리지 않는 데 있다. 그러자니 문제집에서 틀린 문제를 그대로 노트에 옮겨 적거나 그게 귀찮으면 독서실 여학생처럼 문제집을 오려 붙인 다음 풀이 과정을 적어야 한다. 그런데 문제집을 오리면 뒷장에 있는 문제를 풀 수가 없으므로 보통 문제집을 복사해 필요한 부분을 오려 사용한다고 한다.

문제를 옮겨 적든, 문제집을 복사해 붙이든 둘 다 보통 일은 아니다. 아무리 오답노트를 잘 만드는 달인이라 해도 최소 한 시간 이상은 걸린다. 틀린 문제가 많으면 시간은 그만큼 더 늘어날 수밖에 없다. 최상위권 학생이라고 해도 문제집을 처음 풀었을 때는 많이 틀리기 마련이다. 10문제를 기준으로 했을 때 서너 문제 정도는 틀릴 수 있다. 난이도가 높은 어려운 문제집이라면 절반 이상 틀리기도 한다. 그렇게 틀린 문제가 많은데, 일일이 오답노트를 만들려면 하루 종일 해도 다 만들지 못할 수도 있다.

시간이 많이 걸리는 것도 문제지만 오답노트를 만들다 보면 매너리즘에 빠지는 게 더 큰 문제다. 틀린 문제를 확실하게 아는 것이 오답노트의 목적인데, 하다 보면 틀린 문제와 풀이과정을 옮겨 적는 자체에 정성을 들이는 경우가 많다. 오답노트를 만드는 자체가 목적이 되어 버리는 것이다.

문제는 또 있다. 오답노트는 만들기보다 활용이 중요하다. 만들었다면 여러 번 반복해서 봐야 효과가 있다. 그런데 생각만큼 오답노트를 볼 수 있는 시간이 많지 않다. 기껏해야 시험 직전에 한 번 훑어볼 수 있으면 다행이다.

많은 시간을 투자해 오답노트를 만들고 겨우 한 번 정도 볼 것이라면 차라리 오답노트를 만들지 않는 편이 좋다. 굳이 오답노트를 만들지 않아도 틀린 문제를 또 틀리지 않을 수 있는 방법은 많다. 그중 가장 쉽고 효과적인 방법이 문제집을 여러 번 반복해서 풀면서 틀린 문제를 체크해두었다가 다시 풀어보는 것이다. 같은 문제집을 최소 3번 이상 풀어보면 점차 틀린 문제 개수가 줄어들면서 결국 다 풀 수 있게 된다. 그런 경지에 오르면 오답노트를 만들 이유는 더더욱 없어진다.

왜 틀렸는지 확실히 이해해야 오답노트도 잘 만든다

틀린 문제를 또 틀리지 않기 위해서는 충분히 고민해보는 시간을 가져야 한다. 왜 틀렸는지 스스로 원인을 찾고, 어떻게 하면 문제를 풀 수 있는지 최대한 고민해보아야 한다. 공부 잘하는 학생들은 대부분 모르는 문제가 나오면 집요하게 물고 늘어진다. 확실히 이해할 수 있을 때까지 선생님이나 친구들을 괴롭히든지, 혼자서 이해가 될 때까지 계속 본다.

반면 공부를 썩 잘하지 못하는 학생들은 문제가 풀리지 않으면 답지부터 찾는다. 빨리 정답을 알고 다른 문제를 풀고 싶어한다.

문제를 고민해보는 시간 없이 바로 해답을 보는 습관을 들이면 실력이 잘 늘지 않는다. 답지를 볼 때는 이해가 가는 것 같지만 덮으면 금방 잊어버리기 때문이다. 답지를 보면서 오답노트를 만들어도 결과는 마찬가지다. 오답노트를 만들더라도 먼저 확실하게 문제를 풀어보고 이해한 다음 만들어야 오답노트를 만드는 목적을 이룰 수 있다.

서울대생을 대상으로 한 설문조사 결과에서도 문제를 대하는 서울대생의 집요함이 나타났다. '이해가 안 가거나 모르는 문제가 있을 때 어떻게 했나요?' 라는 질문에 '이해가 될 때까지 혼자

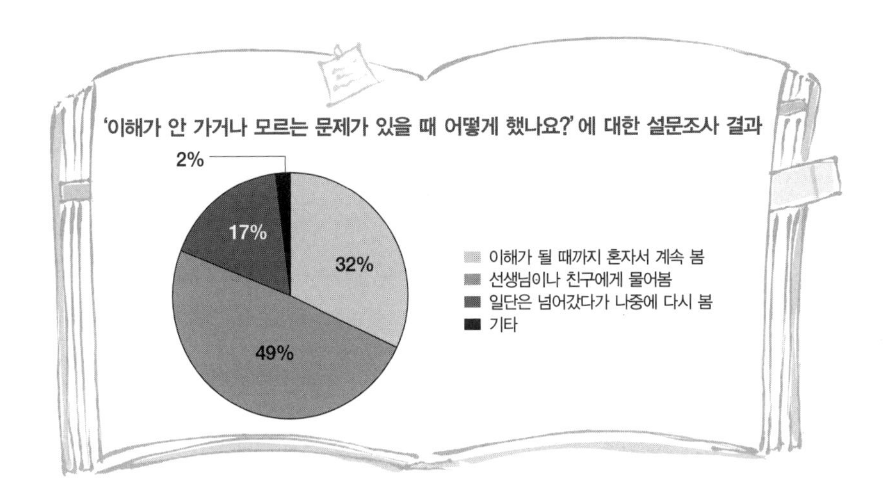

서 계속 봤다' 는 학생이 32%에 달했다. 비록 '선생님이나 친구에게 물어본다' 는 학생이 49%로 가장 많았지만 둘 다 답지에 의존하지 않고 스스로 문제를 이해하려는 노력을 했다는 점은 동일하다. 답지를 봤다는 학생은 기타 항목의 2명 뿐이다.

집요하게 문제를 붙잡고 늘어져 확실하게 이해했다면 굳이 오답노트를 만들 필요가 없다. 물론 오답노트를 만들면서 틀린 문제를 좀더 쉽게 이해할 수도 있다. 특히 수학의 경우 객관식이든 주관식이든 문제를 풀지 않으면 정답을 구하기가 어렵기 때문에 풀이과정을 적는 자체로 도움이 되기도 한다. 하지만 다른 과목들은 거의 대부분 답지에 정답만 표시되어 있기 때문에 답지를 보지 않고 고민하는 시간을 갖지 않으면 문제를 확실하게 이해하기 어렵다.

오답노트를 만들더라도 '선 고민, 후 오답노트'의 원칙을 지켜야 효과를 볼 수 있다. 어떤 시험이든 문제집의 문제가 그대로 나오는 경우는 없다. 틀린 문제의 핵심을 이해하고, 기본적인 개념이나 원리를 터득해야 비슷한 유형의 문제가 나와도 당황하지 않을 수 있다.

오답노트를 만들 때 지켜야 할 원칙

최소한 80% 이상 문제를 맞출 때 오답노트를 만들어라

앞에서도 이야기했지만 틀린 문제가 너무 많으면 오답노트를 만드는 것 자체가 노동이다. 문제를 풀었을 때 오답률이 20%가 넘으면 오답노트를 만들지 말고 한 번 더 풀어보라. 이때는 처음부터 다 풀어보는 것이 좋다. 맞은 문제 중에서도 확실히 알아서 맞은 것이 아니라 찍어서 맞은 것이 있을 수 있기 때문이다. 반복해서 풀어보면서 오답률이 20% 이내일 때 오답노트를 만들어야 시간도 절약하고 어떤 문제에 취약한지 확실하게 알 수 있다.

수학은 틀린 풀이과정까지 적어라

수학은 기본적인 개념이나 원리를 이해했어도 풀이과정 중에서 사소한 실수로 틀리는 경우가 많다. 또한 그런 사소한 실수는 다른 문제에서도 비슷하게 나타나기도 한다. 따라서 수학 오답노트를 만들 때는 해답 과정뿐만 아니라 자신이 풀었던 과정까지 다 적어야 한다. 그런 다음 오답과 정답의 풀이과정이 어떻게 다른지 살펴보고, 차이를 확실히 이해해야 똑같은 실수를 되풀이하지 않을 수 있다.

왜 틀렸는지 이유도 적어라

문제를 틀리는 이유는 여러 가지일 수 있다. 정말 몰라서 틀릴 수도 있고, 아는 문제였는데도 덤벙대다 잘못 읽어 틀릴 수도 있고, 사소한 계산상의 실수로 틀리기도 한다. 어떤 면에서는 몰라서 틀린 것보다 아는 문제를 실수로 틀린 게 더 심각하다. 몰라서 틀린 문제는 확실히 이해하면 틀리지 않을 수 있지만 실수로 틀린 문제는 일종의 습관상의 문제이므로 고치기 더 어렵다. 따라서 왜 틀렸는지 이유를 적으면서 실수를 부르는 나쁜 습관들을 고치려 노력해야 한다.

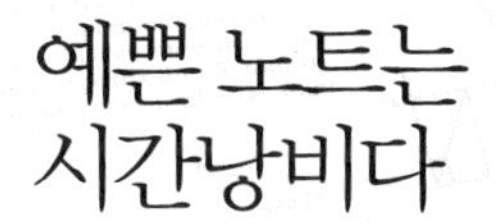

예쁜 노트는 시간낭비다

검정색 볼펜, 빨간색 볼펜, 파란색 볼펜, 보라색 볼펜, 초록색 볼펜…. 여기에 갖가지 색의 형관펜과 색연필까지.

다 어디에 쓰는 것일까? 놀랍게도 다 노트필기를 위해 꼭 필요한 것들이란다. 일목요연하고 예쁘게 노트필기를 해 나중에 쉽게 알아볼 수 있으려면 그 정도는 기본이라고 한다.

물론 나도 한 가지 색깔만으로 노트필기를 하지는 않았다. 중요한 내용은 눈에 잘 띄는 색깔로 노트필기를 하거나 형광펜으로 칠해두기도 했다. 하지만 지나치게 예쁘게 노트필기를 하는 데 정성을 쏟는 학생들을 볼 때마다 '이건 정말 아닌데' 라는 생각을 지워버릴 수가 없다.

불필요한 장식이 노트필기를 망친다

여학생들이 남학생들에 비해 아기자기한 것을 좋아해서 그런지 확실히 노트필기는 남학생보다 여학생이 더 잘하는 것 같다. 글씨도 예쁘고, 알록달록 여러 가지 색깔로 꼼꼼하게 노트필기를 해 누가 봐도 어떤 내용인지 알 수 있는 경우가 많다.

내 주변에도 노트필기라면 누구에게도 뒤지지 않을 정도로 열심인 여학생이 있었다. 노트필기 하는 것도 좋아하고, 마치 그림을 그리듯 온갖 색깔의 볼펜과 색연필, 형광펜을 총 동원해 노트필기를 했다. 얼핏 보면 예쁜 컬러책을 보는 듯한 착각에 빠질 정도였다.

그런데 이상하게 그렇게 열심히 노트필기를 하는 것에 비해 성적이 썩 좋지 않았다. 처음에는 나도 이유를 몰랐다. 그러다 우연히 그 여학생이 노트필기 하는 모습을 지켜보고 나서야 이유를 알 수 있었다.

그 여학생은 집에 오면 꼭 노트필기를 다시 하곤 했다. 수업시간에는 선생님 이야기를 받아 적기 바쁘니 집에 와서 차근차근 노트정리를 다시 한다는 것이었다. 노트필기는 수업시간에 끝내는 것이 좋다. 수업내용을 이해하면서 나름 중요한 것을 핵심어 위주로 정리하면서 노트필기를 해야 머릿속에도 잘 남고, 시간도 절약할 수 있다. 그런데 수업시간에 끝내지 못하고 집에 와서 또 다시 노트정리를 하면 그만큼 시간이 낭비될 수밖에 없다.

그래도 집에서 노트필기를 다시 하는 것을 무조건 부정적으로 생각할 일만은 아니다. 노트필기를 하면서 학교에서 공부했던 내용을 복습해 확실한 내 것으로 만들 수 있다면 그것도 공부를 하는 한 방법일 수 있다.

하지만 그 여학생은 복습을 위한 노트필기를 하는 것이 아니었다. 공부한 내용을 다시 생각하며 노트정리를 하는 것이 아니라 노트장식을 하는 것처럼 보였다. 노트필기를 하는 동안 이 색깔, 저 색깔 볼펜을 바꾸고, 다채로운 형광펜으로 밑줄을 긋느라 손이 아주 바빴다. 그림이나 도표를 그릴 때도 색칠은 기본이었다.

그렇게 한참동안을 노트 만들기에 몰두하면 인쇄를 한 듯 예쁜 노트가 완성되긴 했다. 그러나 과연 그렇게 노트필기를 하는 동안 얼마나 많은 내용을 이해했는지 궁금해 질문을 해보면 거의 대답을 하지 못했다.

그 여학생처럼 노트필기의 목적을 망각하고 노트를 예쁘게 만드는 데 열정을 보이는 학생들이 생각보다 많다. 노트필기는 노트장식이 아니다.

손으로 쓰면서 머리로 기억하려는 노력 없이 그저 손만 움직여 예쁜 노트를 만든다면 그건 노트필기를 한 것이 아니라 노트 꾸미기를 한 것에 불과하다. 그렇게 시간낭비를 하느니 차라리 노트필기를 하지 않는 게 더 좋다.

포스트잇, 삼색 볼펜, 형광펜 하나면 충분

지나치게 노트를 예쁘게 꾸미는 데 시간을 낭비하는 것은 좋지 않지만 노트필기를 효과적으로 하려면 몇 가지 보조도구를 사용하는 것이 좋다. 개인적으로는 포스트잇, 삼색 볼펜, 형광펜 하나 정도면 충분하다고 본다. 색깔을 너무 많이 쓰면 오히려 어떤 내용이 중요한지 혼란스러울 수 있기 때문에 볼펜의 종류는 세 가지 색상으로 제한하는 것이 좋을 듯하다.

굳이 색깔을 달리하지 않더라도 눈에 쏙쏙 들어오는 노트필기를 할 수 있다. 중요한 단어에 동그라미를 치거나 별표를 달아놓을 수도 있고, 밑줄을 쳐도 좋다. 그러니 다양한 색깔의 볼펜과 형광펜을 준비하는 것은 필수사항이라기보다는 개인적인 취향에 따른 선택인 셈이다.

사실 사람마다 자기에게 맞는 공부법이 있듯이 노트필기법에도 왕도가 있는 것은 아니다. 어떤 방법이로든 자기가 쉽게 할 수 있고, 나중에 복습할 때 도움이 되는 노트필기면 된다. 그럼에도 개인적으로 꼭 추천하고 싶은 도구는 '포스트잇' 이다.

나는 포스트잇을 즐겨 사용했다. 나에게 있어 포스트잇은 제2의 노트나 다름없었다. 노트필기를 하다 중요하다고 생각되는 부분이 나오면 포스트잇에 정리해 노트에 붙여놓곤 했다. 그렇게 해두면 일부러 다른 색깔로 쓰지 않아도 그 자체로 눈에 확 띄어 공부할 때 많은 도움이 되었다.

또한 포스트잇은 중요한 영어단어나 암기사항을 외우는 데도 효과가 좋았다. 영어단어나 암기해야 할 내용을 포스트잇에 적어 책상이나 벽에 붙여놓은 다음 시간 날 때마다 보면 쉽게 기억할 수 있었다. 비록 글씨를 예쁘게 쓰지는 못했지만 내 책상 주변에는 언제나 알록달록한 포스트잇이 붙어 있었다. 완전히 다 이해했다 싶으면 떼어내곤 했는데, 어지럽게 붙어 있던 포스트잇을 한 장 한 장 떼어내는 재미도 쏠쏠했다.

또한 포스트잇은 태그로 사용하는 데도 제격이다. 시험을 앞두고 복습을 할 때는 처음부터 끝까지 볼 시간적인 여유가 없을 때도 있다. 그럴 때를 대비해 평소 포스트잇에 노트에 담겨 있는 중요 내용을 적어 태그처럼 붙여놓으면 취약한 부분이나 중요한 부분을 재빨리 펼쳐 공부할 수 있다.

예쁜 노트보다 바인더 추천!

노트필기를 예쁘게 하는 데 관심이 많은 학생들은 볼펜, 형광펜 등과 같은 필기도구뿐만 아니라 노트를 고르는 데도 시간을 많이 쓴다. 예쁜 노트에 필기를 하면 필기가 더 잘 될 것 같아 그럴 수도 있지만 노트는 예쁜 것보다는 실용적인 노트를 사용해야 한다.

노트 중에는 바인더가 요구하는 규격의 구멍이 뚫린 노트가 있다. 모양은 예쁘지 않지만 이런 노트를 구입하는 것이 좋다. 노트필기를 하다 보면 때로는 진도를 왔다갔다하면서 수업을 할 때가 있는데, 이때 바인더 노트를 사용하면 따로 필기를 했더라도 해당 부분에 끼워 넣을 수 있다. 또한 수업시간에 받은 프린트물도 과목별로 끼워 함께 정리할 수 있기 때문에 좋다.

CHAPTER 4

단순하게 살면 명문대 간다

공부는 결국 시간과의 싸움이다. 시간은 공평하다. 어떤 사람에게든 똑같이 하루에 24시간씩 부여된다. 이 똑같이 주어진 시간을 어떻게 사용하느냐에 따라 성적이 달라진다.

서울대생들은 대부분 시간관리를 잘한다. 공부계획을 세우고, 공부계획에 따라 알뜰하게 시간을 사용할 줄 알기 때문에 충분한 휴식을 취하면서도 좋은 성적을 낸다. 또한 시간을 융통성 있게 사용할 줄도 안다.

시간의 노예가 될 것인가, 시간을 지배하는 사람이 될 것인가는 순전히 자신의 선택이다. 시간에 지배당하지 않고 내 편으로 만드는 것이 곧 공부를 잘할 수 있는 지름길이다.

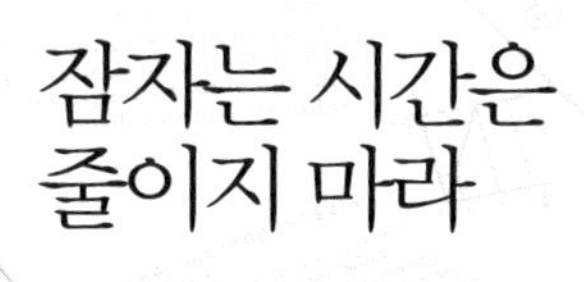

잠자는 시간은 줄이지 마라

사당오락(四當五落)!

누구나 한 번쯤은 들어봤을 말이다. 4시간 자면 붙고, 5시간 자면 떨어진다는 얘기다. 한술 더 떠서 삼당사락(三當四落), 즉 3시간 자면 붙고, 4시간 자면 떨어진다는 얘기도 심심치 않게 돈다.

공부해야 할 양은 많고, 경쟁은 치열하고, 시험을 보기까지의 시간은 정해져 있으니 잠을 줄이지 않고서는 공부할 시간이 부족해 보이는 것도 사실이다. 하지만 나도 그렇고 다른 서울대생들도 대부분 사당오락, 삼당사락이 불변의 진리였다면 모두들 서울대 문턱도 밟지 못했을 것이다. 대부분 공부 때문에 잠을 줄이지는 못했던 잠꾸러기들이었으니까.

서울대생은 잠꾸러기?

대체 서울대생은 중·고등학교 시절에 얼마나 잤을까? 서울대에 갔을 정도면 하얗게 밤을 새우면서 공부를 했을 것만 같다. 그러나 설문조사 결과는 의외였다. 사당오락을 실천한 학생은 거의 없었다. 차라리 잠꾸러기에 가까운 사람들이 많았다.

서울대생들이 중학생이었던 시절에는 하루 평균 7~8시간 정도 잔 사람들이 61%로 가장 많았다. 하루 9~10시간씩 잤다고 답한 사람도 24%나 됐다. 결국 85%라는 압도적 다수가 7~8시간 이상 충분히 자면서 공부를 했다는 얘기다.

고등학교 시절에는 중학교 때보다는 잠을 덜 잔 것으로 나타났다. 아무래도 중학교 때보다 공부해야 할 양도 많고, 내용도 어려워져 중학교 때처럼 잠을 잘 수 없었던 것으로 보인다. 그렇지만 하루 평균 6~7시간씩 잠을 잔 학생이 63%로 가장 많은 비중을 차지했고, 하루 평균 8~9시간씩 잔 잠꾸러기도 10%나 됐다.

나도 고등학교 때는 물론 사법고시를 준비할 때도 하루 평균 7시간 이상은 꼭 잤다. 서울대생 중에서도 특히 공부를 잘했던 대부분이 잠은 충분히 잤던 것으로 기억한다. 나와 연수원을 같이 다닌 사법시험 최연소 합격자 안미령 변호사(현재 김앤장에 다니고

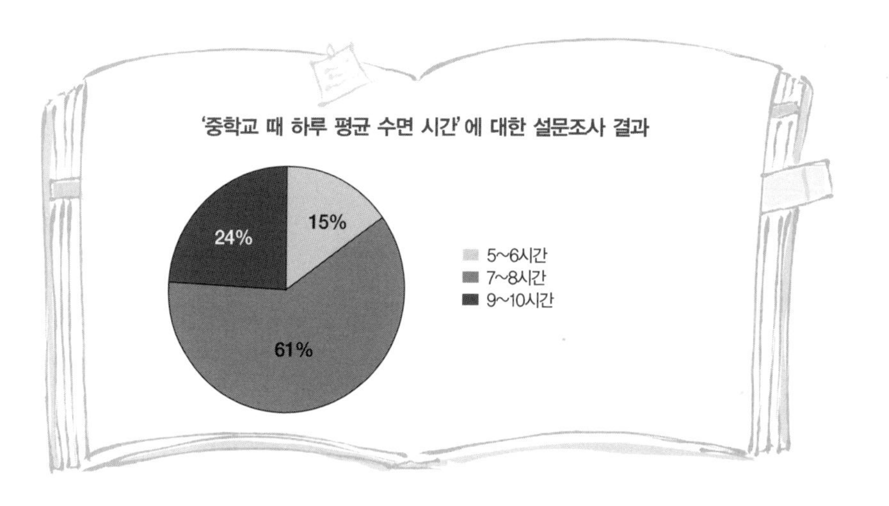

있다)는 고시 합격기에 "나는 아침잠이 많은 편이고 그래서 충분히 자면서 공부했다."라고 고백했다.

《공부가 가장 쉬웠어요》라는 책을 집필한 장승수 변호사도 대입시험을 준비하던 시절, 잠이 많아 매번 학원 아침 수업에 늦었다고 한다. 5년 동안 막노동을 하면서도 대입공부를 계속 했고, 그 결과 영어, 수학 등 거의 모든 과목에서 만점을 받아 수석을 했던 그도 잠을 줄이지는 않았던 것이다.

이쯤 되면 잠을 무리하게 줄이면서 공부한다는 얘기는 정말 옛날얘기인 듯싶다. 1990년대 초반에 발행된 《하버드대학의 공부벌레》와 《과학원 아이들》이라는 책에는 공부할 내용도 어렵고, 과제도 엄청나 학생들이 늘 수면부족에 시달린다는 이야기가 나온다.

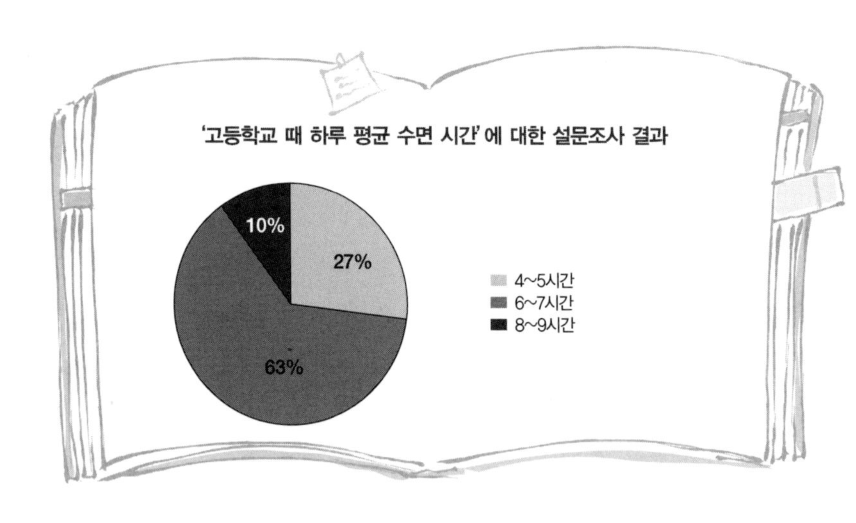

잠을 너무 못 자고 공부해 죽는 사람도 있다던데, 난 한 번도 서울대생에게 그런 사례를 발견한 일이 없다.

잠이 충분해야 머리도 똑똑해진다

'미인은 잠꾸러기' 라는 말이 있다. 의학적으로도 근거가 있는 말이다. 깨어 있는 동안 피부는 온갖 스트레스를 감당하느라 지칠 대로 지친다. 그렇게 피부에 쌓인 스트레스와 피로는 잠을 자는 동안 풀린다. 잠을 푹 자야 지친 피부가 휴식을 취하고, 새로운 에

너지를 공급받을 수 있다. 잠을 푹 자지 못하거나 꼴딱 밤을 새운 다음 날 유난히 피부가 탁하고 거칠어지는 것은 다 이런 이유 때문이다.

잠을 잘 자면 피부만 예뻐지는 것이 아니다. 머리도 똑똑해진다. 그냥 하는 소리가 아니다.

인간의 뇌는 크게 뇌간, 변연계, 두뇌피질로 구분된다. 뇌간은 호흡, 혈압조절, 심장박동 등 생명을 유지하는 기능을 하는 뇌이고, 변연계는 주로 감정을 다스리고 기억을 주관하는 역할을 하는 뇌다. 생각하고 판단하고 새로운 것을 창조하는 뇌는 두뇌피질 중에서도 '전두엽'이다. 그래서 전두엽을 '이성의 뇌' 혹은 '생각의 뇌'라고 부르기도 한다.

공부를 잘하려면 세 종류의 뇌중에서도 전두엽이 잘 발달해야 한다. 그동안의 연구 결과에 의하면 전두엽은 아이가 말과 글을 배울 무렵부터 발달하다가 초등학교 4~5학년쯤 어느 정도 완성된 이후, 중 · 고등학생 때 대대적인 확장공사에 들어간다고 한다.

물론 전두엽이 1차적으로 완성되는 4~5학년 때도 초등학교 수준의 공부를 하는 데는 큰 문제가 없다. 하지만 4~5학년 수준의 전두엽으로 중 · 고등학교 공부를 소화하기란 불가능하다. 공부한 내용을 담을 수 있는 공간도 더 넓히고, 새로운 내용을 받아들이고 이해할 수 있는 능력도 키워야 한다. 그래서 청소년기인 중 · 고등학교 때 대대적인 리모델링, 확장공사를 하는 것이다.

문제는 전두엽 확장공사는 대부분 잠을 자는 동안 진행된다는 데 있다. 잠을 잘 자야 확장공사가 무리 없이 성공적으로 잘 끝난다. 공부를 한다고 잠을 무리하게 줄이면 오히려 전두엽 확장공사가 부실해져 공부를 하고 싶어도 판단능력과 사고능력이 떨어져 잘할 수가 없다.

이 연구결과를 처음 접했을 때 비로소 나는 왜 하필이면 한창 공부해야 할 중 · 고등학교 시절에 그토록 잠이 많이 쏟아졌는지 이해할 수 있었다. 그리고 한편으로는 고등학교 때도 7시간 이상씩 잘 잤기 때문에 서울대에 입학한 후에도 사법고시를 비롯한 각종 어려운 시험에도 척척 붙을 수 있지 않았나 하는 생각이 들었다. 잠을 줄여가며 공부를 했다면 전두엽이 충분히 발달하지 않아 고등학교 공부와는 비교가 되지 않은 어려운 공부들을 소화하지 못했을지도 모른다.

휴식도 공부다

잠을 잘 자야 하는 이유는 전두엽 확장공사 때문만은 아니다. 잠이 부족하면 전두엽 기능이 떨어진다. 미국 텍사스대학 연구진은 남녀 군인 49명을 대상으로 잠이 부족했을 때 전두엽의 기능이 어떻게 달라지는지를 실험했다. 연구그룹을 두 그룹으로 나눠 한 그룹은 이틀간 정상적으로 잠을 자게 하고, 다른 한 그룹은 밤을 새게 한 후 정보를 통합하고 범주화하는 일을 수행하도록 했다. 그 결과 잠을 잘 잔 그룹은 전날 저녁보다 정확도가 4.3% 증가한 반면 밤을 샌 그룹은 2.4%가 떨어진 것으로 나타났다. 수면부족이 전두엽 기능을 떨어뜨려 상황판단이 느려지고 업무처리도 융통성 있게 하지 못한다는 것이 연구결과 입증된 셈이다.

또한 수면부족은 집중력을 저하시킨다. 잠을 자지 않고 공부를 하면 집중력이 떨어져 책상 앞에 앉아 있어도 공부가 제대로 되지 않는다. 우리 주변에는 늘 잠도 거의 자지 않고 공부만 하는데, 성적이 오르지 않아 주위 사람들을 안타깝게 하는 학생들이 종종 있다. 성적이 오를 수가 없다. 잠이 부족해 집중력이 떨어진 상태로 공부를 하니 아무리 책을 들여다봐도 머리에 잘 들어가지가 않는 것이다.

공부를 잘하려면 전두엽이 충분히 휴식을 취해 최대의 집중력을 발휘할 수 있는 시간을 줘야 한다. 한 연구결과에 의하면 전두엽 확장공사가 진행 중인 청소년기에는 하루 평균 9시간 15분은 자야 뇌가 정상적인 활동을 할 수 있다고 한다. 하지만 아무리 잠이 중요해도 현실적으로 하루에 9시간 15분을 자기는 어렵다. 설문조사에서도 약 10%만이 9시간 15분에 근접한 8~9시간을 잤다고 대답했을 뿐이다.

중학생이라면 조금 여유가 있다. 가능하면 최소 8시간은 잠을 자고, 고등학생도 최소 6~7시간 이상은 수면 시간을 확보하는 것이 좋다.

잠자는 시간을 아까워해서는 안 된다. 잠 잘 시간을 줄여 공부할 시간을 늘릴 것이 아니라 우선 최소한의 수면 시간부터 확보하고 공부할 계획을 짜야 한다. 그렇게 해야 단 한 시간을 공부하더라도 최대의 집중력을 발휘할 수 있다. 결과적으로 잠을 잘 자면서 공부를 해야 효과도 좋다. 설문조사 결과가 충분한 증거다.

한꺼번에 몰아서 자면 오히려 집중력이 떨어진다

요즘 학생들은 늘 잠이 부족하다. 주중에는 잠을 자고 싶어도 잘 수가 없다. 특히 고등학생은 등교시간이 빨라 늦어도 6~7시에는 일어나야 하고, 학교에 갔다 온 후 늦게까지 학원에서 공부를 하기 때문에 더더욱 수면시간이 부족한 경우가 많다.

절대적인 수면부족을 이겨낼 장사는 없다. 많은 학생들이 주말에 더 이상 버티지 못하고 주중에 못 잤던 잠을 몰아 자는 경우가 많은데, 좋지 않다. 평소에는 4~5시간씩 밖에 못 자다가 주말에 10시간 이상씩 한꺼번에 자면 개운해지기는커녕 오히려 집중력이 떨어진다.

한 대학병원에서 고등학생 2,600명의 수면시간을 분석한 결과, 평일에 비해 주말에 2시간 40분가량을 더 자는 것으로 나타났다. 또한 학생들의 집중력을 테스트한 결과 주말에 수면을 보충하는 시간이 긴 학생일수록 집중력이 떨어졌다. 주말에 잠을 많이 잔다는 것은 그만큼 평소에 수면부족에 시달리는 걸 의미한다.

공부를 잘하려면 주말에 몰아서 자는 것보다 어떻게 하든 주중의 수면시간을 늘려야 한다. 주중에 좀 더 자고, 주말에도 평소처럼 규칙적으로 공부하고 생활하는 것이 학습 효율을 높이는 지름길이다.

이왕이면 무리하게 공부계획을 짠다

공부를 잘하는 학생치고 아무런 계획 없이 무작정 공부하는 학생들은 거의 없다. 나도 그랬고, 내가 만난 서울대생 대부분은 공부계획을 세우고, 계획에 맞춰 공부하는 데 익숙하다.

공부계획을 세우지 않고도 공부를 잘 할 수 있다면 굳이 공부계획을 세우지 않아도 된다. 서울대생 중에서도 계획 없이 그때그때 필요하다고 생각하는 공부를 했다는 사람들도 있다. 그렇지만 공부는 시간과의 싸움이다. 정해진 시험 날짜가 되기 전까지 해야 할 공부를 마쳐야 한다. 그래서 계획이 필요하다.

계획을 세우지 않고서는 효과적으로 공부하기가 어렵다.

그럼 공부계획은 어떻게 세워야 할까? 수십 년 동안 수도 없이 공부계획을 세워보았던 나로서도 가장 좋은 공부계획이 무엇인지 쉽게 답을 내리기 어려웠다. 그러다 서울대생의 설문조사 결과를 보고 확실한 결론을 내렸다. 역시 공부계획은 실천하기 벅차게, '빡세게' 잡는 것이 최고라고.

무리하게 계획을 잡고, 80% 달성을 목표로 하라

사실 나만큼 공부계획을 많이 세워 본 사람도 없을 것이다. 나의 30년 삶은 시험의 연속이었다. 초 · 중 · 고등학교의 온갖 교내시험, 과학고 입학시험, 고교시절 전국모의고사, 수능시험, 서울대 인문대 입학시험, 서울법대 입학시험, 서울대 행정대학원 입학시험, 사법시험, 사법연수원 시험, 공인노무사 시험, 토익 · 토플 · 텝스 · 한자자격시험 · 한국어능력시험 · 일본어시험 · 중국어시험 · 독일어시험, 논문자격시험 등등 시험은 무지막지하게 보았다. 시험을 볼 때마다 늘 시험공부계획을 세웠음은 물론이다. 달력을 책상에 붙여놓고 깨알같이 하루 공부량을 적어놓던 나날들이 기억에 선하다. 지금도 시험과 공부계획을 세워 책상에 붙여놓을 정도니 공부계획을 세우는 일이라면 이골이 났다.

그런데 공부계획을 100% 달성한 적이 거의 없다. 보통 한 번

계획표를 짤 때 몇 달치를 한꺼번에 짜는데, 늘 계획보다 늦어져 몇 번이고 수정을 거듭하면서 공부를 하다 보면 계획표가 누더기가 되어야 겨우 계획한 공부를 마칠 수 있었다.

계획을 수정하지 않고 달성할 수 있는 방법은 없을까? 늘 처음 세웠던 계획을 100% 달성하지 못하는 것이 부끄러워 나는 계획을 수정하지 않고 달성하기 위해 나름대로 별별 방법을 다 써보았다. 공부 속도에 맞춰 계획표를 적절히 느슨하게 짜보기도 하고, 쉽게 계획을 달성할 수 있도록 허술하게 계획을 짜보기도 했다.

그런데 이상하게도 계획을 느슨하게 짜도 100% 달성하기가 어려웠다. 1시간 동안 50문제씩 풀겠다고 무리하게 계획을 짰던 것을 전면 수정해 25문제로 대폭 줄였는데도 25문제를 다 풀지 못하는 경우가 허다했다. 설마 1시간 동안 25문제도 풀지 못할까 싶은 안이한 마음이 들어 집중하지 못하고 설렁설렁 공부했기 때문이다.

수없이 시행착오를 되풀이한 후 계획을 좀 무리하게 잡는 것이 좋다는 결론을 내렸다. 어차피 느슨하게 짜도 100% 목표 달성을 하지 못할 것이라면 무리하게 계획을 잡는 게 결과적으로 더 많은 공부를 할 수 있다는 생각에서였다.

대신 목표 달성률을 80%로 낮췄다. 여기서 절대 오해해서는 안 될 것이 있다. 목표 달성률을 80%로 낮췄다고 노력까지 80%만 해도 괜찮다는 얘기는 아니다. 무리하게 계획을 세웠더라도 노력은

100% 이상을 해야 한다. 계획을 무리하게 잡으면 게으름 피우지 않고 최대한 계획대로 실천하려고 해도 100% 달성하기가 어렵다. 계획을 100% 실천하겠다는 굳은 의지로 노력해야 80%도 겨우 달성할 수 있다.

설문조사 결과에서도 계획을 100% 완벽하게 실천했다고 답한 사람은 8%에 불과했다. 80% 정도 달성했다는 사람이 전체 중 66%로 제일 많았고, 50% 정도 실천했다는 사람이 15%로 그 뒤를 이었다. 계획대로 실천한 적이 거의 없다고 대답한 사람도 11%나 됐다.

이처럼 계획을 100% 실천하기가 어렵기 때문에 더더욱 계획을 무리하게 짤 필요가 있다. 무리하게 계획을 짰을 때 80% 달성은 100% 달성한 것이나 마찬가지다. 예를 들어 매일 1시간에 50문제 정도 풀었을 때 한 달 동안 나가야 할 진도를 마칠 수 있다면 1시간에 60문제를 푸는 것을 목표로 한다. 그렇게 무리하게 계획을 짜면 약 80%만 목표를 달성해도 50문제를 풀 수 있다.

어떤 일을 하던 변수가 있기 마련이다. 공부도 예외는 아니다. 선생님이 숙제를 내줘 계획했던 공부를 하지 못하게 될 수도 있고, 갑자기 복통이 생겨 병원에 갔다 오느라 공부할 시간을 놓칠 수도 있다. 따라서 이런 변수가 생겨도 해야 할 공부를 다 마치려면 무리하게 계획을 짜는 것이 좋다.

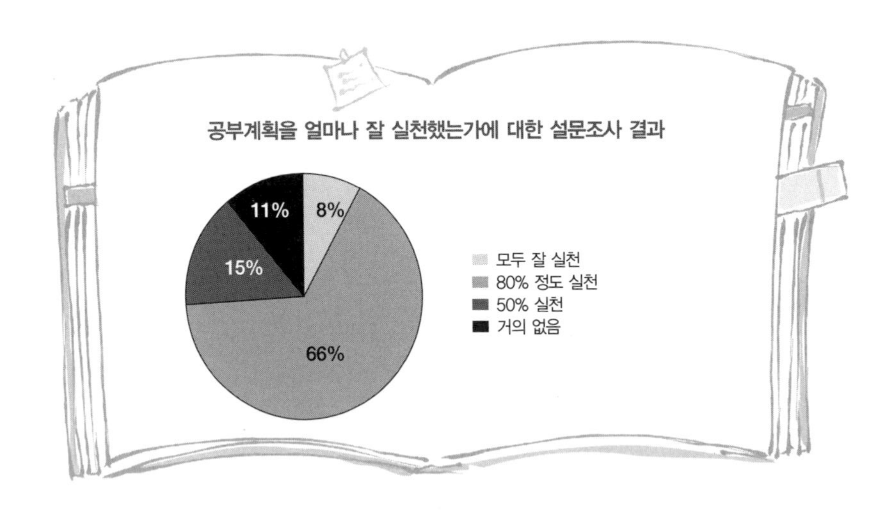

계획에 나를 맞춰라

기말고사를 한 달 앞두고 한 학생이 열심히 공부계획을 짜고 있다. 기말고사까지 최소한 한 과목당 세 번씩은 시험범위를 공부할 수 있도록 계획표를 짜다 보니 하루에 공부해야 할 양이 장난이 아니다. 이를 지켜보던 형이 한마디 한다.

"야, 넌 무슨 계획을 이렇게 짜냐? 너 정말 이대로 공부할 수 있어? 네가 실천할 수 있는 수준으로 계획을 짜야지 계획 따로, 실천 따로면 뭐 하러 계획을 세우냐?"

욕심껏 최대한 완벽하게 공부계획을 짜던 학생은 형의 말을 듣고 혼란에 빠졌다.

"하긴, 한 과목당 세 번씩 보는 건 아무래도 무리겠지? 두 번씩만 볼까? 대신 한 번 공부할 때 좀 더 확실하게 공부하면 될 것도 같은데…."

일면 형의 조언은 상당히 합리적인 것처럼 보인다. 계획이란 실천했을 때만 의미가 있는 것이니, 실천하기 불가능한 계획을 세우기보다는 스스로 충분히 실천할 수 있는 수준에서 계획을 세우는 것이 옳다는 생각도 든다. 하지만 앞에서도 이야기했듯이 그렇게 자기가 할 수 있는 수준에서만 계획을 세우면 발전하기가 어렵다. 사람의 능력은 무한하다. 자기가 알고 있는 자신의 능력이 전부가 아니다. 그런데 늘 할 수 있는 수준의 일만 하면 자기가 모르는 능력을 계발할 기회를 얻지 못한다. 따라서 나에 맞춰 계획을 세우기보다 계획에 나를 맞추려는 노력을 해야 한다.

무리하게 계획을 짜면 '어떻게 저 많은 계획을 다 실천하지?' 라며 시작도 하기 전에 기가 질릴 수 있다. 하지만 지레 겁먹을 필요는 없다. 계획한 대로 차근차근 공부하다 보면 점차 익숙해지고, 학습 능력도 발전한다. 그러다 보면 목표 달성률도 높아진다. 물론 무리하게 계획을 짜면 80%만 달성해도 큰 문제가 없지만 계획에 맞춰 성실하게 공부하는 동안 목표 달성률은 85%, 90%, 95%로 올라간다. 결국에는 불가능해 보였던 100% 목표를 달성하는 날도 온다.

단기계획과 장기계획 모두 필요하다

계획을 세울 때는 장기계획과 단기계획을 모두 세우는 것이 좋다. 장기계획은 크게 보면 꿈과 연결된다. 장기적으로 내가 이루고 싶은 것, 예를 들어 중학생이라면 특목고 입학, 고등학생이라면 서울대 입학과 같은 목표가 장기계획에 포함될 수 있다. 더 나아가 변호사 되기, 경찰되기, 가수되기, 선생님되기처럼 미래에 하고 싶은 일도 장기계획 범주에 속한다. 장기계획은 등대와 같은 역할을 한다. 삶은 망망대해와도 같다. 망망대해에 떠다니다 보면 자칫 길을 잃기 쉽다. 등대는 길을 잃고 헤매는 배에게 길을 밝혀주고 방향을 알려주는 구세주 같은 존재다. 장기계획도 그렇다. 왜, 무엇을 위해 공부해야 하는지를 분명하게 알려주고, 지쳐 있을 때 동기를 부여해주는 역할을 하는 것이 장기계획이다. 따라서 계획을 짤 때 1년 후의 목표, 5년 후의 목표, 10년 후의 목표 등 장기적인 계획을 꼭 짜는 것이 좋다.

장기계획이 큰 방향을 잡아주는 역할을 한다면 단기계획은 구체적인 실천 계획을 세우는 것과 같다. 일종의 행동강령인 셈이다. 단기계획은 이번 달, 이번 주, 오늘 해야 할 일을 계획하는 것이다. 장기계획은 큰 틀만 정해도 괜찮지만 단기계획은 가능한 세세하게 짜는 게 좋다. 예를 들어 월요일에는 수학 20페이지 풀기, 영어 듣기 30분, 독서 30분 등과 같이 해야 할 일과 공부해야 할 분량을 정한다.

또한 작은 목표를 세우는 것도 단기계획의 일부다. 예를 들어 이번 달 시험에서 평균 10점 올리기, 혹은 취약과목이었던 영어 90점 이상 받기 등 작은 목표를 세우는 것이 좋다.

차라리 대충대충 빨리 공부해라

공부를 대충 하라고?

참으로 큰일 날 소리임이 분명하다. 어떻게 공부를 대충 할 수 있단 말인가! 그렇게 공부해서 머릿속에 남는 것이 무엇이 있단 말인가! 머릿속에 남는 것이 없다면 어찌 공부했다고 말할 수가 있단 말인가!

인정한다. 공부를 대충 해서는 안 된다. 그럼에도 불구하고 차라리 공부를 대충 하라는 데는 이유가 있다. 처음부터 완벽하게 공부하려고 하면 진도를 나가기도 어렵고, 쉽게 지친다. 또한 애초부터 한 번에 완벽하게 공부를 마치기란 불가능하다. 괜히 완벽하게 공부한다고 시간은 시간대로 잡아먹고 진도도 못나가 낭패를 보기 쉽다. 차라리 대충이라도 빨리 한 번 보고, 두 번, 세 번 반복해서 보는 편이 공부를 효율적으로 할 수 있는 좋은 방법이다.

시험에 나올 것만 알면 된다

어떤 일이든 빨리, 완벽하게 할 수 있다면 그것만큼 좋은 일도 없다. 내공이 많이 쌓이면 일을 빨리 하면서도 완벽하게 할 수도 있을 것이다. 하지만 대부분 '빨리' 와 '완벽' 은 상극인 경우가 많다. 빨리 속도를 내면 아무래도 완벽하기가 어렵다. 반대로 한 치의 오차도 없이 완벽하게 일을 하려면 시간이 많이 걸릴 수밖에 없다.

'빨리' 와 '완벽' 중 어느 쪽을 선택하는 것이 좋은지는 쉽게 단정 짓기 어렵다. 일의 성격에 따라 '빨리' 해야 할 경우도 있고, 시간이 걸리더라도 '완벽' 하게 해야 하는 일들도 있다.

그렇다면 공부는 어떻게 해야 할까? 공부와 완벽은 태생부터 잘 어울리지 않는 경향이 있다. 학생과 학자는 다르다. 학문을 깊이 있게 연구하는 학자라면 '완벽' 하게 공부하는 것이 맞다. 남들이 다 아는 것을 빨리 공부하는 것은 큰 도움이 되지 못한다. 시간이 얼마가 걸리더라도 자신의 전문분야만큼은 그 누구보다도 완벽하고, 깊이 있게 연구해야 한다.

하지만 학생들 공부는 다르다. 현실적으로 학생들은 시험을 위한 공부를 해야 한다. 학생들의 공부는 시험으로 판가름난다. 공부는 '실력'이라고 하는 사람도 있지만 그 실력은 시험성적으로 알 수 있다. 따라서 공부는 시험성적이다. 냉혹하지만 부인할 수 없는 사실이다.

문제는 언제나 시험범위가 너무 광범위하다는 데 있다. 수능만 봐도 언어, 수학, 영어는 기본이고, 문과생이라면 사회탐구 영역에서 최소 2과목 이상, 이과생이라면 과학탐구 영역에서 역시 최소 2과목 이상 공부해야 한다. 수능 문제를 출제하는 분들은 늘 입버릇처럼 "교과서만 충실히 보면 다 풀 수 있도록 출제했다."고 말하지만 솔직히 교과서에서 한 번도 본 적 없는 지문이 나오는 경우도 부지기수다. 고등학교 3년간의 교과서만 보는 것도 벅찬데, 다른 참고 도서들을 보지 않고서는 수능시험을 성공적으로 치를 수가 없다.

그 많은 공부를 하나도 빠짐없이 완벽하게 공부하기란 불가능하다. 굳이 그럴 필요도 없다. 공부는 완벽한 작품을 만들어내는 것이 아니다. 황순원의 《학》과 염상섭의 《삼대》가 왜 다른지 알면 되고, 이육사와 정지용의 시가 어떻게 다른지 알면 된다. 비교우위에 따른 무역이 어떤지 알면 되고, 낙하속도를 계산하는 법이나 별까지의 거리를 측정하는 방법을 익히면 된다. 중 · 고등학교 공부가 무슨 대단한 것이라고 포장할 필요도 없고, 과목별로 딱 그 정도의 핵심만 잘 알면 된다.

그래도 일단은 전체 내용을 한 번은 다 봐야 핵심이 무엇인지 알 수 있다. 그러려면 빨리 봐야 한다. 시험에 나오지도 않는 내용까지 완벽하게 공부하느라 시간을 낭비할 필요가 없다.

대충 빨리 보는 대신 두 번 이상 봐라

빨리 공부하려면 욕심부터 버려야 한다. 대개 욕심이 많은 학생들이 진도를 잘 못 나간다. 주변을 돌아보면 다른 친구들 떠드는 쉬는 시간에도 공부만 하고, 자율학습 시간에도 화장실 한 번 가지 않고 곰처럼 진득하게 앉아 공부만 하는데도 한 달이 지나도 맨날 같은 책만 보는 친구들이 있다. 처음부터 완벽하게 공부하겠다고 욕심 부리는 친구들이 대개 그렇다.

의외로 공부 잘하는 학생들은 그런 욕심이 없다. '어차피 한 번 더 볼 건데, 간단하게 정리하자!' 라는 생각으로 처음에는 교과서나 문제집을 한번 쓱 훑어본다. 한 번 공부해서 완벽하게 알지 못한다고 안달복달하지도 않는다. 다시 한 번 보면서 처음 공부할 때 미처 몰랐던 부분을 이해하고, 세 번 반복해 보면서 확실하게 다지기를 한다.

이런 공부법을 나는 개인적으로 '재벌구이 공부법'이라 이름 지었다. 도자기를 만들 때는 보통 두 번 굽는다. 초벌구이 때는 일단 그릇의 형태를 만들어서 굽고, 재벌구이를 할 때 완벽하게 유약을 칠해서 명품을 만들어낸다.

삼겹살을 구울 때도 마찬가지다. 처음부터 삼겹살을 완벽하게 익히려면 시간도 오래 걸리고 잘못하면 타기도 쉽다. 그래서 처음에는 미리 대충 익혀놓았다가 본격적으로 식사를 할 때 다시 뜨거운 불에 제대로 굽는다. 그렇게 하면 고기도 빨리 익고 맛도 더 좋다.

재벌구이 공부법은 시간과 효율성 두 마리 토끼를 잡을 수 있는 좋은 공부법이다. 다시 한 번 더 본다는 생각으로 공부하니 진도를 빨리 나갈 수 있고, 두 번 이상 반복해서 보니 내용도 더 많이 머릿속에 남는다.

빨리 공부하는 습관은 시험을 보는 데도 유리하다

공부해야 할 내용이 워낙 많기 때문에 공부하는 속도를 빨리 해야 하기도 하지만, 시험을 잘 보기 위해서도 빨리 공부하는 습관이 몸에 배어 있어야 한다.

평소 모의고사 때는 언제나 언어 영역에서 안정적인 1등급을 받던 학생이 수능시험을 코앞에 둔 9월 모의고사 때는 3등급을 받았다. 그것도 3등급 초반이 아니라 4등급을 겨우 면한 3등급이었다. 학생은 울면서 부모에게 하소연을 한다.

"흑흑, 지문이 너무 길고 어려워 앞의 문제들을 풀다 보니 시간이 모자랐어요. 뒤에 10문제 정도는 읽어보지도 못하고 그냥 찍었어요. 억울해요. 흑흑."

정말 억울한 일일까? 평소 접하던 문제보다 난이도가 높았다면 시간이 모자랐을 수도 있다. 그렇지만 그 학생뿐만 아니라 다른 학생들도 마찬가지 조건이었을 것이다. 어차피 수능이라는 것이 절대평가가 아니라 일정한 비율로 등급을 나누는 상대평가이기 때문에 점수가 떨어질 수는 있어도 등급이 그렇게 몇 단계씩 내려갈 수는 없다.

등급이 추락한 이유는 다른 데 있다. 정해진 시간에 빨리 푸는 연습을 하지 못한 것이 패인이다. 어떤 시험이든 시험을 2주일, 1달 동안 보는 경우는 없다. 우리나라에서 천 번 가까이 시험을 본 나도 그런 시험을 치러본 적이 없다. 시험이라고 해봐야 대개 2시간 남짓, 아니면 하루 정도다. 하루 동안의 시험도 과목당 2시간가량씩 쪼개서 나누어 본다.

그 정해진 시간에 답을 찾아야 하는 것이 시험이다. 시간이 부족하다는 것은 시험을 망친 이유가 될 수 없다. 평소 정해진 시간 내에 빨리 문제를 푸는 연습을 하지 못한 자신의 잘못이다.

공부를 잘하는 학생들은 대개 시간을 정해놓고 문제를 푸는 연습을 한다. 예를 들어 언어 영역은 80분 동안에 50문제를 풀어야 한다. 80분을 50문제로 나누면 적어도 1분 36초 안에 한 문제씩 풀어야 50문제를 무사히 풀 수 있다는 계산이 나온다. 안전하게 정답이 맞는지 다시 확인해보려면 이보다 훨씬 빠른 시간 안에 문제를 풀어야 한다. 따라서 공부를 잘하는 학생들은 10번까지 푸는 데 10분, 20번까지 푸는 데 15분, 30번까지 푸는 데 15분, 40번까지 푸는 데 15분, 50번까지 푸는 데 15분, 점검하는 데 10분 이런 식으로 시간을 할당하고 문제를 푸는 연습을 한다.

그것이 다가 아니다. 시간을 할당했어도 최대한 빨리 문제를 푸는 연습을 한다. 할당했던 시간이 많이 남으면 남을수록 한 번 문제를 다 푼 후 아리송했던 문제를 다시 푸는 데 많은 시간을 할애할 수 있기 때문이다.

평소에 철저하게 시간 관리를 하며 문제를 푸는 연습을 했던 학생은 평소보다 지문도 길고, 난이도가 높아도 잘 대처한다. 정해진 시간을 다 썼는데도 문제가 잘 풀리지 않으면 과감하게 다음 문제부터 풀면서 시간 관리를 한다. 그렇게 하면 어려운 문제 몇 개는 풀지 못해도 아예 손도 대지 못하고 아무렇게나 정답을 찍는 불상사는 일어나지 않는다.

이쯤 되면 왜 시간을 두고 완벽하게 공부하는 것보다 정해진 시간에 빨리 빨리 공부하는 습관을 들여야 하는지 충분히 공감할 수 있을 것이다. 빨라져야 한다. 공부를 할 때 시간을 정해놓고 최대한 빨리 공부를 하는 연습을 하자. 시간이 오버되면 시간 내에 공부를 마치지 못한 자신을 반성도 하고 야단도 치자. 나중에 시험 시간에 실수를 하지 않기 위해서는 꼭 그렇게 해야 한다.

서울대생은 책을 띄엄띄엄 본다

서울대생은 책을 달달 외우고 있을까? 서울대생은 책의 모든 내용을 알고 있지 못하다. 놀랄 얘기 같지만 사실이다. 내가 만나본 서울대생은 책의 중요한 내용 외에는 모르는 게 더 많았다. 그러면 내가 물어본다. "너는 어떻게 이거 모르고 서울대 왔냐?" 그러면 답이 더 걸작이다. "응, 그거 몰라도 돼. 시험에 안 나오거든." 이 대답에 나는 할 말이 없었다. 그 아이는 전라남도에서 수능점수가 5등 안에 들었던 학생이었기 때문이다. 공부에서 중요한 내용은 시험으로 평가되는데, 그 시험에 안 나오는 거라면 안 중요하다는 것이 그의 논리다. 실제로 그런 지엽적인 부분에 대해 시험이 나오면 기본 실력으로 적당히 커버할 수 있으리라는 자신감도 가졌다고 보인다.

국사를 예로 들자면, 가장 최근의 역사인 1950년대 이후 이승만 정권과 60년대 이후 산업화의 시대 등은 시험에서 비중 있게 다루어지지 않았다(요즘은 현대사라는 과목이 있어서 다소 비중 있게 다룬다고 한다). 세계사에서는 미국의 역사나 동남아시아의 많은 나라(태국, 캄보디아, 인도네시아 등)의 역사는 유럽과 중국의 역사만큼 중요하지 않았다. 실제로 시험문제는 조선시대와 중국 · 일본 · 유럽의 역사가 주로 나오곤 한다. 서울대생은 책을 띄엄띄엄 본다. 책을 전부 외우려는 것은 서울대식 공부법과는 무관하다.

잘 될 때 많이 공부해 시간을 저축한다

방학을 맞이해 그 동안 기초가 부족해 고생했던 수학을 보충할 계획을 세운다고 가정해보자. 교재는 수학의 기본 원리를 충실히 설명한 '정석'으로 결정하고 한 달 동안 다 풀려면 어떻게 계획을 세워야 할까?

정석 중 《기본 수학의 정석 수학 1》은 전체 페이지가 약 400페이지가량 된다. 4주 만에 400페이지를 다 보려면 1주에 100페이지를 봐야 한다. 일주일에 하루는 쉬고 6일 동안 공부한다고 가정하면 적어도 하루에 16~17페이지를 봐야 다 볼 수 있다.

방학 동안 수학만 공부하는 것도 아니고 다른 공부도 함께 하면서 매일 꼬박꼬박 16~17페이지씩 풀기란 결코 만만치 않다. 만

사 젖혀놓고 수학만 판다 해도 장담할 수 없는 분량이다.

그렇다면 어떻게 해야 이 계획을 달성할 수 있을까? 계획대로 산뜻하게 정석을 다 풀 수 있으려면 융통성을 발휘해야 한다.

오늘은 오늘의, 내일은 내일의 공부를 하자

우선 계획을 달성하려면 공부가 밀려서는 안 된다. 그날 계획했던 공부는 그날 끝내야 한다. 앞에서 '계획을 100% 실천하기가 현실적으로 어렵기 때문에 80% 가량만 달성해도 괜찮다' 는 말을 떠올리면 혼란스러울 수 있다. 그 이야기대로라면 16~17페이지를 공부하기로 계획했다면 약 80%에 해당하는 13~14페이지만 공부해도 열심히 한 것인데, 밀려서는 안 된다니 선뜻 이해가 가지 않는 것은 당연하다.

계획의 80%만 실천해도 면죄부를 받을 수 있는 것은 어디까지나 무리하게 계획을 짰을 때뿐이다. 16~17페이지씩 공부해야 한 달에 400페이지 정석을 다 풀 수 있다면 목표량을 올려 20~21페이지씩 공부하도록 계획을 짜야 한다. 그렇게 무리하게 계획을 짠 경우가 아니라면 공부가 밀렸을 때 큰 낭패를 볼 수 있다.

하루, 이틀 공부가 밀렸을 때는 그 심각성을 잘 알지 못한다. 나를 열심히 공부했는데도 그날 계획했던 공부를 다 못했을 때 "에이, 할 수 없지. 고작 3페이지 남았으니 내일 공부할 때 3페이지 마저 하면 되겠지, 뭐."라고 생각할 수 있다.

과연 그 다음 날 전날 못했던 3페이지를 다 공부할 수 있을까? 못다 푼 3페이지를 풀고 그날 새롭게 해야 할 16~17쪽을 더 풀기란 더 어렵다. 어제 밀렸던 공부는 했지만 오늘 해야 할 공부는 또 밀리기 십상이다. 첫날보다 더 진도를 못 나가 6쪽이 밀렸다. 하루에 풀 수 있는 양이 평균 13페이지 정도인 것 같다. 그런 식으로 계획했던 것보다 3~4페이지씩 못 풀면 일주일이면 18~24페이지가 밀린다. 4주면 72~96쪽이나 못 푼다는 계산이 나온다.

하루 3페이지는 그리 대단해 보이지 않는다. 다음 날 조금만 노력하면 금방 보충할 수 있을 것처럼 보인다. 하지만 실제로는 그렇지가 않다. 한 번 밀리기 시작하면 계속 밀린다. 시간이 지날수록 밀린 공부가 차곡차곡 쌓여 결국 나중에는 감당할 수 없는 지경에 이르고 만다.

밀린 공부는 시한폭탄과 같다. "설마 하루쯤 공부 밀렸다고 어떻게 되겠어?"라고 안이하게 생각하다 시한폭탄을 맞은 경험이 누구나 한두 번은 있을 것이다.

나도 늘 공부가 밀렸다. 어떻게 하든 그날 해야 할 공부를 그날 마치려고 노력했지만 계획대로 공부한 날보다 밀린 날이 더 많았다. 한 번 밀리면 밀린 공부를 마치느라 '꾸역꾸역' 이라는 표현이

딱 맞게 죽지 못해서 하는 심정으로 계획을 끝낼 때도 허다했다.

수없이 한 번 밀리기 시작하면 이후 더 어려워진다는 것을 뼈저리게 경험하면서 계획했던 공부를 밀리지 않으려고 무던히도 노력했다. 나뿐만 아니라 서울대생은 대부분 어떻게든 그날 해야 할 공부를 그날 끝내려고 노력했는데, 결코 좋아서 그렇게 공부한 것은 아니라 장담한다. 어쩔 수 없이 그날 해야 할 공부를 마치려고 열을 올리는 것뿐이다. 그렇게 하지 않으면 폭탄을 맞을 수밖에 없다는 것을 너무도 잘 알기에 온갖 유혹을 물리치며 고독한 자기와의 싸움을 하는 것이다.

오늘 해야 할 공부를 절대 밀려서는 안 된다. 밀리면 그것으로 끝이다. 1페이지라도 밀리면 안 된다. 책이 머리에 안 들어와도 연필로 밑줄이라도 쳐라. 얼마나 이해했는지는 문제가 되지 않는다. 계획한 대로 공부를 밀리지 않았다는 것이 중요하다. 그렇게 밀리지 않아야 내일은 내일의 공부를 할 수 있다.

잘될 때는 더 진도를 나가라

비장한 목소리로 절대 계획했던 공부가 밀려서는 안 된다고 했지만 매일 하루도 공부가 밀리지 않기란 사실상 불가능하다. 아무리기를 써도 계획은 수시로 밀린다. 오늘이라도 계획을 세우면 당장 내일부터 밀릴 수 있다. 서울대생들도 별 수 없다. 그들도 언제나 칼 같이 계획을 지키지는 못한다.

"왜 이랬다 저랬다 하는 거예요? 절대 밀리면 안 된다고 할 때는 언제고, 밀릴 수밖에 없다고 하면 대체 뭘 어쩌란 말이에요?"

이런 불만의 소리가 충분히 나올 법하다. 아무런 대책도 없이 이랬다저랬다 하는 것이 아니다. 서울대생들도 하루, 이틀 정도는 공부가 밀릴 수 있지만 1주일, 한 달, 두 달 간격으로 보면 얼추 계획했던 공부를 다 끝낸다. 길게 보면 밀리지 않는다는 얘기다.

비결이 있다. 공부 잘하는 학생들은 꼭 계획한 만큼만 공부하지 않는다. 공부를 하다 보면 다른 때보다 더 공부가 잘될 때가 있다. 머리도 맑고 집중도 잘돼 평소에는 10페이지 보기도 벅찬데, 계획한 시간의 절반도 안 됐는데 10페이지가 금방 넘어간다.

그러면 어떻게 해야 할까? 그날 공부하기로 한 양을 다 마쳤으니 멈춰야 할까? 아니면 계획한 시간만큼 진도를 더 나가야 할까?

공부가 잘될 때는 내친 김에 더 공부하는 것이 정답이다. 보통 공부는 규칙적으로 꾸준히 하는 것이 좋다고 한다. 예를 들면 월요일에 2시간 동안 20페이지를 공부했다면 화요일도, 수요일도 2시간 동안 20페이지를 공부하는 것이 바람직하다는 것이다.

하지만 이게 잘 안 된다. 사람은 누구나 처음에 공부가 잘되고 중간부분부터는 늘어지게 마련이다. 공부를 막 시작할 때는 의욕이 넘친 상태라서 어떤 것도 머리에 쏙쏙 들어온다. 이런 상태에서 달랑 20페이지만 보고 책을 덮으면 그 다음 날부터 고통의 20페이지가 사정없이 밀려들어오게 된다. 또 책의 맨 앞부분은 내용이 비교적 쉽기 때문에 첫날 20페이지를 소화하기는 그리 어렵지 않다.

이처럼 때로는 컨디션에 의해, 때로는 공부하는 내용의 난이도에 따라 공부가 잘될 때도 있고, 잘 안 될 때도 있는데, 매일 규칙적으로 같은 양을 공부하려 드는 것만큼 어리석은 일도 없다. 공부가 잘될 때는 공부를 많이 해놓아야 한다. 공부가 잘될 때 진도를 더 나가고, 쉬운 부분이라면 빠르게 많이 보고 넘어가야 밀리지 않고 공부를 완전히 끝낼 수 있다.

공부가 잘될 때 많이 해두는 것은 '저축'과도 같다. 여유가 있을 때 저축을 해두면 경제적으로 힘들 때 큰 도움이 된다. 저축을 많이 하면 어떤 날은 마음 편히 하루 종일 놀면서 머리를 식힐 수 있는 여유도 가질 수 있다. 그러니 저축을 하듯 공부가 잘될 때 미리미리 진도를 빼 놓자.

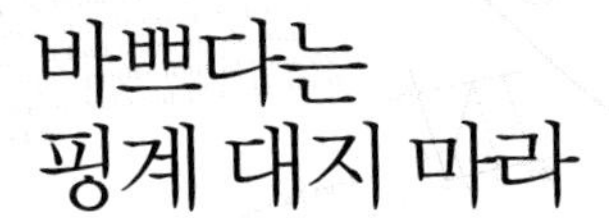

바쁘다는 핑계 대지 마라

"너무 바빠서 공부할 시간이 부족해요."

요즘엔 중 · 고등학생들도 바쁘다는 말을 입에 달고 산다. 바쁘기는 바쁘다. 예전에는 학교만 열심히 다녀도 성실하고 모범적인 학생이라는 소리를 들었지만 지금은 사정이 다르다. 학교는 말할 것도 없고, 학교가 끝나면 학원에서 또 공부를 해야 한다. 토요일, 일요일도 없다. 주말에는 밀린 공부나 부족한 공부를 보충하느라 또 다른 학원을 다니거나 과외를 받는 경우가 많다.

그런데 어쩐지 좀 이상하다. 학생들의 일상을 들어보면 공부를 너무 많이 해서 시간이 부족한 것 같은데 바빠서 공부할 시간이 부족하다니? 앞뒤가 맞지 않는나. 정말 학생들은 왜 바쁜 걸까?

답은 이미 우리 모두가 알고 있다. 다만 애써 모르는 척하며 다른 핑계를 대고 있을 뿐이다.

'공부'를 중심으로 시간을 재편성하라

"저에겐 공부 못지않게 친구도 소중해요. 어떻게 친구들을 포기할 수 있나요?"

엄마와 딸 사이에 한창 실랑이가 벌어지고 있다. 엄마가 딸에게 고등학교에 들어간 후에는 싸이월드를 3년만 하지 않았으면 좋겠다고 권한 것이 발단이 됐다.

"엄마가 가만히 보면 네가 싸이월드 하는 데 쓰는 시간이 만만치 않아. 고등학교 들어가면 공부할 시간도 부족할 텐데."

"제가 해봤자 얼마나 했다고 그래요? 하루에 한두 번 들어가서 답글 달고, 어쩌다 새로 찍은 사진 올리는 게 전분데…."

"그래도 한 번 들어가면 1시간은 훌쩍 지나가잖니."

"제가 그 정도도 쓸 권리가 없어요? 쉬지 않고 공부만 할 수는 없잖아요. 싸이월드 하는 게 제 유일한 낙인데, 어쩜 그것까지 못하게 할 수가 있어요? 또 친구들도 다 바빠서 이렇게라도 하지 않으면 서로 안부를 확인할 방법도 없단 말이에요."

"무슨 그런 말이 있어. 친구들과 수시로 문자도 주고받잖아. 그러면서 친구들과 이야기할 시간이 없다는 게 말이 돼?"

모녀가 서로 한 치의 물러섬도 없이 신경전을 벌인다. 엄마 말도, 딸 말도 다 일리가 있다. 딸의 말처럼 공부만 할 줄 아는 학생은 매력이 없다. 공부도 열심히 해야 하지만 친구와도 잘 지내야 하고, 공부 외에 다양한 활동을 하면 좋다.

문제는 하고 싶은 일, 해야 할 일은 많은데 시간은 한정되어 있다는 것이다. 시간이 부족해 하고 싶은 일을 다 할 수 없다면 어떻게 해야 할까? 당연히 '공부'를 최우선으로 놓고, 공부할 시간부터 확보해야 한다.

많은 학생이 이 사실을 망각하고 공부할 시간이 부족하다고 푸념한다. 나는 서울대에 와서 10년 이상 공부하는 동안 '공부할 시간이 없다'고 말하는 서울대생을 본 적이 없다. 아마도 내가 다른 서울대 친구에게 "공부는 해야 하는데 시간이 없어서 공부를 못하겠어."라고 말하면 그 친구는 아마 이렇게 생각할 것이다.

'시간이 없어서 공부를 못한다고? 개 풀 뜯어먹는 소리하고 있네. 세상에 별소릴 다 듣겠네. 그럼 너는 학생이 아니지.'

듣기에는 좀 심한 말 같다. 서울대생들이 공부 좀 한다고 잘난 척하는 것 같아 기분이 상할 수도 있다. 물론 표현이 좀 극단적이긴 하지만 서울대생들은 진짜 그렇게 생각한다. 학생의 본분은 공부를 하는 것인데, 다른 할 일이 많아 공부를 못한다는 건 서울대생에게는 말 자체가 되지 않는다.

공부를 최우선적으로 해야 할 일로 생각하고, 공부를 중심으로 시간을 재편성하면 모든 문제가 해결된다. 공부할 시간을 충분하고 열심히 공부하면서 남은 시간에 싸이월드도 하고 친구랑 문자를 주고받는다면 아무도 뭐라 할 사람이 없다.

다만, 공부 외의 일이 혹시라도 공부할 시간을 부족하게 만든다면 그건 다시 생각해보아야 한다. 학생의 본분은 공부를 열심히 하는 것이다. 자기에게 주어진 제일 중요한 공부를 포기하면서까지 꼭 해야 할 중요한 일이 있을까?

시간도둑을 잡아 생활을 단순화하라

공부를 중심에 놓고 보면 의외로 귀한 시간을 훔쳐가는 시간도둑이 많다는 것을 알 수 있다. 나는 2003년 23세의 나이로 사법시험에 합격할 때까지 휴대전화가 없었다. 대학교에 입학하면서 '삐삐' 라는 것을 이용하기도 했는데, 그것도 대학 1학년 때 좀 쓰다가 해지시켰다.

휴대전화가 생긴 후 언제 어디서든 전화를 걸고 있고, 나를 아는 사람들도 편하게 나에게 연락을 할 수 있어 좋았지만 휴대전화가 생긴 후 내 생활은 좀 복잡해졌다. 생각보다 휴대전화는 일의 흐름을 방해했다. 꼭 필요한 전화나 문자면 그래도 괜찮은데, 광고 전화거나 아무 말 없이 바로 끊기는 경우도 많았고, 문자의 태반은 쓸데없는 광고라 해도 과언이 아니었다.

학생들의 사정도 나와 비슷할 것이다. 학생들은 전화통화보다 대부분의 소통을 문자로 한다. 친구들과의 우정을 지키려면 오는 문자에 답을 안 할 수가 없다. 친구의 공부에 방해가 될까봐 문자를 자제해주는 친구들은 아마 없을 것이다. 공부 좀 하려고 하면 '야, 뭐하냐. 혹시 공부하는 거 아니지?' 라는 문자가 턱 날아온다. '그래, 공부한다!!' 라고 답장을 보내면 그때부터 공부를 방해하는 친구의 온갖 공작이 시작된다. 그러다 보면 하릴없이 시간만 흐르고 정신만 산만해져 공부에 집중을 할 수가 없다.

학생들의 생활을 복잡하게 하는 것은 휴대전화만이 아니다. 컴퓨터도 가뜩이나 바쁜 학생들을 더욱 분주하게 만드는 주범 중의 하나다. 컴퓨터로 할 수 있는 재미있는 일들이 너무 많다. 우리를 너무도 기쁘게 하는 이런 일들 역시 쥐도 새도 모르게 귀한 시간을 왕창 훔쳐가는 시간도둑들이다.

서울대생들도 이런 시간도둑들에게 어지간히 시달림을 받은 것 같다. '공부를 제일 방해했던 건 무엇이었나요?' 라는 질문에 '컴퓨터, 인터넷, 게임' 이라 답한 사람이 17%로 가장 많았다. '취미생활' 과 '친구' 를 방해요인으로 꼽은 사람들도 각각 13%, 14%

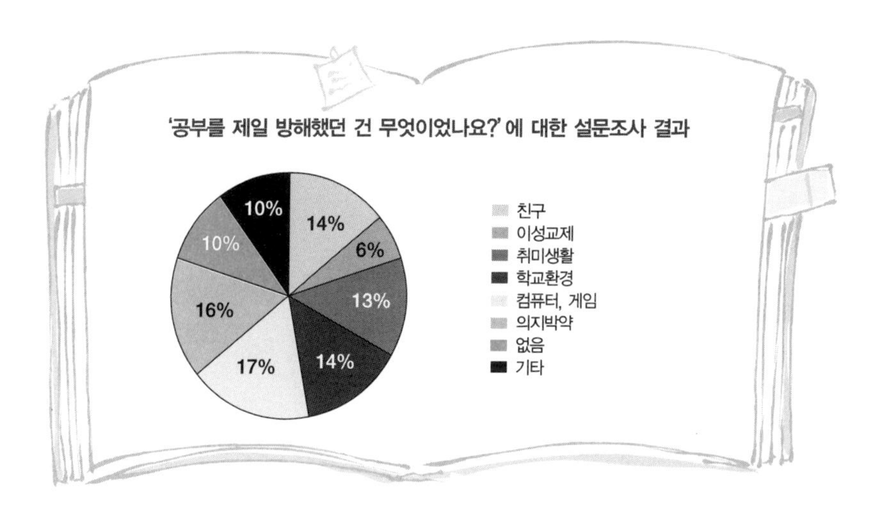

로 많은 비중을 차지했다.

공부를 잘하는 학생이나 잘 못하는 학생 모두 관심사는 비슷하다. 공부를 잘하는 학생 역시 공부 외의 다른 재미있는 일들의 유혹에 끊임없이 시달린다. 다만 스스로 공부를 방해한다고 판단되는 일들을 꾹꾹 참으며 하지 않으려고 노력한다는 점이 다를 뿐이다.

할 일이 너무 많아 공부할 시간이 부족하다는 건 핑계다. 공부를 방해하는 시간도둑을 잡으면 시간은 충분하다. 물론 생활은 지극히 단순해질 것이다. 어쩌면 먹고, 자고, 공부하는 일이 생활의 전부가 될 수도 있다. 하지만 생활을 최대한 단순화시켜, 딱 3년만 먹고, 자고, 공부하는 데에만 집중해보자. 그렇게만 할 수 있다면 누구든 서울대에 들어갈 수 있다.

공부하는 동안만이라도 휴대전화를 꺼두자

서울대에 온 후 나는 참으로 독한 사람들을 많이 보았다. 공부를 하겠다고 어느 날 갑자기 무지막지하게 휴대전화를 끊는 친구도 있고(학생들 사이에서는 흔히 '잠수 탄다' 고 표현한다), 컴퓨터와는 아예 담을 쌓고 지내는 친구들도 있었다.

휴대전화든, 컴퓨터든 끊을 수 있다면 그것만큼 좋은 것도 없다. 하지만 사실 그건 현실적으로 불가능하다. 휴대전화도 있어야 하고, 요즘에는 인터넷 강의를 들으며 공부를 하는 학생들도 많기 때문에 컴퓨터가 없으면 안 된다.

그렇다면 어떻게 해야 할까? 방법이 있다. 공부를 하는 동안만이라도 그것들을 차단하면 된다. 공부할 때는 휴대전화를 아예 꺼두자. 혹시 그동안 전화와 문자가 와도 공부가 끝난 후 확인해 연락하면 친구 관계는 깨지지 않는다.

컴퓨터도 책상에서 치우는 것이 좋다. 거실이나 다른 방에 두고 인터넷 강의를 들을 때만 컴퓨터를 켜도록 하자. 아무래도 공부하는 책상에 컴퓨터를 두면 유혹을 물리치기가 어렵다. 눈앞에 두고 유혹을 견디느라 애를 쓰면 공부에 집중할 수 없다.

CHAPTER 5

중간은 건너뛰어도 끝은 반드시 본다

어떤 사람이 성공할까?

머리가 좋은 사람? 인맥이 넓은 사람? 재력이 튼튼한 사람?

머리, 인맥, 재력 모두 성공의 한 요인은 될 수 있지만 성공을 결정하는 요인은 따로 있다. 바로 '인내'다. 끝까지 포기하지 않은 사람만이 성공할 수 있다.

공부도 그렇다. 공부라는 건 원래부터 '밑 빠진 독에 물 붓기' 같은 것이다. 그 독에 물이 다 차야 공부를 잘할 수 있는 것이니 웬만큼 인내하고 노력하지 않으면 안 된다. 머리가 아무리 좋은 학생도 인내심이 없으면 공부를 잘할 수 없다. 결국 누가 포기하지 않고 끝까지 공부하느냐가 공부의 승패를 좌우한다.

밑 빠진 독에
물을 채워라

"콩쥐야, 너는 이 독에 물을 다 채우고 와라."

계모가 팥쥐만 데리고 원님의 생일잔치에 가면서 함께 가고 싶어 하는 콩쥐에게 지시했다. 콩쥐는 조건부 허락을 받은 것만으로도 기뻐 열심히 물을 길어다 독에 붓는다. 그런데 어찌된 일인지 아무리 물을 부어도 독은 차지 않는다. 콩쥐가 물을 채워야 할 독이 밑 빠진 독이었기 때문이다.

공부를 하다 보면 콩쥐처럼 밑 빠진 독에 물을 붓고 있는 듯한 느낌이 들 때가 많다. 공부를 해도 해도 끝이 나지 않을뿐더러, 어제 공부했던 내용도 가물가물 기억이 나지 않는 경우가 한두 번이 아니다. 공부해도 잊어버리고, 또 공부해도 또 잊어버려 머리를 쥐어뜯는다.

과연 밑 빠진 독에 물이 찰 수 있을까? 콩쥐는 두꺼비의 도움으로 겨우 밑 빠진 독에 물을 채우고 원님의 생일잔치에 갈 수 있었다. 공부는 누가 대신해줄 수 있는 것이 아니기 때문에 두꺼비의 도움을 기대할 수 없다. 그래도 길은 있다.

잊어버리니까 사람이다

2011년 겨울 수요일과 목요일만 되면 행복했다. 평소 드라마를 별로 좋아하지는 않는데 워낙 소재도 참신하고 각본도 탄탄한데다, 배우들의 연기도 출중해 첫 회부터 단박에 드라마에 빠져 들었다. 그 드라마는 바로 '뿌리 깊은 나무' 다.

'뿌리 깊은 나무' 에는 '소이' 라는 궁녀가 나온다. 한글을 창제하는 데 중요한 역할을 하는 궁녀인데, 놀랍게도 한 번 본 것은 사진을 찍듯이 그대로 기억해 절대 잊어먹지 않는 기억력을 자랑한다. 그 때문에 비밀스럽게 진행해야 했던 한글의 해례(한글이 어떻게 만들어졌고, 어떻게 활용하는지를 알려주는 책) 역할을 하다 비극적인 죽음을 맞이한다. 소이는 비밀 유지를 위해 종이에 기록해두어야 할 내용을 그대로 머릿속에 저장할 수 있을 정도로 기억력이 뛰어났다.

소이가 죽기 직전, 마지막 힘까지 모아 머릿속에 저장해두었던 내용을 치마폭에 옮기는 모습은 경이롭기까지 했다. 그 방대한 내용을 하나도 틀림없이 적어 내려가는 모습을 보면서 감탄이 절로 나왔다.

그러면서 한편으로 이런 생각이 들었다. 소이처럼 한 번 보면 절대 잊어버리지 않는 기억력을 가지고 있다면 얼마나 좋을까? 그렇기만 하다면 서울대 들어가기는 식은 죽 먹기보다 쉽지 않겠는가. 서울대가 문제가 아니다. 하버드 수석 입학도 못하겠는가. 세계에서 제일 공부 잘하는 사람이 될 수도 있겠다는 그런 생각이 들었다.

하지만 어디까지나 드라마에 나오는 이야기일 뿐이다. 사람의 기억력에는 한계가 있다. 누구나 다 잊어버린다. 정도의 차이는 있겠지만 보고 들은 것을 다 기억하는 사람은 이 세상에 단 한 사람도 없다. 모두들 많은 것을 잊어버리면서 산다. 오죽 잘 잊어버리면 사람을 '망각의 동물' 이라고 할까.

서울대생이라고 예외는 아니다. 서울대생들은 하나같이 머리가 좋다고 생각하는 분들이 많다. 서울대생이면 두꺼운 전화번호부도 통째로 다 외울 것 같고, 영한사전도 통째로 암기하고 있을 것 같다. 물론 서울대생 중에는 머리가 좋고 기억력이 뛰어난 사람들도 있다. 하지만 서울대생이라고 모두 머리 좋고 기억력이 좋은 건 아니다. 오히려 금방 들은 것도 잊어버려 고생하는 서울대생들도 꽤 많이 보았다.

그러고 보면 공부만큼 허무한 것도 없다. 밥을 먹으면 배가 부른 것은 당연한 이치인데, 공부는 해도 해도 다 잊어버린다. 오늘 공부한 것을 전부다 기억하는 사람은 서울대생 중에도 없다. 서울대생들도 매일 잊어버린다.

독일의 심리학자인 헤르만 에빙하우스는 일찌감치 인간이 망각의 동물임을 입증했다. 그는 장장 16년에 걸쳐 인간의 망각실험을 한 결과를 1885년 《기억에 관하여》라는 책을 통해 발표했다. 에빙하우스는 오랜 기간의 기억 연구 끝에 인간의 망각률은 습득 직후가 가장 높고, 처음 9시간 동안은 기억력이 급격히 감소하다 그 이후에는 서서히 준다는 것을 발견했다. 좀 더 구체적으로 이야기하면 학습 후 10분 뒤부터 잊어버리기 시작해, 1시간 뒤에는 50%를 잊어먹고, 하루가 지난 후에는 약 70%를 잊어버리고, 한 달 뒤에는 80%가량을 망각한다고 한다.

이처럼 누구나 공부한 내용을 하루만 지나도 70%를 잊어버린다니 공부한 내용을 기억하지 못한다고 절망하거나 기억력이 좋지 않다고 스스로를 책망할 필요도 없다. 에빙하우스 망각곡선에서도 알 수 있듯이 망각은, 학습한 내용을 잊어버리는 것은 너무나도 당연한 현상이다.

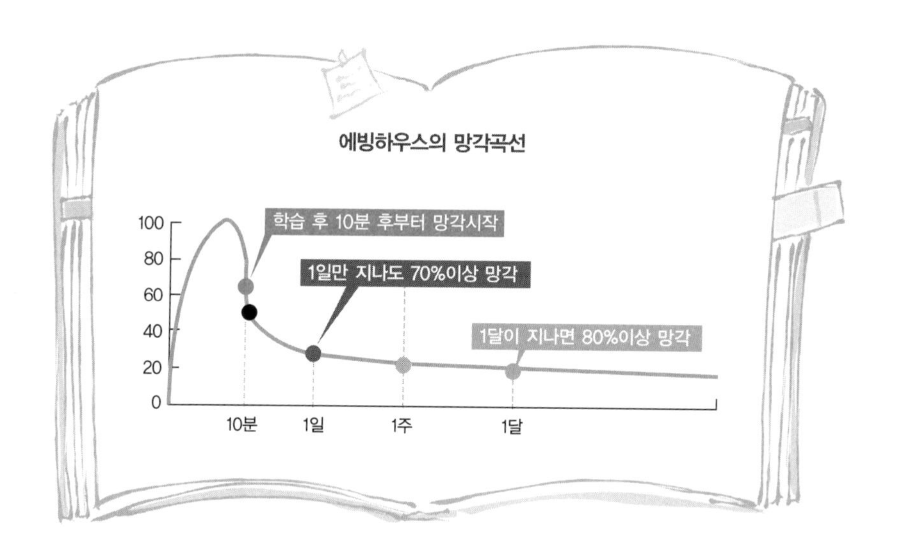

계속 물을 부으면 결국 독이 찬다

사람이면 누구나 다 잊어버리는 것이 당연하다면 어떻게 밑 빠진 독에 물을 채울 수 있을까? 공부가 밑 빠진 독에 물 붓기라면 어떻게든 밑 빠진 독에 물을 채워야 공부를 잘할 수 있다는 얘긴데, 계속 잊어버릴 수밖에 없는 것이 사람이라면 애초부터 불가능한 일이 아닐까? 두꺼비처럼 구멍을 막아 줄 구세주가 나타나지 않는 한 말이다.

하지만 겁먹지 말라. 밑 빠진 독에도 얼마든지 물을 채울 수 있다. 물이 빠져나가는 것보다 더 빠른 속도로, 더 많은 양의 물을 계속 채우면 된다. 공부에 있어서 채우는 양보다 빠져나가는 양은 결코 크지 않다. 언제나 채우는 양이 빠지는 양보다 많고, 최소한 같다(채우는 양≧빠지는 양). 이 점이 핵심이다.

예를 들어 오늘 열 가지 단어를 1시간 동안 외웠다고 가정해보자. 아무리 기억력과 이해력이 떨어지는 사람이라도 한두 개는 기억하기 마련이다. 열 개를 외워 하나도 기억하지 못하는 경우는 거의 보지 못했다. 물론 며칠 지나면 기억했던 한두 개도 잊어버릴 수도 있다. 걱정할 필요가 없다. 잊어버리기 전에 또 공부하면 된다. 한 번, 두 번 반복하는 동안 처음 기억했던 한두 개 단어는 머릿속 깊숙이 자리를 잡아 웬만해서는 잊어버리지 않게 되고, 그 외의 다른 단어들도 더 많이 기억할 수 있게 된다. 그렇게 외우고, 잊어버리고를 몇 번 반복하면 결국엔 단어 10개를 모두 외울 수 있다. 밑 빠진 독에 물이 차게 되는 것이다.

머리가 나쁘거나 기억력이 좋지 않아도 문제없다. 사람의 기억력은 훈련을 하면 할수록 좋아진다. 누구나 노력하면 기억력을 향상시킬 수 있다. 처음에는 한 시간에 단어 한두 개밖에 외우지 못했어도 계속 노력하다 보면 한두 개가 서너 개가 되고, 서너 개가 열 개로 는다.

앞에서 소개한 에빙하우스도 반복의 중요성을 강조했다. 에빙하우스의 연구결과에 의하면 학습한 내용을 잊어버리기 시작하는 10분 후에 한 번 더 복습하면 1일 동안 기억되고, 다시 1일 후에 또 다시 복습하면 1주일 동안, 1주일 후 복습하면 1달 동안, 1달 후 복습하면 6개월 이상 기억할 수 있다고 한다.

결국 밑 빠진 독에 물 붓기는 누가 기억력이 좋은가가 아니라 누가 더 끈질기게 물을 붓느냐에 따라 승패가 달라진다. 물이 계속 빠져 나가 쉬 독이 채워지지 않는다고 실망하거나 지치지 않고 집요하게 물을 다시 채워 넣는 사람들이 이긴다.

기억력 향상을 위한 암기전략

공부한 내용을 좀 더 오래 기억할 수 있다면 밑 빠진 독에 물을 채우기가 쉬울 것이다. 어떻게 하면 기억력을 향상시킬 수 있을까? 방법은 많다. 어떤 방법이든 기억력을 향상시키는 데 도움이 되니 다양한 방법을 시도해보기 바란다.

1. 오감을 동원한다

사람의 뇌는 눈으로만 입력된 정보보다 다른 감각이 더해진 정보를 더 빨리 접수하고 오래 기억한다. 예를 들어 책을 읽을 때 눈으로만 읽지 말고, 입으로 소리를 내면서 읽거나 손으로 쓰면서 읽어보자. 훨씬 잘 외워질 것이다. 듣는 것도 좋다. 영어 단어를 외울 때 단어를 눈으로만 보았을 때보다 눈으로 보면서 귀로 들으면 이중으로 단어를 기억하기 때문에 더 확실하게 외워지고, 머릿속에도 오래 남는다.

2. 필요한 것만 집중적으로 외운다

서울대생들을 보면 그 많은 내용을 어떻게 다 공부했을까 의문이 들 때가 있을 것이다. 다 공부하지 않았다. 서울대생은 중요한 내용만 집중적으로 외운다. 믿기 어렵겠지만 내가 만나본 서울대생은 책의 중요한 내용 외에는 모르는 게 더 많았다. 너무 기본적인 쉬운 내용을 모르는 친구도 있었다. 시험에 나오지 않을 건 공부하지 않았기 때문이다.

다 외우려고 들지 말고 중요한 내용만, 필요한 내용만 집중적으로 외우는 것도 빼놓을 수 없는 암기전략이다. 불필요한 내용까지 머릿속에 담아두려고 하면 머리만 아프고, 중요한 내용까지 잘 외워지지 않는다.

3. 이해하면서 외운다

너무도 당연한 얘기다. 기억력을 향상시키는 데 반복만큼 중요한 것도 없지만 이해도 하지 못하고 무조건 외우는 것만큼 어리석은 일도 없다.

4. 연상하면서 외운다

영어 단어나 중요한 내용을 외울 때 연상을 하면서 외우면 쉽게 외울 수 있고, 나중에 기억이 잘 안 날 때도 기억해내기가 쉽다. 예를 들어 'hug' 라는 영어 단어를 외운다고 가정해보자. hug는 '꼭 껴안다' 는 뜻이다. 이 단어를 외울 때 누군가가 갑자기 나를 꼭 안았다고 연상해보자. 갑작스런 포옹에 '헉' 하는 소리가 절로 나올 것이다. '꼭 껴안다 → 헉 숨이 막혀 → 허그(hug)' 이렇게 연상하면서 외우자.

국사나 다른 사회 과목, 과학을 공부할 때도 연상법을 이용하면 좋다. 광개토대왕의 업적을 외울 때 광개토대왕이 말을 타고 북으로 질주하는 모습을 연상하며 북벌정책을 외울 수 있다. 액체, 기체, 고체의 개념은 교실의 모습을 연상하면 이해하기 쉽다. 즉 분자의 움직임이 거의 없는 고체는 수업 중일 때를, 액체는 쉬는 시간 때를 연상하면 머리에 더 쏙쏙 들어온다.

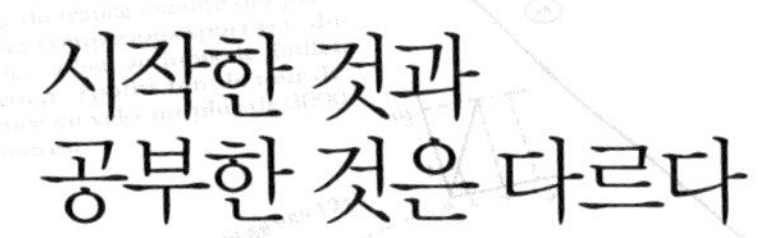

시작한 것과 공부한 것은 다르다

"우리 애는 머리는 좋은데 공부를 안 해 큰일이야. 마음먹고 시작만 하면 잘할 아인데…."

어린 시절부터 나는 친구 부모님이나 엄마, 아빠 친구들로부터 이런 말을 참 많이 들었다. 많은 부모가 비슷한 생각을 한다. 하지만 그분들의 간절한 바람대로 공부를 시작하기만 하면 될까?

물론 시작은 중요하다. 공부를 하지 않던 학생이 굳은 결심을 하고 책상에 앉아 있는 것 자체부터가 쉬운 일이 아니다. 그래서 그런 학생이 어쩌다 공부를 하겠다고 책상에 앉으면 부모님들도 대견해하고, 본인 자신도 '공부한다' 고 온갖 유세를 떤다.

하지만 공부를 시작한 것과 공부를 한 것은 다르다. 공부는 시작보다 끝이 중요하다.

오늘 책 10페이지를 보겠다고 마음먹었으면 10페이지를 다 읽어야 공부를 한 것이다. 처음 한두 페이지만 보고 공부했다고 말할 수 없다. 절반을 봤더라도 완전히 공부한 것이 아니다. 끝을 냈을 때만 비로소 자신 있게 '공부했다'고 말할 수 있다.

간주점프를 하더라도 끝을 내라

머리는 좋은데 성적이 나쁜 학생들이 공부하는 책 밑동을 보면 약속이라도 한 듯이 앞부분만 새카맣다. 지섭이도 그랬다. 지섭이 엄마는 교육열이 무척 강한 분이었는데, 지섭이가 공부에 흥미를 붙이지 못해 늘 애를 태웠다. 어떻게든 공부를 시키려고 좋다는 참고서는 다 사서 지섭이에게 안겨주었다. 과목별로 최소 3권에서 많게는 5권까지 책꽂이에 꽂혀 있지만 그중 끝까지 본 책은 한 권도 없다. 영어책은 맨 앞부분인 문장의 구조와 동사, 명사 부분 밑동만 까맣고 나머지는 깨끗하다. 수학 정석도 집합 부분만 본 흔적이 있다. 언어도, 사회도 마찬가지다.

"야, 지섭이 책 많구나. 그런데 끝까지 본 책이 별로 없네."

"그게… 이상하게 그렇게 되더라고요. 처음 책을 볼 때는 정말 열심히 공부하려고 마음먹는데, 며칠 지나면 슬슬 나태해지기 시작해 진도가 잘 안 나가요. 그러면 재미가 없어져 때려치우게 되고, 한참 시간이 지나 다시 마음을 잡고 공부하려면 앞부분이 생각이 안 나 또 앞부터 보게 돼요…."

나 또한 중학교 때까지는 지섭이처럼 책 앞부분만 보다 그만두는 학생이었다. 지섭이와 나뿐만이 아니라 우리나라 대부분의 학생들이 다 비슷할 것이다. 대부분 앞부분만 읽다 책을 덮는다. 이유는 여러 가지일 수 있다. 내용이 재미가 없거나 어려워서 그럴 수도 있고, 작심삼일형이어서 어떤 책이든 끝까지 읽지 못하는 경우도 많다. 어떤 이유이든 앞부분만 보기를 몇 번씩 반복하다 책을 덮는 학생들이 대다수일 것이다. 오죽하면 우리나라 학생들이 제일 잘하는 것이 수학에서는 '집합', 영어에서는 '문장의 구조'라는 우스갯소리까지 있을까? 둘 다 책 제일 앞에 나오는 내용이다. 집합 부분만 달랑 보고 "엄마, 나 오늘 공부 많이 했어"라면서 며칠 못가서 수학을 때려치우고는 한 달 후에 다시 집합부분을 다시 펴드는 건 한두 사람의 문제가 아니다.

노래방에서 노래를 하다 보면 간주가 너무 길고 지루하다고 1절만 부르고 끝내는 사람들이 있다. 노래방에서는 노래가 다 끝나고 점수를 확인하는 것도 빼놓을 수 없는 재미다. 비록 그다지 신뢰가 가지 않는 엉터리 점수 같기는 하지만 1절만으로 부르고 그만두면 점수 보는 재미는 포기해야 한다.

그런데 우연히 요즘 학생들은 '간주점프'를 한다는 걸 알았다. 노래방 리모컨을 보면 '간주점프'라는 버튼이 있는데, 그걸 누르면 말 그대로 간주가 생략되고 바로 2절로 넘어간다고 한다.

끝까지 책을 읽어 본 경험이 없는 학생들에게 노래방에서 간주점프를 하는 것처럼 책을 읽으라고 권하고 싶다. 일단 책을 손에 잡았으면 어려운 내용, 지루한 부분은 그냥 넘어가더라도 책을 끝까지 읽어보자. 한 번 책을 끝까지 보고 나면 자신감이 생긴다.

나는 고등학교에 가서부터 책을 끝까지 읽기 시작했다. 중학교 때까지는 내가 좋아하는 국사와 지리만 몇 번씩 다시 읽었고, 나머지 과목은 책을 펼치고 끝을 보지 못하는 경우가 많았다. 고등학교에 들어가니 모든 과목을 끝까지 봐야겠다는 생각이 들었다. 암기과목은 물론이고 국 · 영 · 수 · 과의 기본과목도 다 읽으려고 노력했다. 물론 이해가 안 되는 것이 더 많았다. 그래도 포기하지 않고 계속 읽었다. 몇 번씩 반복해서 읽어도 여전히 이해가 안 되면 그 부분은 그냥 넘어가더라도 끝을 보았다.

내용을 얼마만큼 이해했는지는 중요하지 않다. 공부가 안 되어도 좋다. 머릿속에 들어오는 것이 없어도 괜찮다. 문제는 결승점을 밟았느냐 아니냐다. 지금이라도 책장에 무수히 꽂혀 있는 책들 중 끝까지 다 읽은 책이 얼마나 있는지 확인해보자. 책장은 장식용으로 책을 꽂아두는 곳이 아니라 다 읽은 책을 꽂는 장소임을 기억해두자.

죽이 되던, 밥이 되던 끝장 내라

요즘 학생들은 판단이 빠르다. 책을 보다가도 "에이, 뻔한 얘기네. 더 볼 것도 없어."라며 휙 던져버린다. 반대로 "이 책은 너무 어려워. 봐도 별 도움이 안 될 거야."라고 지레짐작하고 책을 덮는 일도 흔하다.

학교에서 수업을 듣거나 학원에서 공부를 할 때도 비슷하다. 한두 번 수업을 듣고 선생님을 평가한다.

"저 선생님은 구닥다리야. 고리타분하고 별로 아는 것도 없는 것 같아."

일단 자기 멋대로 평가를 하면 수업을 잘 듣지 않는다. 그래도 학교는 선생님을 거부할 방법이 없으니 앉아서 듣는 척이라도 하지만 학원은 또 다르다. 부모님이 학원비가 아깝다며 한 달만이라도 다니고 다시 생각해보자고 애원을 해도 과감하게 때려치운다.

책이든, 강의든 뭐든 걸리면 끝장을 내야 한다. 서울대생들은 대부분 '뭐든지 걸리면 끝장을 낸다'라는 각오로 공부하는 사람이 많았다. 대충 앞부분만 보고 공부하는 학생들은 거의 없었다. 그들은 뭐든지 끝까지 보았고 강의도 수업 마지막(종강) 시간까지 귀 기울여 들었다. 물론 교재가 마음에 들지 않거나 교수님의 강의가 별로여서 포기하고 싶은 생각이 들 때도 있다. 그래도 서울대생은 '공부, 뭐 자기가 하면 되지' 라는 생각이 있는지 마냥 그 책을 그대로 보았다.

서울대 인문대 국사학과를 들어간 후 '한국사 역사자료(사료) 한문강독' 이라는 것을 배운 적이 있다. 그때 배운 것이 이중환의 택리지와 조선왕조실록 중 태조실록 부분이었는데 지금도 까마득하지만 그때는 더 했다. 어려운 한자로 가득 찬 문장을 놓고 해석연습과 발표를 하는 방식으로 수업을 진행했는데, 너무 어려워 동기들은 만날 때마다 투정을 했다. "이거 대체 어쩌라는 거야?" 정말 징글징글하게 어려웠다.

힘겹게 수업을 따라가다 나는 중도 포기했다. 하지만 다른 학생들은 포기하지 않고 끈질기게 그 어려운 수업을 들었다. 그렇게 몇 달이 지나자 아이들은 곧잘 번역숙제와 발표를 거뜬히 해냈다. 처음에는 아는 한자보다 모르는 한자가 더 많아 어떻게 풀어야 할지 엄두도 내지 못하던 아이들이 복잡한 한문들을 모두 풀어내기도 했다.

지금 생각해봐도 그건 머리가 좋아서라기보다도 누가 많이 들여다보고 많이 써보았느냐의 차이였는데, 서울대생들은 그런 반복을 인내한 것이 틀림없었다. 당장이라도 포기하고 싶은 마음을 누르고, 끝까지 인내를 가지고 공부했기 때문에 한문에 익숙해질 수 있었던 것이다.

비록 중도 포기를 했지만 한문강독 수업은 나에게도 유익했다. 당시 나는 심하게 흔들렸다. 역사공부를 계속하느냐 아니면 다른 진로를 찾느냐를 놓고 심각하게 고민했다. 아마도 역사공부를 계속하는 쪽으로 결론이 났다면 나 또한 수업이 아무리 어려워도 중간에 그만두는 일은 없었을 것이다.

그때 중단했던 한문공부는 변호사가 된 후 다시 시작해 지금까지 계속하고 있다. 뒤늦게 시작한 한문공부이지만 지금은 어려운 한문 문장들을 어느 정도 이해할 수준을 갖추게 되었고 공인 한자 실력이 1급에 육박한다.

그런 나머지 공부를 시작한 것은 내가 중도 포기한 행동을 후회해서가 아니라, 나조차도 '중도포기라는 것은 없다' 라고 생각했기 때문이다. '시간이 좀 걸리겠지만 꼭 읽어서 이해해 보리라' 는 생각을 가지고 있었고 그 후 10여 년이 지난 지금도 그 생각은 여전하다. 요새도 종종 당나라 시인들의 시를 들여다 보면서 묘한 보람을 느끼는 것은 그때의 공부 덕택이다.

어떤 경우에도 공부는 중도에 포기해서는 안 된다. 죽이 되던, 밥이 되던 끝까지 해야 한다. 그래야 공부에 자신감이 붙고 잘할 수 있다.

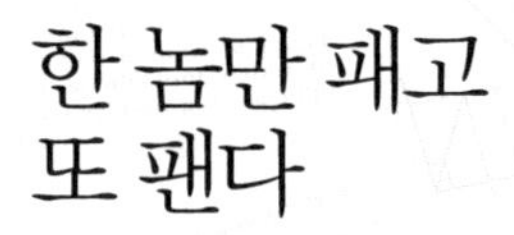

한 놈만 패고 또 팬다

《주유소 습격사건》이라는 영화를 본 적이 있는지. 1999년 개봉됐는데 나름 각본도 탄탄하고 재미있어 꽤나 인기를 끌었다. 몇 몇 건달이 주유소에서 만나 싸움을 벌이면서 일어나는 이야기를 코믹하게 그린 영화인데, 그때 주인공이 했던 말이 지금도 생생하다.

싸움하던 상대방이 "야, 패싸움 하는데 너는 왜 나만 계속 쫓아와서 때리냐? 저리가!"라고 하자 그 주인공은 이렇게 말한다.

"너 이리와! 난 한 놈만 팬다."

배꼽을 잡고 한참을 웃다 문득 싸움과 공부가 무척 닮았다는 생각을 했다. 주먹 좀 쓴다는 사람들 사이에서 '한 놈만 패기'는 나를 효과를 인정받는 필살기다. 여러 명을 상대로 싸울 때 여러 명을 골고루 상대해 싸우면 어느 한 놈 눕히지도 못하고 기운만 빠진다. 한 놈만 골라 집요하게 패야 다른 상대방들도 기가 질려 물러난다.

공부도 비슷하다. 비슷한 책을 여러 권 보는 것보다는 딱 한 권을 골라 보고 또 보는 것이 효과가 좋다.

명검을 찾아 강호를 떠돌지 마라

대부분의 학생들은 늘 공부 잘하는 학생들이 어떤 책을 보는지 궁금해 한다. 왠지 나와는 다른 특별한 책을 보기 때문에 공부를 잘할 것 같은 생각이 든다. 나도 고등학교 때 "과연 서울대생들은 무슨 책으로 수학을 공부했을까. 영어는 뭐로 공부했을까"라는 궁금증이 정말 많았다.

정작 서울대에 가서 들은 정답은 조금 허무했다. 서울대에 갔을 때, 동기들 사이에서 '너는 뭔 책 봤냐?'라는 이야기가 나온 적이 있었다. 근데 정말 별거 없었다. 나도 봤고, 고등학교 때 친구들이 봤던 똑같은 책을 봤을 뿐이다. 그런데 같은 책을 사서 공부했는데, 왜 어떤 학생은 서울대에 가고 어떤 학생은 가지 못하는 것일까?

답은 의외로 간단하다. 서울대생은 《주유소 습격사건》의 주인공처럼 책 한 권만 반복해서 보고 또 보았고, 다른 학생들은 철새처럼 끊임없이 이 책, 저 책을 날아다니며 보다 말다 했다는 것이다.

고등학교 1학년 때까지만 해도 나 또한 철새였다. 왠지 좋은 교재를 선택해야 공부를 잘할 수 있을 것 같은 생각이 들어 교재를 고르는 데 심혈을 기울였다. 수학의 경우 '수학의 정석'이 좋다는 소리를 들어 '수학의 정석'을 보다가 개념을 잡고 기초를 다지는 데는 '개념원리'가 좋다는 소리에 넘어가 정석을 버리고 '개념원리'를 잡기도 했다. 그러다 또 서울대에 붙은 선배가 '천재수학'을 즐겨보았다는 정보를 입수하면 바로 서점으로 달려가 '천재수학'을 사서 본 적도 있다.

그렇게 교재 찾아 삼만 리를 몇 달 하다 나는 곧 깨달았다. 어떤 수학책이든 모두 집합부터 삼각함수까지의 담고 있는 내용이 비슷하다. 결국 어떤 책을 봐도 배우는 것은 똑같다는 사실을 깨닫고 나는 방법을 바꿨다. 비슷비슷한 책을 여러 권 보지 말고 한 과목당 한 권만 집중적으로 보고 또 보아 완전히 독파하기로 마음을 굳혔다. 이 방법은 꽤 효과가 있었다. 아마 그렇게 공부했기 때문에 서울대에 합격할 수 있지 않았나 싶다.

같은 서울대생 중에서도 천재에 가깝게 느껴지는 학생들도 똑같다. 대학에 와서 중학교 시절부터 수학에 두각을 나타내고, 각종 수학대회에 출전해 우수한 성적을 거둔 동기를 알게 되었는데,

그 친구의 공부비법도 별반 다르지 않았다. "넌 어떻게 그렇게 수학을 잘하니?"라고 묻자 "응, 기본이 되는 책 한 권 열심히 보고, 나중에 문제집 몇 권 풀었어."라고 대답했다.

옛 속담에 '명검을 찾아 강호를 떠돌지 마라'는 말이 있다. 무림의 고수라면 당연히 좋은 칼이 있어야겠지만, 무술연마는 소홀히 하고 좋은 칼을 찾아 시간을 소모하지 말라는 이야기다. 공부를 하는 데도 이 말은 그대로 적용된다. "나는 그 교재로는 도저히 공부를 못 하겠어."라는 생각이 들거든 한 번쯤 '내가 고수가 될 것인가 아니면 칼 찾아다니는 칼 장사꾼이 될 것인가'를 고민해볼 필요가 있다.

좋은 칼을 찾아다니는 것만으로는 칼 장사꾼이 되기 쉽다. 좋은 칼이 있어도 어떻게 쓰는 것인지 모르니 고수가 되기는 어렵다. 좋은 칼을 얻는 그 자체보다는 그 칼을 잘 쓸 수 있어야 한다. 운이 좋아 천하의 명검을 얻는다면 더할 나위 없이 좋겠지만 그런 명검을 찾기란 하늘에 별 따기보다도 어렵다.

확실히 있으리란 보장도 없는 명검을 찾아 평생을 보내는 것만큼 어리석은 일도 없다. 차라리 명검은 아닐지라도 평범한 칼 하나를 구해 열심히 익히는 쪽이 더 빨리 고수가 되는 지름길이다. 좋은 교재를 찾아다니는 시간에 한 놈만 패라. 그리고 반복하라. 그것이 가장 빠르고 정확한 공부법이다.

가능하면 강한 펀치 세 방으로 끝내라

한 놈만 죽어라 패고 또 패면 이긴다. 하지만 이왕이면 요령껏 패야 싸움이 빨리 끝날 수 있다. 내가 한 놈을 골라 패는 동안 상대방도 가만히 있지는 않는다. 온 힘을 다해 방어하기 때문에 시간을 오래 끌면 끌수록, 헛방을 많이 날리면 날릴수록 나도 지친다. 자칫 잘못하면 싸움에서 이겨도 나 또한 만신창이가 될 수도 있다. 가능한 한 반복을 최대한 적게 하면서도 상대방을 KO시킬 수 있는 방법이 필요하다. 제대로, 요령껏 책을 보면 단 세 번만 반복해도 그 책을 완전 정복할 수 있다.

제일 처음에는 최대한 처음부터 끝까지 정독한다. 뭐든 처음이 제일 어렵다. 어떤 과목의 어떤 책이든 처음에는 용어 자체도 어렵고 내용도 생소해 진도가 잘 나가지 않는다. 일단 목차와 차례를 살펴보고 전체적인 내용이 어떻게 구성되었는지 살펴보는 것이 중요하다.

처음 정독을 할 때 중요한 부분에 밑줄을 치면서 읽으면 한결 읽기가 쉽다. 집중력도 높아지고 내용을 놓칠 염려도 없다. 어려운 책을 읽다 보면 자기도 모르는 사이에 내용을 건너뛰어 읽게 되는 경우가 있는데, 연필 끝을 따라 시선을 움직이다 보면 이런 염려가 줄어든다.

다만 처음 밑줄을 칠 때는 잘 티가 나지 않는 연한 색 색연필이나 흐린 연필을 이용하는 게 좋다. 처음 읽으면서 중요한 내용과 그렇지 않은 내용을 완벽하게 구분해내기는 어렵다. 그런데 진한 연필로 밑줄을 그어놓으면 중요한 것과 그렇지 않은 것 구분 없이 지저분하게 표시가 되어 다시 책을 볼 때 혼란만 가중된다.

두 번째 볼 때는 좀 더 진한 연필로 중요한 것에 동그라미를 치거나 밑줄을 치면서 보아도 좋다. 처음 책을 보면서 대략적인 내용을 이해했다면 좀 더 선명하게 중요한 내용이 눈에 들어올 것이다. 잘 이해가 가지 않는 내용에도 표시를 해두자.

세 번째 책을 볼 때는 처음부터 꼼꼼하게 정독할 필요는 없다. 중요한 부분과 잘 이해가 가지 않는 부분을 중심으로 봐도 괜찮다. 물론 이는 첫 번째 두 번째 책을 제대로 읽었을 때만 가능하다. 경우에 따라 두 번을 충실히 읽었는데도 머릿속에 깔끔하게 정리가 안 될 때도 있다. 그럴 때는 당연히 세 번 이상 봐야 한다. 이해가 될 때까지, 완전히 숙지를 할 때까지 보고 또 봐야 한다.

특별한 책은 없다. 다만 스스로 만들 뿐이다

서울대생들은 똑같은 교재를 사서 자기만의 책으로 만드는 독특한 재주가 있다. 책에 노트도 많이 하고 포스트잇도 잘 붙여놓는다. 그 책을 고교시절 3년간 반복해서 보는 친구들도 많다. 시험이라는 큰 싸움을 앞두고 자기만의 칼을 벼르고 있는 것이다. 처음에는 똑같은 칼이지만 서울대에 들어가는 학생들이 꾸준히 노력해서 칼을 명검(名劍)으로 만드는 경우를 많이 보았다.

내 친구 하숙집에 놀러간 적이 있었는데 매일처럼 빈둥대는 녀석이 과외자리는 기가 막히게 구해서 수학 과외를 몇 개나 하고 있었다. 이유가 궁금해서 그 친구의 정석 책을 봤는데 '역시 서울대생이구나' 라는 생각을 하게 되었다. 그 책은 《수학의 정석》 책을 완전히 독파해놓아서 시험문제에 나올 것을 모조리 정리한 그 친구만의 수학책이었으니 말이다. 아무튼 서울대생은 특별한 책을 사서 보지 않는다. 다만 특별한 책으로 만드는 재주가 남다를 뿐이다.

오래 앉아 있는 연습부터 하라

공부 잘하는 학생들은 대부분 엉덩이가 무겁다. 한 번 자리에 앉으면 한두 시간쯤은 꿈쩍도 않고 앉아 있다. 곰이 따로 없다.

앉아 있는 게 뭐가 그리 힘드냐고 할지도 모르지만 그렇지가 않다. 책상에 앉은 지 10분도 채 안 돼 엉덩이를 들썩이는 학생들이 생각보다 많다. 책상에 앉기만 하면 괜히 목도 마르고, 화장실에 가고 싶고, 배도 고픈 것 같아 진득하게 앉아 있을 수가 없다. 그렇게 왔다갔다하다가 속절없이 시간만 흐르고 책장은 한 장도 넘기지 못하기 일쑤다.

공부를 잘하고 싶다면 일단 책상 앞에 오래 앉아 있는 연습부터 해야 한다. 그냥 책을 읽는 것이라면 침대에 누워서 읽고, 소파에 비스듬히 걸쳐 앉아 읽을 수도 있겠지만 공부는 그렇게 하면 효율이 떨어진다. 공부는 눈으로만 하는 것이 아니라 입으로 읽고 손으로 쓰면서 할 때 훨씬 잘된다. 그렇게 오감을 동원해 공부를 하려면 책상 앞이 최고다.

앉아 있는 능력이 곧 집중력이다

초등학교 수업은 40분 기준이다. 한 시간 수업을 40분으로 정한 데는 이유가 있다. 초등학생들이 집중할 수 있는 시간이 약 30분 정도이기 때문이다. 중 · 고등학생들은 초등학생보다는 더 오래 집중할 수 있지만 그렇다고 월등히 길지는 않다. 고작 해야 10~20분 정도 길 뿐이다. 그래서 중 · 고등학교 수업도 50분 단위로 진행된다. 성인들도 별반 다르지 않다. 아무리 집중력이 좋은 사람도 1시간이 넘어가면 딴생각이 들어 집중력이 약해진다.

집중력이 50분 정도만 되면 공부하는 데 큰 문제는 없다. 50분 몰입해서 공부하고 5~10분 정도 휴식을 취하면서 또 다시 50분 정도 집중하는 방식으로 공부하면 얼마든지 공부를 잘할 수 있다.

그렇지만 50분을 집중하기는커녕 50분을 앉아 있기도 버겁다면 긴장해야 한다. 산만하게 왔다갔다하면서 집중하기는 어렵다. 오래 앉아 있을 수 있어야 집중도 할 수 있다.

흔히 딴생각 하면서 책상에 앉아만 있는 것보다는 차라리 단 10분이라도 공부에 몰입하고 자리에서 일어나는 것이 좋다고 말한다. 난 생각이 다르다. 그렇게 해서는 집중할 수 있는 시간을 늘릴 수가 없다. 앞에서도 이야기했듯이 최소한 집중할 수 있는 시간이 50분 이상은 되어야 한다. 그래야 어떤 공부를 하더라도 시작과 끝을 맺을 수 있다. 10~20분이라는 시간은 워밍업을 하는 정도의 시간에 불과하다. 책을 펴고 어떤 내용인지 대략적으로 훑어보면 끝나는 시간이다.

《삼포로 가는 길》을 쓴 황석영 소설가는 '소설은 머리가 아니라 궁둥이로 쓰는 것' 이라며 의자에 앉으면 처음 몇 시간은 아무것도 못하고 흘려보내지만, 그렇게 흘려보내지 않으면 글을 쓸 수 없다고 말한다. 대작가마저도 '예열' 시간이 없으면 글을 쓰지 못하는 것이다.

가벼운 달리기를 한다고 할 때도 처음부터 바로 속도를 낼 수는 없다. 몸이 미처 준비가 안 된 상태에서 속도를 내면 다치기 쉽다. 하지만 10분 정도 스트레칭을 하거나 천천히 걸으면서 몸을 푼 다음 달리기를 하면 쾌적하게 달리기를 할 수 있다.

공부의 리듬도 이와 같다. 처음 공부를 시작하면 두뇌는 새로운 지식을 받아들일 워밍업을 시작하고, 조금 시간이 지나야 본격적으로 지식을 쏙쏙 흡수한다. 그리고 자동차가 본격적으로 속도를 내기 시작하면 점점 가속도가 붙듯이 두뇌도 공부하는 시간이 흐르면서 점점 더 빨리 회전한다. 그만큼 공부도 잘된다.

그렇게 일정 시간 집중해 폭발적으로 공부하다 보면 두뇌가 피곤해하면서 집중력이 떨어진다. 그 상태로 계속 공부하면 효율이 떨어지므로 잠깐 휴식을 취한 다음 다시 공부를 시작하는 것이 좋다. 사람마다 집중할 수 있는 시간이 다르겠지만 개인적으로는 50분 공부하고 5~10분 쉬었다 다시 공부하는 것이 가장 무난하다고 생각한다.

최소 50분을 집중할 수 있으려면 최소한 50분은 진득하게 앉아 있을 수 있어야 한다. 사실 공부에 재미를 느끼는 학생들에게 50분은 그리 긴 시간이 아니다. 오히려 50분이 너무 짧게 느껴질 수도 있다.

하지만 공부에 흥미를 느끼지 못하는 학생에게 50분은 아주 긴 시간이다. 어렵겠지만 50분 동안 엉덩이를 의자에 붙이고 견디는 연습을 하자. 공부에 몰입하지 않고 딴생각을 해도 좋다. 정 오래 앉아 있기가 어렵다면 10분, 20분, 30분 순차적으로 시간을 늘려가며 오래 앉아 있는 연습을 하자. 그러다 보면 앉아 있을 수 있는 시간이 길어지고, 공부에 집중할 수 있는 시간도 길어질 것이다.

오래 앉아 있으려면 체력을 길러라

언젠가 김태희의 성적표와 생활기록부가 인터넷에 공개돼 많은 사람들을 놀라게 한 적이 있다. 김태희가 얼굴도 예쁘고 공부도 잘한다는 것은 이미 잘 알려진 사실이다. 비슷한 시기에 학교를 다닌 나는 직접 김태희를 본 적은 없지만 그녀를 직접 본 선배로부터 그녀가 얼마나 예쁜지를 생생하게 들은 적은 있다. 선배가 처음 김태희를 보았을 때는 그녀가 김태희인 줄도 몰랐다고 한다. 대강당에서 수업을 들었는데, 앞자리에 얼굴이 갸름하고 하얀 여자가 들어와 자리에 앉더란다. 교양과목 수업이라 다른 여학생들도 많았는데, 그 많은 여학생 중에서도 단박에 눈에 띌 만큼 예뻤다고 한다. '군계일학(群鷄一鶴)'이 따로 없더란다.

공부도 잘하고, 얼굴도 예쁜 것만으로도 많은 사람의 부러움을 사고도 남는데, 놀랍게도 생활기록부에 기록된 김태희의 체력이 1급과 특급이었다. 체력마저 1등인 사실이 밝혀지면서 네티즌들은 탄성과 부러움을 동시에 드러냈다. 세상이 불공평해도 너무 불공평하다며 불평도 늘어놓았다.

김태희뿐만 아니라 모든 것을 다 갖춘 엄친아들이 많다. 그래도 사람들은 막연하게나마 엄친아들이 체력만큼은 뛰어나지 못할 것이라 추측하며 위안을 삼은 것도 사실이다. 잘 놀지도 않고 책상 앞에서 공부만 하니 체력이 약할 수밖에 없다고 생각하는 것이다.

그렇지만 공부 잘하는 엄친아 중 체력이 튼튼하지 않은 사람은 거의 없다. 공부는 체력이 튼튼하지 않으면 잘하고 싶어도 잘할 수가 없다. 체력이 받쳐줘야 한다.

머리가 상당히 명석한 친구가 있었다. 공부 욕심도 많아 수업시간뿐만 아니라 쉬는 시간에도 공부만 하는 친구였는데, 허리가 약했다. 낮에는 그런대로 견디는데, 수업이 끝나고 야간 자율학습을 할 때는 허리가 아파 고통스러워하는 기색이 역력했다. 그때가 고등학교 3학년 막 시작했을 때였다. 중요한 시기라서 그런지 그 친구는 허리가 아파 쩔쩔 매면서도 이렇다 할 치료도 받지 않고 버텼다.

그렇게 몇 달이 지난 어느 날, 더 이상 고통을 참기 어려워 병원에 갔더니 디스크라는 진단이 내려졌다. 의사는 이미 디스크가 삐져나와 신경을 누르고 있어 꽤 아팠을 텐데 어떻게 참았느냐며 놀라워했다. 당장 수술을 해야 할 정도로 디스크가 심하다고 했지만 수능을 코앞에 두고 수술을 할 수는 없었다. 할 수 없이 약물치료와 물리치료를 받으면서 공부를 계속했다.

그러나 허리가 아파 오래 앉아 있기조차 힘든데, 공부가 잘 될 리 만무했다. 간간히 전해지는 통증을 참고 공부하려니 집중도 잘 안 돼 같은 페이지를 여러 번 봐도 머릿속에 잘 들어오지 않았다.

결국 2학년 때까지만 해도 서울대 합격은 무난할 것이라 기대를 받던 그 친구는 그해 대학입시에 실패하고 말았다.

미국 중·고등학생들은 남녀 불문하고 다양한 스포츠를 즐긴다. 그것도 혼자 하는 운동보다는 팀을 이뤄 서로 호흡을 맞추며 하는 운동을 좋아한다. 워낙 운동 자체를 즐기기도 하지만 대학에서도 스포츠 팀에서 활동한 경력을 높이 평가하기 때문에 스포츠에 더욱 열을 올린다.

미국 학생들은 우리나라처럼 경쟁이 치열하지 않아 운동할 시간이 있다고 생각하면 큰 오산이다. 우리나라처럼 학생 모두에게 공부할 것을 강요하는 분위기는 아니지만 명문 대학에 진학하고 싶어 하는 학생들은 우리나라 학생들보다 더 치열하게 산다. 너무 시간이 부족해 점심시간까지 쪼개가며 공부하는 학생들이 많다. 그렇게 바쁜데도 운동을 열심히 하는 것이다. 왜? 체력이 약하면 공부를 하고 싶어도 할 수가 없기 때문이다.

오래 앉아 있는 힘은 체력으로부터 나온다. 체력을 잘 관리하는 것도 중요한 공부다. 공부를 핑계로 체력관리를 소홀히 하면 부실해진 체력이 공부의 발목을 잡는다는 것을 잊어서는 안 된다.

평소 멀리 뛰는 연습이 필요하다

올림픽이나 다른 세계 선수권 대회를 지켜보다 보면 종종 안타까운 모습을 보게 된다. 모두들 그 대회를 위해 오랜 기간 구슬땀을 흘렸을 것이다. 먹고 싶은 것도 참고, 몸이 아파도 잠 한 번 마음 편히 자지 못하고 오직 연습에만 몰두했으리라. 결전의 그 날을 위해서….

그런데 그렇게 수없이 연습을 되풀이 했는데도 실수를 하는 경우가 많다. 평소 기록으로는 우승을 하고도 남을 선수들이 어처구니없는 실수로 메달권 안에도 들지 못하는 일들이 속출한다. 한 순간의 실수로 수년 동안의 고생이 물거품이 되어 버린다. 선수 자신의 비통함은 두말할 것도 없겠지만 그런 선수를 바라보는 마음도 선수 못지않게 안타깝고 씁쓸하다.

공부를 하는 학생들 사이에서도 이런 비슷한 일이 종종 일어난다. 평소 열심히 공부하고, 자잘한 시험에서는 좋은 성적을 거두는데, 가장 중요한 시험에서 결정적인 실수를 하는 학생들이 있다. 지독히 운이 나빴던 것일까? 운도 작용을 했을 수 있지만 운만을 탓할 수는 없다.

어떤 시험에나 낭떠러지는 꼭 있다

수능을 치른 후에 대성통곡하는 학생들이 많다. 어찌 보면 고등학교 공부는 모두 수능을 대비한 공부라 해도 과언이 아닌데, 그 중요한 시험을 망쳤다면 누구라도 눈물을 쏟을 수밖에 없다.

노력이 부족해 수능을 못 봤다면 억울할 것도 없다. 그러나 고등학교 3년 내내 열심히 공부해 내신점수도 좋고, 평소 모의고사 때도 늘 1등급을 놓치지 않았다면 수능 결과를 쉽게 받아들이기 어렵다. 운을 탓하고, 시험문제가 좋지 않았다며 시험을 못 본 원인을 다른 데로 돌린다. 하지만 평소 실력보다 시험을 못 보는 것은 당연한 일이다. 특히 수능처럼 중요한 시험은 더더욱 그렇다. 원래 시험은 중간에 있는 낭떠러지를 건너뛰는 것과 같다. 평소 때는 낭떠러지가 별 문제가 되지 않는다. 열심히 공부한 학생이라면 무난히 건너뛸 수 있는 정도의 낭떠러지니까 말이다.

그런데 평소에는 대수롭지 않았던 낭떠러지가 시험 때는 새롭게 느껴진다. 폭도 더 넓은 것 같고, 아래를 내려다 보면 끝이 어디인지 짐작할 수도 없을 정도로 깊어 보인다. 출발도 하기 전에 온몸이 긴장되고, 과연 저 낭떠러지를 뛰어넘을 수 있을까 하는 걱정에 부담감은 더욱 커진다. 극도의 불안감과 부담감을 안고 낭떠러지를 가볍게 건너뛰기란 쉬운 일이 아니다. 선수들이 수년간 매일 고된 연습을 했는데도 대회 때 실수를 하는 것도 극도의 긴장감을 이겨내지 못했기 때문이다.

긴장감 속에서도 낭떠러지를 무사히 건너뛸 수 있으려면 평소 멀리 뛰는 연습을 해야 한다. 낭떠러지 폭이 1미터라면 2미터 이상 멀찍이 건너뛰는 연습을 해야 안전하다. 시험 당일에는 긴장감 때문에 평소 실력을 발휘하기 어렵다는 것을 미리 감안해야 한다. 딱 1미터만 뛰어넘는 연습을 하면 시험 당일 낭떠러지 밑으로 추락하기 십상이다.

평소 2미터 이상 멀리 뛰는 연습을 하면 다소 실수를 하더라도 1미터 폭 정도의 낭떠러지를 넘지 못해 추락할 염려는 없다. 설령 미처 다 뛰어넘지 못하고 반대편 벼랑 끝에 걸려 미끄러지더라도 벼랑 끝에 붙어 있는 나뭇가지라도 붙잡고 다시 기어 올라올 수 있다.

수능을 예로 들어보자. 평소 상위 1% 안에 들어 안정적인 1등급을 받던 학생이라면 수능시험 때 다소 실수를 하더라도 2등급 이하로 떨어질 가능성이 낮다. 그러나 1등급 컷인 상위 4% 선에 걸려 있던 학생이라면 실수로 한두 문제만 틀려도 바로 2등급으로 떨어진다. 조금 더 긴장하면 3등급으로 추락할 수도 있다.

평소 멀리 뛰는 연습을 한 학생들은 어떤 변수에도 무너지지 않는다. 시험이 쉽든, 어렵든 늘 안정적인 좋은 점수를 받는다. 그리고 그런 학생들이 대부분 서울대에 합격한다.

운도 실력이 만든다

결정적인 시험 때 평소보다 낮은 점수를 받는 것이 당연하지만 평소보다 시험을 잘 보는 경우도 없지는 않다. 평소에는 서울에 있는 대학에도 겨우 갈 수 있는 정도의 점수를 받다 수능 때 대박을 쳐 중상위권 명문대를 보란 듯이 합격하는 경우가 분명 있다. 아주 드물기는 하지만 이런 선례 때문에 운기칠삼, 즉 운이 70%, 실력이 30%란 말이 수험생들 사이에 떠돈다.

운이 전혀 작용하지 않는다고 단언하기는 어렵다. 하지만 따지고 보면 그 운이라는 것은 결국 꾸준한 노력이 만든다. 수능 대박을 쳤다는 학생들을 다시 보자. 평소 공부를 열심히 하지 않았는데, 그야말로 운이 70% 이상 작용해 대박을 친 경우가 얼마나 될까? 아마도 극히 드물 것이다. 대부분은 평소 열심히, 성실하게 공부를 하던 학생들이었을 것이다. 열심히 해도 성적이 잘 나오지 않아 애를 태우다 수능 때 좋은 점수를 받은 경우가 많다. 노력하는 것에 비해 성적이 잘 나오지 않아도 실망하거나 포기하지 않고 계속 꾸준히 노력한 결과가 수능 대박을 만들었다고 봐야 한다. 엄밀하게 말하면 수능 때 대박을 친 것이 아니라 평소에는 쭉 불운하다 수능 때 노력한 만큼의 결실을 얻었다고 해야 맞다.

반대의 경우는 어떨까? 평소에는 높은 점수를 받다 수능 때 망친 경우는 운이 없다고 봐야 할까? 내가 수능을 볼 때도 그런 학생이 있었다. 청주 전체를 통틀어 모의고사를 볼 때마다 1등을 놓치지 않던 학생이었는데, 수능 당일 날 몸이 많이 아파 시험을 망쳐버리고 말았다. 운이 나빠도 그렇게 나쁠 수가 없었다.

하지만 냉정하게 이야기하면 컨디션 조절을 못한 것도 자신의 문제다. 운동선수들은 중요한 경기를 앞두고 몸 관리를 철저하게 한다. 연습을 하는 것도 중요하지만 최상의 컨디션을 만들어 경기에 임하는 게 더 중요하다. 아무리 연습을 열심히 했어도 몸 관리를 못해 경기 당일 날 제대로 뛰지 못하면 불성실한 선수로 낙인이 찍힌다. 결국 운이 아니라 열심히 몸 관리를 하려는 노력이 부족했기 때문에 시험을 못 본 것이라고 해야 마땅하다.

공신은 없다. 꾸준히 노력하는 '공기'만 있을 뿐

공부의 신은 과연 있을까. 요새 무슨 '공신' 이라고 해서 공부비법을 터득한 공부천재를 이야기하는 것을 들었다. 그렇지만 내가 보기에 '공신' 은 없다. 서울대에도 없다. 특히 완벽히 외우고 완벽히 암기하는 공신이라는 존재는 못 보았다. 다만 그보다는 '공기(공부기계)' 는 많이 봤다. 서울대라는 공간에서 13년간 공부하면서 공부기계의 유형은 숱하게 만났다.

꾸준히 공부하고, 힘들더라도 계속 공부하고, 못하더라도 공부하는 그 우직한 공부기계 말이다. 처음에는 공부기계도 삐걱삐걱하며 작동한다. 처음 배우는 것이라서 서툴고 학습효과도 떨어진다. 그런데 공부기계는 계속 공부한다. 그 공부를 멈추지 않는다. 다른 사람들이라면 공부를 멈추었을 경우에도, 이 서울대 공부기계들은 낮이나 밤이나 공부에 전념한다. 몇 달 뒤 기말고사가 될 즈음이면 어느새 독일어, 형법총론, 미시경제학에 대해 통달한 사람이 되어 있다. 나는 공부기계의 이런 변화를 자주 보아 왔다.

그런 사람들 중에서도 가장 빠르고 정확히 습득하는 사람은 '공부머신' 정도로 불릴 수 있겠다. 조금 진화된 기계 말이다. 내가 서울대생을 비하하는 말 같지만, 무슨 '신' 이니 '신화' 니 하면서 허풍을 하는 것보다는 사실대로 말해주는 것이 보다 원래의 모습에 가깝다는 생각이 든다. 거듭 이야기하지만 '공신' 은 없다. 다만 공부기계가 있을 뿐이다.

진짜 승부는 슬럼프에서 갈린다

공부는 참 야속하다. 마음먹고 열심히 공부하면 성적이 쭉쭉 올라가주면 얼마나 좋겠냐만은, 그런 경우는 거의 없다. 특히 상위권으로 올라가면 갈수록 더 그렇다. 공부하는 시간도 늘리고, 공부할 때 딴생각하지 않고 몰두해도 성적은 간에 기별도 가지 않을 정도로 조금 오르거나 제자리걸음이어서 애를 태우는 경우가 많다. 심지어는 열심히 했는데 오히려 성적이 떨어지기도 한다.

이런 상황에 처하면 누구라도 슬럼프에 빠지기 쉽다. 슬럼프의 기간이 길어지면 "아, 나는 아무리 해도 안 되는 모양이구나. 여기까지가 나의 한계인가?"라며 좌절하기 쉽다.

공부는 슬럼프와의 길고도 외로운 싸움이다. 공부를 잘하는 사람은 어떤 방법으로든 슬럼프를 이겨낸 사람이다. 하지만 슬럼프는 늪과도 같아서 의식적으로 빠져나가려 애를 쓰면 쓸수록 더 깊이 빠져들 수 있다. 슬럼프를 이기려면 슬럼프를 즐길 줄 알아야 한다. 즐기다 보면 슬럼프는 자연스럽게 사라진다.

슬럼프는 누구에게나 있다

슬럼프 한가운데 빠져 헤매고 있을 때는 아주 외롭고 불안하다. 다른 학생들은 아무런 동요 없이 열심히 공부하는데 혼자만 슬럼프라는 반갑지 않은 불청객을 만나 고생하는 것 같아 억울하기도 할 것이다.

하지만 슬럼프는 공평하다. 사람을 가리지 않는다. 서울대생이라고 예외는 아니다. 설문조사 결과 '아무리 해도 성적이 안 오를 때가 있었나?' 라는 질문에 무려 절반이 훌쩍 넘는 60%가 '있다' 라고 대답했다. 물론 공부를 잘하는 학생들일수록 아무리 열심히 공부해도 성적이 잘 오르지 않는다. 반에서 30등 하는 학생이 반에서 10등 안에 들기는 비교적 쉬워도, 반에서 2~3등 하던 학생이 1등을 하기란 쉽지 않다. 위로 올라갈수록 다 똑같이 열심히 공부하기 때문에 웬만큼 공부해서는 만족할 만한 결과를 얻기 어렵다.

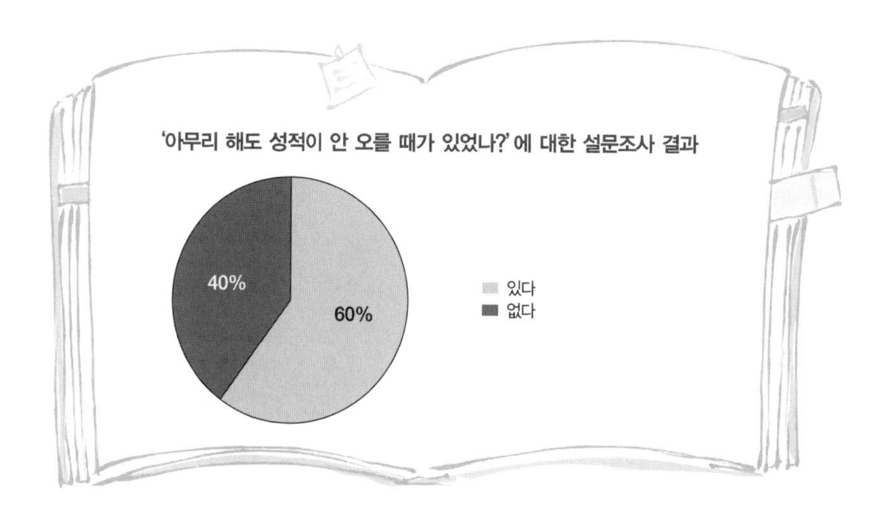

그 사실을 잘 알면서도 노력한 만큼의 결과를 얻지 못하면 누구나 슬럼프에 빠지기 쉽다. 실제로 서울대생 중에는 성적이 오르지 않아도 개의치 않고 계속 하던 대로 열심히 공부했다는 사람도 있었지만 그보다는 슬럼프에 빠져 방황했다는 사람들이 훨씬 더 많았다.

누구나 슬럼프를 겪는다는 사실을 인정하면 슬럼프를 이겨내기가 한결 쉽다. 많은 학생이 슬럼프를 오래 겪다 보면 자꾸 원인을 자신에게서 찾는다. 원인을 찾아 해결하려는 긍정적인 노력을 하면 나쁠 것은 없다. 하지만 그보다는 자신을 부정하고, 슬럼프에서 빠져 나가지 못할 것이라며 절망하고, 그러다 결국 포기한다.

스스로 포기하면 슬럼프는 결코 극복할 수 없다. 슬럼프와의 싸움은 사실 알고 보면 자기 자신과의 싸움이다. 슬럼프 자체는 아무것도 아니다. 포기하지 않고 슬럼프와 싸우면 반드시 이기게 되어 있다. 그러니 슬럼프를 너무 두려워하지 말기 바란다.

슬럼프는 상승을 예고하는 신호탄!

다이어트를 해본 사람은 알 것이다. 처음에는 식사량을 줄이기만 해도 살이 빠진다. 그런데 얼마쯤 시간이 지나면 더 이상 살이 빠지지 않는다. 식사량을 더 줄여 보고, 운동을 조금씩 해도 체중계 눈금은 꿈쩍도 하지 않는다. 그렇게 1주일, 2주일 정체가 계속 되면 슬럼프에 빠지기 쉽다. 노력해도 살이 빠지지 않으면 의지도 약해진다. "에잇, 어차피 살도 안 빠지는데 내가 왜 먹고 싶은 것 먹지도 못하고 이 고생을 해야 해? 이럴 바엔 차라리 먹는 게 낫지. 먹고 죽은 귀신은 때깔도 곱다는데 말이야."라며 다이어트를 포기한다.

살이 빠질 때는 조금씩이라도 계속 빠지지 않는다. 살이 빠지는 곡선은 계단과도 같다. 노력을 해도 평평한 계단처럼 변화가 없다가 어느 날 뚝 떨어진다. 그런데 대부분의 사람은 이런 사이클을 몰라 평평한 계단 위에 있을 때 살이 빠지지 않는다고 조바심을 내다 다음 계단으로 내려오기 직전에 포기를 하고 만다.

공부도 다이어트와 비슷하다. 공부를 해도 일직선을 그리며 성적이 오르지 않는다. 계단을 오르듯 단계적으로 조금씩 성적이 향상된다. 그리고 계단의 폭은 상당히 넓은 편이다. 비행기가 이륙할 때 평평한 활주로를 한참 동안 돌다 어느 순간 땅을 박차고 하늘을 향해 날아오르듯이 평평한 계단을 한참을 걸어야 다음 계단으로 올라갈 수 있다. 그런데 다이어트를 할 때와 마찬가지로 다음 계단을 오르기 전에 슬럼프에 빠지는 학생들이 너무나도 많다.

슬럼프는 견디기 힘든 것이지만, 공부의 계단식 곡선을 이해하면 역발상이 가능하다. 역으로 생각하면 지금 슬럼프는 겪고 있다는 건 다음 계단으로 올라갈 날이 멀지 않았다는 의미이기도 하다. 슬럼프가 길어지고 있다면 그건 그만큼 비상할 날이 코앞으로 다가왔다는 것을 뜻한다. 이 점을 안다면 슬럼프가 그리 괴롭지만은 않을 것이다. 슬럼프는 곧 성적이 향상될 것임을 예고하는 신호탄과도 같은 것이니까.

슬럼프의 주범, 불안감을 없애는 서울대생들의 방법

슬럼프를 잘 극복하지 못하는 가장 큰 원인 중의 하나가 '불안감'이다. 특히 시험에 대한 불안감이 한몫을 한다. 서울대생들은 어떻게 시험에 대한 불안감을 떨쳐버렸을까? 설문조사 결과 '시험 결과를 생각하지 않으려고 노력'했다는 답변이 35%로 가장 많았다. 성적에 일희일비하지 않고, 비록 성적이 만족스럽지 않더라도 자신의 실력은 끊임없이 향상되고 있다고 믿으며 불안감을 극복했다고 한다.

불안해하는 대신 '공부계획을 더 철저히 짜서 실천'했다는 서울대생들도 27%로 두 번째로 많았고, '잠을 자거나 음악을 듣는 등 마음을 안정'시켰다는 서울대생들도 24%에 달했다. 답변의 내용은 조금씩 다르지만 긍정적으로 생각하고, 시험결과에 연연해하지 않으면서 더 열심히 공부함으로써 불안감을 극복한 것으로 압축할 수 있다.

'시험에 대한 불안감을 어떻게 극복했는가'에 대한 설문조사 결과

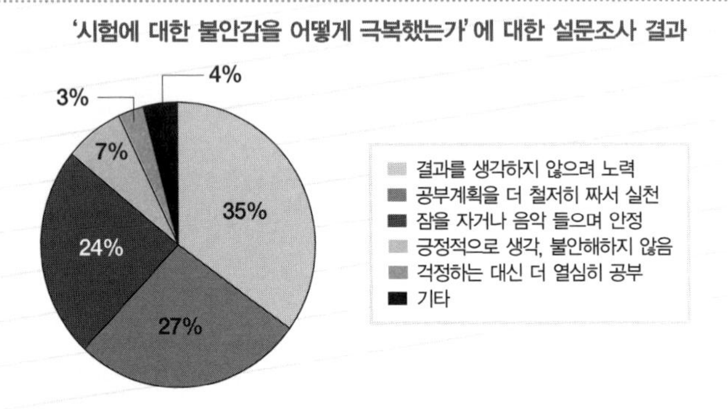

CHAPTER 6

교과서는 안 봐도 소설은 읽는다

공부는 수많은 텍스트와 생사고락을 함께 하는 여정이다. 텍스트를 보고 이해하는 것은 기본이고, 종종 스스로 텍스트를 만들어내야 한다. 결국 텍스트와 친해지지 않으면 공부 자체가 불가능하다고 해도 과언이 아니다.

혹시라도 지금까지 텍스트만 보면 머리가 아프거나 잠이 솔솔 쏟아졌다면 지금부터라도 텍스트와 친해지는 연습을 해야 한다. 공부를 아예 포기하면 모를까, 공부를 잘하고 싶은 마음이 있다면 어떻게든 텍스트에 익숙해져야 한다. 텍스트와 함께 있는 시간이 즐겁게 느껴지는 순간이 오면 그때부터 성적은 날개를 단 듯 수직상승할 것이다.

재미없는 책과 씨름하지 마라

'책을 많이 읽는 학생들이 공부도 잘한다.'

아마 귀에 못이 박히도록 들어보았을 것이다. 하지만 괜히 나온 소리는 아니다. 책을 많이 읽으면 확실히 공부에 큰 도움이 된다. 나도 그랬고, 내가 만난 서울대생들은 대부분 책을 좋아하고 많이 읽었다. 어렸을 때부터 쌓은 독서량이 공부를 하는 데 중요한 자양분 역할을 했음은 의심할 여지가 없다. 사실 책을 많이 읽을수록 공부도 잘한다는 말에 부인하는 학생들은 없을 것이다. 다들 책이 좋다는 걸 알긴 안다. 하지만 손이 가질 않는다. 어찌된 일인지 공부를 잘하기 위해서라도 책을 읽어야 한다고 마음을 다잡으면 다잡을수록 점점 더 책이 부담스럽기만 하다.

책과 친해지려면 책을 많이 읽어야 한다는 강박관념부터 버려야 한다. 조건 없는 사랑을 하듯 책 자체를 사랑하고 좋아하지 않으면 점점 책이 더 멀게 느껴진다.

재미는 의무감보다 강하다

나는 어렸을 때부터 책을 좋아하고 많이 읽었다. 중학교 때까지는 책을 좋아하는 것이 아무런 문제가 되지 않았다. 오히려 어른들로부터 책 많이 읽는다고 칭찬을 많이 받았다.

고등학생이 되자 상황이 달라졌다. 어른들이 책을 많이 읽는 걸 곱게만 보지 않았다. 중학교를 마치고 고등학교 진학을 앞두고 있었을 때의 일이다. 원하던 과학고에 들어가지 못한 나는 조금 우울한 겨울방학을 보내고 있었다. 다른 학생들은 미리 고등학교 과정을 공부하며 분주하게 움직이고 있었는데, 나는 소설책에 빠져 헤어나오질 못했다. 역사에 관심이 많아 역사소설을 특히 좋아했는데, 그해 겨울에는 《삼국지》를 읽는 재미를 만끽하고 있었다.

부모님들은 하라는 고등학교 공부는 안 하고 《삼국지》만 읽고 있는 나를 걱정하며 야단도 많이 쳤다. 그래도 멈출 수가 없었다. 책을 덮기에는 《삼국지》가 무척 재미있었다.

부모님의 눈치를 보며 책을 읽던 중 떳떳하게 《삼국지》를 볼 수 있게 된 계기가 있었다. 1995년 서울대에 수석으로 입학한 선배가 모 일간지와의 인터뷰에서 "삼국지를 열다섯 번 읽었어요."라고 밝힌 것이다. 그러면서 삼국지를 수차례 읽은 것이 서울대 논술시험에 큰 도움이 되었다고 했다.

서울대 수석의 한마디는 단숨에 전국을 강타했다. 서울대 합격생이 읽었다는 열 권짜리 《평역 삼국지》는 수백만부 이상이 팔리는 초베스트셀러가 되었고, 지금도 그 책을 발간한 출판사에서는 '서울대 수석합격자가 권한 책', '서울대 논술시험에 도움이 되는 책'이라고 20년 가까이 광고하고 있다.

서울대생의 말 한마디 덕분에 나도 그 이후에는 당당하게 《삼국지》를 읽었다. 그 이후로는 방학 때면 책을 읽는 것이 습관이 되었다.

고등학교에 입학한 후에도 나의 책 읽기는 계속 되었다. 고등학교 동창들 중에서는 나를 '책 많이 읽던 애'라고 기억하는 아이들이 많을 정도로 책을 손에서 놓지 않았다. 고등학교 2학년 때는 약간의 슬럼프에 빠지면서 더 책을 많이 읽었다. 책을 읽는 동안만큼은 모든 근심 걱정을 뒤로 하고 행복할 수 있었기 때문이다.

고등학교 2학년 때 읽었던 책은 주로 문학 책이었다. 김동리의 《을화》, 《사반의 십자가》, 이문열의 《사람의 아들》, 조정래의 《아리랑》, 박경리의 《토지》, 최명희의 《혼불》, 홍명희의 《임꺽정》 같은 책을 보느라 많은 시간을 소비했다. 그러느라 학교 내신도 약간 떨어졌다. 1학년 때는 전교 1등은 아니더라도 반에서 1등을 놓쳐본 적이 없었는데, 반에서 2등을 한 것이다.

내신이 불안해지면서 일부러 예전보다 책 읽는 시간을 줄였지만 고등학교 3학년 때까지도 틈틈이 책을 읽었다. 어찌 보면 대입 공부만으로도 시간이 부족할 판에 한가로이 책을 읽었다고 생각할 수도 있지만 결과적으로 그렇게 책을 열심히 읽은 덕분에 나는 서울대에 합격하는 영광을 누릴 수 있었다.

만약 책을 많이 읽어야 서울대에 입학할 수 있다고 생각하고 책을 읽었다면 그렇게까지 책을 많이 읽지 못했을 것이다. 의무감만으로는 책을 많이 읽기 어렵다. 설령 어찌어찌 겨우 책을 읽어도 머릿속에 남는 것도 없고, 자칫 책에 대한 흥미를 떨어뜨리기 쉽다.

어떤 일이든 의무감으로 하면 재미가 덜하다. 요즘 전체적으로 남학생들의 성적이 여학생들보다 떨어지는 경향이 있는데, 그 주된 원인 중의 하나가 '게임'이다. 게임은 참 재미있다. 중독성도 강해 게임의 재미에 한번 빠지면 웬만한 의지로는 헤어나올 수가 없다. 그래도 여학생들은 게임을 즐기다가도 비교적 쉽게 빠져나온다고 한다. 반면 남학생들은 독하게 마음먹고 게임을 끊지 못해 성적이 떨어질 수밖에 없다.

그렇게 재미있는 게임도 의무감이 더해지면 재미가 대폭 반감

된다. 학창시절 게임을 무척 좋아하던 친구가 졸업 후 게임 회사에 취직했다. 다른 사람이 보면 가장 이상적인 직장을 구한 셈이다. 좋아하는 게임을 하루 종일 하면서 돈도 버니 일석이조가 따로 없다. 그러나 그 친구의 말은 다르다.

"학생 때는 며칠 밤을 새며 게임을 해도 하나도 힘들지 않고 재미만 있었는데, 게임이 일이다 생각하니 스트레스가 이만저만 쌓이는 게 아니야."

재미에선 둘째가라면 서러운 게임조차도 이런데 책은 두말할 것도 없다. 간혹 쉬운 소설책은 아무리 읽어도 공부에 도움이 안 되니 어려운 책을 읽어야 한다고 말하는 사람들이 있는데, 잘못된 생각이다. 무협지든, 연애소설이든 재미를 느낄 수 있는 책이면 다 좋다. 괜히 재미도 없고, 관심도 없는데 의무감으로, 공부에 도움이 되리라는 기대감으로 책을 억지로 읽지 않아도 괜찮다. 재미없는 책을 읽느라 책에 대한 흥미를 아예 잃는 것보다는 연애소설이라도 읽는 게 백배 낫다.

글에 익숙해지면 공부가 쉬워진다

쉽고 재미있는 책부터 읽어야 하는 이유는 또 있다. 보통 책을 읽으면 꼭 머릿속에 무언가가 남아야 한다고 생각하는데 꼭 그럴 필요가 없다. 책을 읽는 첫 번째 목적은 내용을 이해하는 것보다 글(텍스트)에 익숙해지는 데 두어야 한다.

책 읽기는 크게 '아나운싱'과 '리딩'으로 구분된다. 아나운싱은 단지 글자를 읽는 것이라 할 수 있다. 반면 리딩은 책 내용을 자신의 글로 재현할 수 있는 것으로 이해를 바탕으로 하는 읽기이다.

내용을 이해하지 못하고 글자를 읽는 아나운싱이 무슨 의미가 있느냐고 생각할 수 있지만 그렇지가 않다. 아나운싱으로 글에 익숙해져야 그 다음 단계인 리딩으로 넘어갈 수 있다. 책과 글자에 익숙하지 않은 아이들이 갑자기 공부를 하기 어려운 것이 바로 이러한 이유 때문이다.

글자에 익숙해지는 것이 먼저다. 글자에 익숙해지면 저절로 리딩의 단계로 넘어갈 수 있고, 리딩의 단계에 들어서면 공부는 저절로 굴러가는 자동차처럼 된다.

이처럼 읽기도 단계가 있다. 처음부터 어려운 책을 읽는 것은 걷지 못하는 아이가 러닝머신 위에서 바로 뛰려고 하는 것과 마찬가지다. 텍스트에 익숙해졌을 때 학생들이 얼마나 달라질 수 있는지를 보여주는 좋은 예가 있다. 솔로몬 르웬버거 중학교는 1950~60년대까지만 해도 보스턴 최고의 명문 학교로 명성을 떨쳤다. 그런데 학교 주변이 빈민화되면서 보스턴 최고의 명문학교는 문제학교로 전락해 강제 폐교를 당할 위기에 처하게 된다. 그때가

1980년에 접어들 즈음이었다.

풍전등화와도 같은 솔로몬 르웬버거 중학교를 살린 것은 '독서'였다. 새로 취임한 오닐 교장은 책 읽기 운동을 시작했다. 수업이 끝난 후 10분 동안 교실에서 조용히 책을 읽는 운동을 시작한 것이다. 처음에는 학생들의 불평이 이만저만이 아니었다. 하지만 시간이 지나면서 학생들은 조용히 책을 읽기 시작했고, 읽던 책을 집에 가는 버스 안에서 읽는 학생들이 생겨났다.

책 읽기 운동의 효과는 시작한 첫해부터 나타났다. 첫해부터 읽기 능력이 향상되기 시작해 3년째 되는 해에는 보스턴에 있는 중학교 중에서 최고 성적을 올렸다. 문제학교에서 다시 명문 중학교로 화려하게 변신한 셈이다.

쉽고 재미있는 책만 골라 읽으면 나중에 어려운 책을 읽지 못하게 될까봐 걱정하는 분들이 있는데, 지나친 기우다. 쉽고 재미있는 책을 읽으면서 글에 익숙해지면 좀 더 다양하고 어려운 책을 크게 힘들이지 않고 읽을 수 있다. 나의 경우도 처음에는 좋아하는 역사소설책을 중심으로 읽었지만 점차 사회과학서적이나 다른 문학책으로 관심 영역을 넓혀나갔다.

신문도 별로 어렵지 않게 읽을 수 있었다. 고등학교 때 논술에 대비도 할 겸 매일 아침 꼬박꼬박 신문을 읽었는데, 나름 꽤 재미있게 읽었다. 다 내가 좋아하는 역사소설을 많이 읽어 글에 익숙해진 덕분이라 생각한다.

책 읽을 시간이 없다면 신문을 읽어라

책을 많이 읽어야 한다고 말하면 대부분의 학생들은 대뜸 이렇게 반문한다.

"공부할 시간도 부족한 데 한가하게 책 읽을 시간이 어디 있어요?"

책은 시간이 날 때 읽는 것이 아니라 일부러라도 시간을 내서 읽어야 한다. 책 읽기가 공부를 잘할 수 있게 만드는 중요한 토대가 되기 때문에 공부를 잘하고 싶다면 책 읽기는 선택이 아닌 필수가 되어야 한다. 그럼에도 일부분 시간이 너무 부족하다는 학생들의 하소연을 인정할 수밖에 없다. 요즘 학생들은 바빠도 너무 바쁘다. 주말에도 학원이나 학교에서 자습을 하느라 바쁜 학생들에게 무조건 책을 많이 읽으라고 강요하는 것도 무리다.

비교적 적은 시간을 투자하면서도 좋은 글에 익숙해질 수 있는 방법이 있다. 신문을 자주 읽는 것이다. 나는 고 3때 매일 아침마다 신문을 읽었다. 아이들과 대화할 시간에 나는 묵묵히 자리에 앉아 〈한겨레신문〉이나 〈경향신문〉을 보았다. 그때는 그런 신문들이 진보적인 신문인지도 몰랐다. 워낙 다른 신문들은 분량이 많고 번잡스러운 것 같았고 홍세화, 강준만, 정운영, 한홍구 같은 사람들이 논리적인 글을 싣는 것 같아서 그 신문들만 보았다.

지금 와서 생각해보면 신문은 고등학생들이 사회를 접하는 '창문窓門'이라고 본다. 우리나라 학부형들은 매번 학생들에게 좋은 글을 읽으라고 하지만, 정작 두꺼운 책을 학생들에게 안겨줄 수는 없는 노릇이다. 이때 신문만큼 좋은 것이 없다. 내가 고등학교 때 읽어 온 신문이라는 매체는 하루에 조금씩 시사와 상식을 접하는 데 참 좋은 것이었다. 케네디 대통령 아버지가 매일 아이들에게 《뉴욕타임즈》를 소리 내서 읽게 했다고 하는데, 신문은 참 좋은 교육교재라고 생각한다. 나중에 케네디 대통령이 멋진 연설문을 작성할 수 있었던 이유도 신문의 좋은 글귀를 잘 기억해서 활용한 것이리라.

논술을 잘하고 싶다면 쓰지 말고 읽어라

수능 평균 3등급 학생이 논술로 명문대 합격!

모의고사 점수가 잘 나오지 않는 학생들에게는 참으로 귀가 번쩍 뜨이는 문구다. 보통 정시도 내로라하는 명문대에 가려면 언, 수, 외 모두 1등급을 찍어야 한다. 그런데 인 서울도 어려운 3등급이 명문대에 합격했다니 사막에서 오아시스를 만난 듯 반가울 것이다.

실제로 논술만 잘하면 명문대를 갈 수 있다는 논술 학원의 홍보를 철썩 같이 믿고 수능준비보다 논술준비에 목을 매는 학생들이 많다. 수능 역전 한방을 노리면서 말이다.

하지만 과연 확률이 얼마나 될까? 분명 논술을 소름끼치게 잘 써 3등급, 아니 그보다 낮은 등급을 받고도 명문대에 합격하는 학생들이 있기는 있다. 문제는 그런 예가 극히 적다는 것이다. 게다가 논술 학원을 열심히 다녀 논술로 명문대를 갔다는 얘기는 지금까지 별로 들어보질 못했다.

수능을 포기하고 논술로 승부를 보려는 생각만큼 위험한 것도 없다. 그렇다고 논술이 중요하지 않다는 얘기는 아니다. 여전히 논술은 이렇다 할 특기가 없는 보통 학생들이 수시에 합격할 수 있는 가능성을 높여주는 중요한 수단이다. 논술 준비는 필요하다. 다만 지금까지 많은 학생들이 했던 방법으로는 백전백패다. 논술을 잘할 수 있는 비법은 따로 있다.

논술 실력과 독서량은 비례한다

서울대생들은 논술에 강하다. 그럴 수밖에 없는 것이 서울대에 입학하려면 누구나 논술시험을 봐야 한다. 물론 논술만으로 뽑는 것은 아니지만 총점 몇 점 차이로 당락이 결정되는 판국이니 논술시험도 만만하게 여길 수는 없다. 따라서 서울대를 준비하는 학생들은 필수적으로 논술을 준비해야 하고, 치열한 논술경쟁을 뚫고 들어온 서울대생들이니 논술을 잘하는 것이 당연하다.

그렇다면 서울대생들은 어떻게 논술 준비를 했을까? 논술 학원을 열심히 다녔다는 서울대생은 많지 않다. 오히려 논술 학원 근처에도 안 간 서울대생이 더 많았다. 그럼에도 불구하고 논술을 잘할 수 있었던 비결은 '독서'에 있다. 서울대생치고 독서를 좋아하지 않는 사람을 거의 보지 못했다. 나도 독서라면 어디 가서 빠지지 않는데, 서울대에 와서 보니 나 정도로는 명함도 내밀지 못할 정도로 독서광들이 많았다.

책을 많이 읽으면 확실히 논술에 큰 도움이 된다. 나는 고등학교 1학년 때부터 사설 논술학습지를 풀었다. 매달 1개의 주제를 정해서 1,500자 내지 2,000자를 써서 서울에 있는 입시학원으로 보내는 거였는데, 매번 문제가 어려워서 골머리를 앓았던 기억이 지금도 생생하다. 중간고사가 있든 기말고사가 있든 그 문제집은 무조건 한 달에 한 번 날아왔다.

논술답지를 보내면 얼마 뒤 빨간 펜으로 채점이 되어 집에 등기가 날아오고 전국에 있는 동료 고등학생들의 글 수준도 가늠할 수 있었다. 물론 점수는 만족스럽지 않았다. 국문학이나 철학박사쯤 되시는 분들이 채점해서 보내는 것이었으니, 시골 고등학생의 글이 그리 탐탁치는 않으셨으리라. 그나마 위안이 된 것은 이런 첨삭문구였다.

"유재원 학생은 아직 논술로서 글이 매끄럽지는 못하지만, 많은 독서가 바탕이 되어 있다는 것이 보입니다. 앞으로도 정진하기 바랍니다."

그런 첨삭문구를 보면서 용기를 얻어 매번 낮은 점수를 받아도 실망하지 않고 논술을 계속 할 수 있었다.

사실 논술은 당시 고등학생에게 그리 익숙한 것은 아니었다. 국어나 수학의 본고사 문제를 푸는 편이 훨씬 나았다. 고등학생 입장에서는 황당하게까지 느껴지는 어려운 주제를 놓고 2시간 내에 글을 써야 한다는 건 정말 고역이다.

그런데 매번 황당한 주제를 앞에 놓고도 나는 줄기차게 글을 쓸 수 있었다. 머릿속에는 내가 평소에 읽은 문학, 역사, 철학, 사회과학의 책들이 주저리주저리 이야기를 꾸려나가고 있었기 때문이다. 확실히 어렸을 때부터 읽었던 책들은 난감한 논술 문제에도 당황하지 않고 어떻게든 글을 쓸 수 있게 하는 큰 힘이 되어주었던 것 같다.

다른 서울대생들도 마찬가지였다. 사람마다 읽었던 책의 종류는 달랐지만 모두들 엄청나게 책을 읽었고, 그 덕분에 논술에 자신이 붙었다고 입을 모은다. 나의 경우 역사소설이나 문학작품을 주로 읽었던 반면, 의대를 다녔던 대학동창은 자연과학과 관련된 책들을 주로 섭렵했다고 한다. 나는 김동리, 황순원, 조정래 같은 작가들의 글에 익숙했고 그 친구는 칼 세이건(《코스모스》의 저자)이나 토마스 쿤(《과학혁명의 구조》)같은 과학자의 글을 정말 많이 알고 있었다. 충북고를 졸업하고 충북수석을 해 서울대 법대에 입학한 선배는 세계사에 관한 책들은 거의 외우고 있었다(유럽의 백년전쟁이나 칭기즈칸의 정복사업을 연도별로 알고 계신 분이니 말이다).

확실히 책을 많이 읽으면 논술에 도움이 된다. 이런 얘기를 하면 어떤 책을 읽어야 하는가에 다들 관심이 많다. 논술에 도움이 되는 특별한 책이란 없다. 자기가 좋아하는 책, 읽고 싶은 책을 많이 읽으면 된다.

논술은 '글쓰기'가 아니라 '생각쓰기'다

요즘 학생들은 글쓰기에 약하다. 맞춤법을 무시하고 줄여서 쓰는 통신용어에 익숙해서 그런지 구체적으로 문장을 만드는 데 서툴다. 주어와 서술어조차 모호해 읽다 보면 무슨 말인지 도통 이해할 수가 없는 문장들이 많다.

짤막한 문장 한두 개를 쓰는 것도 버거워하는데, 어떤 주제를 놓고 일목요연하게 생각을 풀어내야 하는 논술을 어려워하는 것은 너무나도 당연한 일이다. 게다가 제한된 시간 안에 정해진 분량을 다 쓴다는 건 하늘에 별 따기처럼 어려운 일일 수 있다. 실제로 논술 시험에서 정해진 분량을 채우지 못해 허탈한 표정으로 시험장을 나오는 학생들이 한두 명이 아니다.

이처럼 글쓰기 자체를 어려워하는 학생들이 많다 보니 논술을 글쓰기 연습이라 생각하는 것도 무리는 아니다. 하지만 논술은 단순히 글을 쓰는 것이 아니다. 다른 사람이 보았을 때 어떤 내용을 전달하려는 것인지는 분명히 알 수 있도록 글을 써야 하는 것은 맞지만 그보다는 주제에 대한 '생각'을 논리적으로 푸는 것이 중요하다. 그리고 그 생각의 깊이는 '독서량'이 결정한다.

고등학교 다닐 때 나름 논술을 잘한다고 자부하던 여학생이 있었다. 공부도 최상위권이었던 학생이었는데 수능을 망쳐 수시 논술에 총력을 기울였다. 비록 평소 때보다 수능 점수가 잘 나오지는 못했지만 논술을 잘하는 편이니 승산이 있다고 생각했다.

하지만 행운의 여신은 그 여학생의 손을 들어주지 않았다. 여학생은 낙담하며 한탄했다.

"대체 내가 왜 논술시험에서 떨어졌는지 모르겠어요. 막히지 않고 잘 썼거든요."

궁금증은 재수를 하면서 풀렸다. 재수학원에서는 한 달에 한 번 논술시험을 보고 평가를 해주었는데, 매달 평가가 엇갈렸다. 어떤 달에는 '손 볼 데가 없을 정도로 잘 썼다'는 평가를 받는가 하면, 어떤 달에는 '기본적으로 글을 쓰는 데는 무리가 없지만 주제를 깊이 있게 풀어가는 연습을 많이 해야 할 것 같다'는 평가를 받았다. 평가점수는 A부터 D까지 구분되는데, 점수가 A와 C 사이를 널을 뛰듯 왔다갔다했다.

똑같은 사람이 똑같은 글 솜씨를 발휘해 썼는데도 평가가 크게 엇갈리는 이유는 논술이 단순한 글쓰기가 아니기 때문이다. 논술은 얼마나 글을 매끄럽게 쓰는가가 아니라 얼마나 자신의 생각을 문제가 요구하는 것에 맞춰 논리적으로 풀었는가를 보는 시험이다. 글이 좀 서툰 것은 그리 큰 문제가 되지 않는다. 그런데 그 여학생은 글은 잘 쓰지만 평소 책을 많이 읽지 않아 생각이 깊지 않은 것이 문제였다. 평소에 관심을 많이 갖고 깊이 있게 생각해본 주제가 나오면 글발에 생각의 깊이가 더해져 좋은 점수를 받을 수 있었지만 생소한 주제가 나오면 너도 나도 생각할 수 있는 수준의 평범한 글밖에 쓰지 못했던 것이다.

결국 논술을 잘하려면 글을 쓰는 연습을 하기 전에 생각의 크기를 키워야 한다. 생각을 키우는 제일 좋은 방법은 역시 책을 많이 읽는 것이다. 3등급 이하의 불리한 수능점수를 받고도 논술로 명문대에 합격한 학생들은 모르긴 해도 어렸을 때부터 책을 많이 읽어 또래 아이들보다 훨씬 깊이 있는 사고를 하는 학생임이 분명할 것이다.

좋은 글에 익숙해지면 글발은 저절로 는다

글을 쓰는 것보다 책을 많이 읽어 생각을 키우는 것이 더 중요한 것은 만고불변의 진리다. 하지만 자기 생각을 남들에게 잘 전달하려면 기본적인 글쓰기 능력이 있어야 한다.

흔히 글을 잘 쓰려면 자꾸 써보면 된다고 말한다. 확실히 글 쓰는 것도 일종의 연습이어서 글쓰기에 서툴렀던 사람도 꾸준히 글 쓰는 연습을 하면 글발이 는다. 하지만 더 중요한 것이 있다. 좋은 글에 익숙해지는 것이 먼저다.

책을 많이 읽으면 저절로 좋은 글에 익숙해진다. 우리나라에서 책을 낼 정도의 사람은 나름대로 글쓰기 실력을 인정받은 사람이다. 어떤 책이든 글의 수준이 형편없는 경우는 거의 없다. 작가 나름의 문체를 가지고 각자의 전문적인 영역에 대해 최대한 압축적이고 간결하게 표현하는 것이 바로 책이다. 그런 책들을 수시로 접하는 것은 마치 좋은 글로 '샤워'를 하는 것과 같다.

좋은 글로 샤워를 자주 하다 보면 글발은 저절로 는다. 예를 들어 소설책을 보다 주옥같은 명문장을 보았다고 하자. 의식을 하던 안 하던 좋은 글은 머릿속에 남게 되고, 비슷한 상황을 글로 표현할 때 어떤 형태로든 자기도 모르는 사이에 글에 표현된다.

좋은 글에 익숙해지면 글도 저절로 잘 쓰게 된다는 것은 이미 여러 사람을 통해 확인했다. 내 선배 중에 경제학을 공부하는 분이 있었는데, 그분 취미는 무협지 읽는 거였다. 소설 《영웅문》, 《신조협려》, 《녹정기》 등등은 이미 꿰고 있었고 대학에 와서도 고교시절에 읽은 무협지를 여러 번 반복해 읽는 것이 신기했다. 나중에는 그분 취미가 만화책으로 발전해서 국내 만화라면 빠지지 않고 볼 정도였다. 이 선배를 만나려면 담배 냄새 나는 지하 만화방에 가서 라면을 시켜놓고 만화를 다 볼 때까지 기다려야 했을 정도였다.

그런데 매일 만화책을 끼고 살던 그분이 서울대학교의 교내신문인 〈대학신문〉의 편집자였다. 서울대 교내지 기자면 서울대생 중에서도 특출한 글 솜씨가 있어야 한다. 여러 교내지 기자 중에서도 그분의 글은 단연 돋보였다. 사회문화에 관한 글을 주로 썼는데, 아무리 어려운 주제도 쉽고 재미있게 풀어내 서울대생에게 인기가 좋았다. 그 선배가 글을 잘 썼던 비결은 역시 '독서' 다. 비록 무협지와 만화책이긴 했지만 대학 내내 손에서 책을 놓지 않았기에 무겁지 않으면서도 핵심을 찌르는 좋은 글을 쓸 수 있었으리라.

또 다른 예가 있다. 국사학과 선배 한 분은 매일 사회운동 잡지를 보는 것이 취미였는데 결국 D신문사의 사회부 기자가 되었다.

모방은 창조의 어머니다. 처음에는 책을 보면서 익숙해진 좋은 글을 모방하면서 글쓰기를 시작하겠지만 곧 자신만의 생각을 더해 멋진 글을 쓰게 된다. 그러니 쓰는 연습을 하기 전에 충분히 좋은 글을 접하라. 그렇게 좋은 글에 익숙해지다 보면 스스로 좋은 글을 쏟아낼 그런 날이 온다.

좋은 글을 베껴 써라

좋은 글에 익숙해지는 것에서 한 걸음 더 나아가 좋은 글을 베껴 쓰면 글쓰기 실력이 더욱 빨리 늘어난다. 유명 소설가 중에는 좋은 글을 베껴 쓰는 글쓰기 공부를 했다는 사람들이 제법 많다. 《태백산맥》의 저자 조정래 씨는 아들, 며느리, 손자에게 《태백산맥》을 베껴 쓰는 숙제를 꼭 내준다고 한다. 장장 10권이나 되는 책을 베껴 쓰는 것은 보통 일이 아님에도 자손들은 피해갈 수가 없다. 그것도 그냥 베끼면 되는 것이 아니라 원고지에 띄어쓰기, 맞춤법, 부호까지 똑같이 베껴 써야 하니 10권을 다 베껴 쓰려면 최소 몇 년 이상이 걸린다고 한다.

하지만 소설가 중에서도 탁월한 문장력을 자랑하는 조정래 씨의 글을 베껴 쓰다 보면 내용을 깊이 있게 이해할 수 있음은 물론 글쓰기 연습도 저절로 된다. 사실 조정래 씨가 아들, 며느리, 손자에게 《태백산맥》을 베껴 쓰도록 하는 데는 깊은 뜻이 있다. 조정래 씨가 죽은 후에는 가족이 책에 대한 권리를 이어받을 텐데, 그 정도 수고도 하지 않고 인세만 받는 것은 도리가 아니라는 것이다. 비록 저자는 아니지만 저자 못지않게 책을 이해하고 사랑해야 권리를 행사할 자격이 있다는 얘기다. 조정래 씨만큼은 아니겠지만 10권의 《태백산맥》을 베껴 쓰고 나면 가족들의 글쓰기 실력도 당연히 향상되어 있을 것이다.

그렇다고 책 한 권을 통째로 베껴 쓸 필요는 없다. 책을 읽다 마음을 쿵 울리는 대목이 나오면 그 대목만이라도 베껴 써보자. 글쓰기가 한결 재미있고 편해질 것이다.

다양한 방법으로 책을 읽으면 책이 더 맛있다

텍스트에 익숙해질 때까지는 굳이 책을 읽는 방법을 고민할 필요가 없다. 어떻게든 읽기만 하면 된다. 내용을 다 이해하지 못해도 상관없다. 책을 읽음으로써 어떤 텍스트든 거부감 없이 익숙해진다는 것이 중요하다.

하지만 어느 정도 텍스트에 익숙해지면 다양한 방법으로 책을 읽어보는 것도 나쁘지 않다. 물론 좋은 방법과 나쁜 방법이 따로 있지는 않다. 어떤 방법이든 책을 재미있게 잘 읽을 수 있다면 다 좋은 방법이다. 나 역시 지금까지 약 3,000권 정도의 책을 읽으면서 줄을 치면서 읽어보기도 하고, 소리 내 읽어보기도 하는 등 다양한 방법으로 책을 읽어보았다. 그러나 특별히 좋은 방법은 없었다. 다만 방법을 바꾸면서 책을 읽으면 책 읽기가 더 재미있고, 책의 종류에 따라 더 효과적으로 읽을 수 있는 방법도 알게 되었다.

꼭꼭 씹으면서 읽어라

책을 읽고 덮는 순간 어떤 내용이 담겨 있었는지 싹 잊어버린다면 과연 책을 읽었다고 할 수 있을까? 나는 지금까지 줄기차게 내용을 이해하는 것은 둘째 문제고, 책을 읽었다는 게 중요하다고 강조했다. 그 생각에는 여전히 변함이 없다. 일단 텍스트에 익숙해져야 계속 읽을 수 있고, 계속 읽을 수 있어야 이해할 수 있기 때문이다.

하지만 텍스트에 익숙해져 책을 읽는 걸 즐기게 되었는데도 책을 읽은 다음 머릿속에 남는 것이 없다면 다시 생각해볼 일이다. 요즘엔 초등학생들 중에도 책을 좋아하는 아이들이 많다. 교육열 강한 부모가 아이를 위해 일찌감치 책을 가까이 할 수 있도록 도와준 덕분이다.

그런데 책이 재미있다며 틈만 나면 책을 읽는 아이들 중 정작 책 내용을 물어보면 잘 대답하지 못하는 아이들이 많다. 처음에는 충분히 그럴 수 있지만 꾸준히 책을 읽는데도 계속 그렇다면 예사로 넘길 일은 아니다. 책 내용을 세세한 부분까지 기억하지 못하는 것은 당연하지만 전체적인 흐름과 핵심적인 내용마저 기억하지 못한다면 책을 읽었다고 보기 어렵다. 그렇게는 100권, 1,000권을 읽은들 아무 소용이 없다.

앞에서도 잠깐 이야기했지만 나는 책을 많이 읽은 덕분에 서울대에 합격한 것이나 다름없다. 논술문제가 '사람다움'에 관한 것이었는데, '사람다움에 관하여 동양의 '인(仁)' 사상과 서양의 '인성론'을 설명하면서 21세기에 필요한 '사람다움'의 가치를 쓰라는 것이었다. 분량은 2,000자 정도로 말이다. 처음에는 어디서부터 이야기를 풀어나가야 할지 몰랐는데, 불현듯 고등학교 때 읽었던 논어의 구절들이 떠올랐다. '인(仁)자 인(人)야'라는 말부터 '사람이 예를 알지 못하면 인(人)이 아니다'라는 구절이 생각나면서 어려운 논술시험을 치를 수 있었다.

독서의 위력은 면접시험 때 더 많은 도움이 되었다. 논술시험을 보고 점심식사를 한 후 면접시험을 보았는데, 면접을 시작하자마자 교수들은 하나같이 "고등학생이 무슨 책을 이렇게 다양하게 봤어? 다 읽은 건 맞아?"라며 내가 읽은 책에 관심을 보였다. 나는 흥이 나서 무슨 책, 무슨 책 주저리주저리 말했다. 하지만 내 대답이 끝나기도 전에 "소설책을 좀 봤나보네요. 《태백산맥》은 말할 것도 없고 《세종대왕》, 《한명회》니 《동의보감》이니 《고구려를 위하여》니 《광개토대제》니 하는 다양한 역사소설들이 거론되는데 그건 역사공부를 위한 사료로는 적절치 않아요. 너무 상상력이 풍부한 것들이지."라며 말을 끊었다.

그리고는 내가 자기소개서에 써 넣은 시오노 나나미의 《로마인 이야기》를 물어보았다. 나중에 안 사실이지만 시오노의 로마사 책이 나왔을 때 서울대 인문대는 크게 술렁였다고 한다. 당시에 이렇게 쉽고 신선한 역사책이 왜 우리나라에 없느냐는 일반인들의 비난을 한 몸에 받은 곳이 서울대 인문대였던 것이었다. 아마추어 역사가의 새로운 논픽션 역사서가 우리나라와 일본에서 대히트를 쳤다는 사실에 서울대 사학계는 자존심에 상처를 받은 듯했다.

나는 시오노에 대해 묻는 교수들의 질문에 사태의 심각성을 직감했다. 정말 대답을 잘해야 한다는 것을 말이다. 나는 그 책이 기존에 없던 방식을 취하고 역사에 있어 사람들의 호기심을 자극하는 좋은 촉매제가 되었다라고 평했다. 상황은 좀 누그러졌다. 그러자 젊은 교수 한 분(나중에 보니 발해사를 연구하시는 송기호 교수님으로 기억된다)이 "구체적으로 얘기해 보세요."라고 했다. 등줄기에 식은땀이 흘렀다. 여기서 무너지면 안 된다는 생각이 들어 마음을 가다듬고 차분히 대답했다.

"《로마인이야기》가 5권까지 나와 있는데 4~5권이 카이사르에 대한 것입니다. 이 정도는 로마사에 기본적으로 나올 수 있습니다. 그런데 카이사르의 인품, 바로 허영심에 대해 이토록 집요하게 물고 늘어진 사람(역사학자)은 없었습니다. 폼페이우스와 카이사르는 야심에 있어서는 거의 비슷했지만 카이사르에게는 정치력과 바로 이 허영심이 있었습니다. 남들이 예상하지 못하는 허수를 찌르는 대담함이 있었지요. 바로 시오노의 이 책에 원도표(다이아그램)로 폼페이우스와 카이사르의 그런 능력을 비교했는데, 아마 기존의 역사학자라면 이렇게 단정적이고 대담하게 표시하지 못했을 겁니다."

《로마인이야기》를 워낙 재미있게 읽고 생각을 많이 했기 때문에 비교적 명확하게 내 생각을 말할 수 있었다. 그러자 시오노에 대한 논의는 거기서 조용히 그쳤다. 좋은 인상을 준 것이 확실했다. 만약 책을 읽고 내용을 제대로 기억하지 못하거나 아무 생각 없이 줄거리만 읊어댔다면 그저 책을 많이 읽었다는 것을 과시하려든 치기어린 학생 취급을 받지 않았을까 싶다.

이야기가 너무 길어졌다. 굳이 자랑처럼 서울대 면접시험을 볼 때의 모습을 세밀하게 소개한 이유는 책을 읽고 내용을 이해하는 것이 중요하다고 말하고 싶어서다.

책 내용을 제대로 이해하는 좋은 방법 중의 하나가 '책을 꼭꼭 씹어 읽는 것' 이다. 그냥 글자가 눈에 들어오는 대로 읽는 것이 아니라 머릿속으로 행간의 숨은 뜻도 생각해보며, 잘 이해가 가지 않는 부분은 여러 번 반복하면서 읽고, 중요한 부분은 밑줄을 치면서 읽으면 그만큼 내용이 머릿속에 잘 들어온다. 설렁설렁 읽을 때보다 시간은 많이 걸리겠지만 효과는 확실하다. 따라서 책을 읽고 덮으면 어떤 내용이 담겨 있었는지 가물가물하다면 이 방법으로 책을 읽어볼 것을 권한다.

'꼭꼭 씹어 읽는 방법' 은 어려운 책을 읽을 때 특히 효과적이다. 인문서나 교과서, 참고서 등은 설렁설렁 읽으면 다 읽어도 무슨 내용인지 기억하기 어렵다. 이런 책들은 정신을 집중하고 내용을 이해하려고 노력하면서 꼭꼭 씹어 읽는 것이 좋다.

여러 번 반복해서 읽어라

책을 읽다 보면 특히 더 재미있고 감동적이어서 소장해두고 싶은 책들이 있다. 그런 책들은 '나중에 다시 한 번 봐야지' 라는 생각을 하며 책꽂이에 예쁘게 꽂아둔다. 하지만 대부분의 사람들은 한 번 읽은 책은 어지간해서는 다시 꺼내지 않는다.

다양한 분야의 책을 두루두루 읽는 것도 좋지만 좋은 책을 여러 번 반복해서 보는 것도 아주 좋다. 아무리 머리가 좋은 사람도 책을 읽을 당시에는 내용을 꿰고 있어도 시간이 지나면 조금씩 내용을 잊어버리기 마련이다. 그렇게 조금씩 잊어버리다 보면 세월이 많이 흐른 후에는 책 제목조차 생각이 나지 않을 정도로 기억이

가물가물해질 수 있다.

하지만 단순히 내용을 기억하기 위해 책을 여러 번 반복해 읽으라는 것은 아니다. 더 중요한 이유가 있다. 책은 읽을 때마다 새롭다. 분명 꼼꼼하게 다 읽은 것 같아도 새로 읽으면 느낌도 다르고, 그때마다 꽂히는 부분도 다르다. 전에 읽었을 때는 미처 발견하지 못했던 인물이나 이야기가 눈에 들어오기도 하고, 다른 시각으로 해석이 되기도 한다. 살아가면서 계속 생각도 깊어지고, 삶의 다양한 경험이 축적되면서 삶을 이해할 수 있는 폭도 넓어지고, 자기가 처한 상황이나 조건이 달라지기 때문에 그럴 수밖에 없다. 그래서 서울대 수석 입학했던 선배가 《삼국지》를 15번이나 반복해서 볼 수 있었고, 나 또한 《삼국지》를 비롯한 여러 책들을 여러 번 반복해서 읽을 수 있었다.

문제집을 여러 권 푸는 것보다 한 권을 반복해 풀어봄으로써 확실히 내 것으로 만드는 것이 중요하듯, 많은 책을 두루뭉술하게 읽기보다 좋은 책을 반복해서 여러 번 읽는 것이 독해력 향상에도 좋다. 똑같은 책을 읽어 지루하면 어떻게 하나 걱정하지 말기 바란다. 장담컨대, 읽을 때마다 느낌이 새로워 새 책을 읽는 것 같이 재미있을 것이다.

나무보다 숲을 보며 읽어라

독서의 힘은 시험을 볼 때도 유감없이 발휘된다. 독서를 통해 텍스트를 읽고 핵심을 파악하는 능력, 즉 독해력을 키우면 공부를 잘할 수 있음은 물론 시험도 잘 볼 수 있다. 그 어떤 과목보다 독해력을 요구하는 언어 영역에서는 특히 더 그렇다.

하지만 언어 영역에서 두각을 나타내려면 책을 읽을 때 세부적인 내용보다는 전체적인 흐름을 파악하며 읽는 연습을 해야 한다. 언어에 약한 학생들은 대부분 전체 흐름 속에서 핵심 내용을 찾아내기보다는 지엽적인 세부적인 내용에 연연해하는 경향이 있다.

요즘 언어 영역은 지문의 길이가 점점 늘어나고 난이도도 높아지는 추세다. 정해진 시간에 빨리 흐름을 파악하지 않으면 좋은 점수를 받기가 어렵다. 또한 통합적인 사고를 요하는 문제들이 많이 출제되기 때문에 크게 보고, 폭넓게 생각하는 연습을 하지 않으면 성적이 잘 오르지 않는다.

독해력과 통합적인 사고력은 큰 흐름을 파악하면서 책을 읽는 동안 자연스럽게 향상된다. 따라서 책을 읽을 때 머릿속으로 전후좌우의 내용을 연결하고 핵심 내용을 정리해가며 읽는 습관을 들이도록 하자.

책을 편식하지 마라

책은 분명 장르를 가려 읽을 필요는 없다. 소설이든, 자기계발서든, 인문서든, 과학서든 자기가 재미를 느끼고 관심을 가지는 분야의 책을 읽으면 된다.

하지만 어느 정도 책 읽기에 익숙해지면 관심의 폭을 넓히는 것이 좋다. 독서도 음식처럼 종류를 가리지 않고 다양하게 읽었을 때 가장 효과가 좋다. 아무리 좋은 음식도 한 가지 음식만 계속 먹으면 질리기도 쉽고, 영양 불균형을 초래하기 쉽다. 음식 종류별로 맛도 다르고, 함유하고 있는 영양소도 다르듯이 책도 분야별로 우리에게 주는 재미와 감동이 다르다. 감성을 자극하는 책이 있는가 하면, 철학적 사고의 폭을 넓혀주는 책도 있고, 새로운 지식이

나 정보를 전달해주는 책도 있다. 이런 책들을 골고루 읽었을 때 두뇌가 어느 한쪽으로 편중되지 않고 고르게 성장할 수 있음은 물론이다.

굶어죽는 것보다 편식이 낫다?

"연애소설은 단숨에 10권도 읽을 수 있는데, 어려운 인문서는 펼치기만 해도 잠이 와요."

"역시 책은 철학서가 최고죠. 읽으면서 생각도 해보고 스스로에게 질문도 던져보게 하는 게 진짜 책 아닌가요? 다른 책들은 너무 가벼워서 읽고 난 다음에도 남는 게 없더라고요."

자기도 모르게 독서 편식을 하게 된 이유도 다양하다. 독서 편식을 하는 사람들 중에는 독서 편식을 걱정해 고쳐보려고 노력하는 사람들도 많다. 책 읽기를 좋아하니 다른 분야의 책도 조금만 노력하면 재미있게 읽을 수 있을 것 같은데, 의외로 쉽지 않다. 이상하게 평소 읽던 분야 이외의 책은 손이 잘 안가 애를 먹는다고 한다.

"음식은 몰라도 독서는 편식을 해도 괜찮지 않나요? 독서 편식 습관 고치려고 다른 분야 책을 읽으려고 하다 보니 예전보다 책을 덜 읽게 되네요. 이러다 아예 책을 안 보게 될 수도 있을 것 같아요. 그렇게 되는 것보다는 편식을 하는 게 훨씬 낫지 않을까요?"

이런 항변에 동의하는 사람들이 꽤 많다. 또한 책을 아예 읽지 않는 것보다는 좋아하는 분야의 책이라도 많이 읽는 게 백번 나은 것도 사실이다.

하지만 책은 가능한 한 다양한 분야의 서로 다른 종류의 책을 읽는 것이 좋다. 책은 가장 효과적으로 다른 사람의 삶을 이해하고 간접경험을 할 수 있는 좋은 매개체다. 같은 소설이라도 이성 간의 사랑을 소재로 한 연애소설만을 읽을 때와 가족이나 사회적 문제를 주제로 한 소설을 읽을 때는 아무래도 삶을 이해하는 폭이 다를 수밖에 없다.

안철수(서울대학교 융합과학기술대학원 원장) 씨는 한 인터뷰에서 책을 통해 포용력을 기를 수 있었다고 밝힌 적이 있다. 그는 책을 가리지 않고 많이 읽기로 유명한데, 안철수연구소에 재직하던 중 직원들을 대상으로 마이어브릭스 유형지표(MBTI)라는 심리검사를 한 적이 있다고 한다. 안철수연구소의 직원은 파트타임까지 안철수 씨가 직접 뽑았는데, 심리검사 결과 총 16가지 유형 중 14가지 유형이 나왔다. 보통 기업에서 이 검사를 했을 때 약 7~8개 유형이 나오는 것을 감안하면, 안철수연구소에는 상당히 다양한 유형의 인재가 모였음을 알 수 있다. 이는 그만큼 안철수연구소가 다양한 유형의 인재를 포용할 수 있는 체제였음을 말해준다.

안철수 씨는 포용력의 원천을 주저 없이 책이라고 말한다. 다양한 책을 읽으면서 다양한 사람의 눈으로 세상을 바라보는 눈을 키운 덕분에, 특정 유형만 선호하지 않는 포용력을 기를 수 있었다고 한다.

그의 말에 전적으로 공감한다. 책을 읽는 중요한 이유 중 하나가 다양한 삶과 다양한 시각을 이해하기 위해서다. 독서편식을 하면 그만큼 다양한 삶을 간접적으로 체험하고 이해할 기회가 줄어든다. 독서는 생각을 바꾸고 더 넓게 확장시키기 위해 하는 것이다. 자신의 생각을 강화하려는 목적으로만 책을 읽고, 자신의 생각과 상충되는 책을 배척하는 것만큼 위험한 일도 없다. 책을 읽어 생각의 폭이 넓고 깊어지기는커녕 변화를 방해하는 고정관념만 단단해질 뿐이다. 영국의 정치가 벤자민 디즈레일리는 "단 한 권의 책을 읽은 사람을 경계하라"고 말했다. 이 말에서 '한 권'을 '한 분야'로 고쳐도 뜻은 일맥상통한다. 지나친 독서편식은 아예 책을 읽지 않는 것보다 위험할 수도 있는 것이다.

그렇다고 각 분야의 책에 꼭 동일한 비중을 둘 필요는 없다. 무리하지 말고 조금씩 다른 분야의 책을 읽으면 된다. 좋아하는 분야의 책을 10권 정도 읽었다면 그 외의 분야에서 2~3권 정도만 읽어도 충분하다.

요약본으로 대체하려 들지 마라

중국 대륙의 패권을 놓고 항우와 유방 두 영웅호걸의 팽팽한 대결을 그린 《초한지》를 모태로 만든 드라마가 방영된 적이 있다. 드라마에 남다른 애정을 갖고 있는 한 선배가 어느 날 신기하다는 듯이 말문을 열었다.

"책을 보지 않고 드라마만 보면 러브라인이 어떻게 형성되는 건지 헷갈려. 유방, 항우, 여치, 우희 네 사람의 러브라인이 얽히고설킨 것처럼 보이거든. 그래서 누굴 누구 좋아하는지 모르겠다고 했더니 딸아이가 대뜸, '책에는 유방하고 여치가 사랑하고, 항우와 우희가 사랑하는 것으로 나와' 하지 뭐야."

선배는 깜짝 놀랐다고 한다. 자신의 기억으로는 딸아이가 《초한지》를 읽은 적이 없는데 어떻게 아는지 궁금해 책을 읽었느냐고 물었더니 천연덕스럽게 대답하더란다.

"책을 읽지는 않았지만 난 다 알아."

선배의 딸은 국어 시간에 《초한지》를 공부한 적이 있다고 한다. 그때 《초한지》의 대략적인 줄거리와 주요 등장인물에 대해 들었던 모양이다. 그래서 책을 읽지 않고도 내용을 다 안다고 착각했던 것 같다.

선배 딸아이만 그런 것은 아니다. 많은 중 · 고등학생들이 '중학생을 위한 한국소설 50편' 혹은 '중 · 고등학생을 위한 고전 100편'과 같은 책들을 많이 찾는다. 요약본 읽기도 여의치 않다면 '김동리-무녀도', '염상섭-표본실의 청개구리'와 같이 작가와 대표작품 제목만 달달 외우기도 한다. 그렇게라도 할 수밖에 없는 학생들의 처지를 모르는 바는 아니다.

다양한 분야의 책 읽기는 꼭 논술이 아니더라도 언어 영역에서 고득점을 올리기 위해 꼭 필요하다. 그런데 범위가 너무 광범위하다. 언어 영역에 지문으로 나올 만한 책들을 모두 읽어본다는 것은 불가능하다. 그래도 책을 한 번이라도 읽어 내용을 이해하는 것과 그렇지 않은 것은 큰 차이가 있으니 몇 십 권의 책을 하나로 압축해놓은 책에 눈길이 가는 것은 당연하다.

요약본을 읽으면 전체적인 줄거리를 이해하는 데는 도움이 될 수 있다. 하지만 단순한 지식을 얻기 위해 책을 읽는다면 반쪽짜리 책읽기밖에 되지 않는다. 책을 읽고 남에게 줄거리를 이야기해주는 것은 중요한 것이 아니다. 책 곳곳에 녹아있는 저자의 진솔한 이야기에 귀를 기울여 감동과 깨달음을 얻을 수 있어야 온전하게 책을 읽는 것이다. 요약본 50권을 읽는 것보다는 한 권을 읽더라도 충분히 생각을 하면서 제대로 읽는 것이 훨씬 효과가 좋다. 바쁘다는 핑계로 요약본을 읽으면 책을 읽었다고 자족할 수 있을지는 몰라도 정신의 변화는 일어나지 않는다.

CHAPTER 7

하나를 잃으면 다 잃는다

고등학교 3학년이 되면 '수포자'가 속출한다. 수포자는 수학을 포기하는 학생을 의미한다. 수능 결전의 날은 코앞에 다가오는데, 수학 점수는 오르지 않으니 차라리 포기하고 싶은 마음이 들 수도 있다. 아무리 해도 성적이 오르지 않는 수학과 씨름하는 동안에 잘하는 과목에 집중하는 것이 훨씬 유리하다고 생각하는 것도 무리는 아니다.

하지만 잘하는 과목에만 집중해 승부를 보겠다는 것처럼 위험천만하고 무모한 일도 없다. 아무리 몸에 좋은 음식이라도 그것만 먹으면 건강을 해친다. 공부도 마찬가지다. 자신 있는 과목만 집중적으로 하고, 싫어하는 과목, 자신 없는 과목을 버리면 공부를 망친다.

공부에도 과락이 있다

고시에는 '과락' 이 있다. 여러 과목 중 한 과목이라도 합격 기준에 미치지 못하면 다른 과목을 아무리 만점을 받아도 합격할 수 없도록 만든 것이 '과락' 이다.

그러고 보면 과락만큼 무시무시한 것도 없다. 한 과목의 과락이 시험성적 전체를 무효로 만들어 버리니 말이다. 과락 앞에서는 어느 특정 과목을 잘한다는 게 결코 자랑거리가 될 수 없다. 실제로 전체 평균점수는 상당히 높았어도 과락 한 과목 때문에 계속 고시에 떨어지다 평생 본의 아니게 백수로 사는 사람들도 적지 않다.

한 사람의 인생을 벼랑 끝으로 내몰기도 하는 과락을 왜 두었을까? 고시를 통해 뽑고 싶어 하는 사람은 어느 특정 분야 전문가보다는 여러 분야를 두루두루 이해하고 있는 팔방미인이기 때문이다.

고시에만 과락이 있는 것은 아니다. 고등학교까지의 공부에도 과락이 있다. 고시처럼 학교 공부도 어느 한 과목이라도 처지면 명문대 입학은 물 건너간다.

잘하는 열 과목보다 못하는 한 과목이 당락을 좌우한다

우연히 재수를 하는 아이 이야기를 들은 적이 있다. 평소 모의고사를 볼 때는 거의 대부분 언, 수, 외, 사탐 모두 1등급을 받았는데, 정작 수능에서는 언어가 3등급이 나와 너무도 억울하고 원통해 재수를 하고 있단다.

사실 그 아이는 전 과목 중 언어가 제일 약했다. 다른 과목은 1등급 중에서도 상위 1% 안에 드는 1등급이었지만 언어는 1등급 커트라인에 걸린 턱걸이 1등급이었다. 간혹 한두 문제 더 틀리면 2등급으로 떨어지는 적도 있었다고 한다. 그런데 2등급도 아닌 3등급이 나오니 본인은 물론 가족들도 도저히 받아들이지 못해 재수를 결심한 것이다. 대학 눈높이를 낮추면 어디라도 갈 수 있었겠지만 그러기엔 3년 동안 명문대를 목표로 열심히 공부한 것이 너무 아까워 그럴 수가 없었다고 한다.

대학입시를 치러보지 않은 사람은 이해하기 힘든 상황이다. 비록 한 과목이 점수가 안 나왔더라도 다른 과목에서 모두 1등급을 받았는데 명문대를 갈 수 없다는 게 믿어지지 않을 것이다. 하지만 그게 현실이다. 누구에게나 흔히 일어날 수 있는 지극히 평범한 일이다.

"처음에는 저만 운이 나빠 재수를 하게 되었다고 생각했어요. 그런데 재수학원에 와서 보니까 다른 애들도 다 저처럼 한 과목을 망쳐 재수를 하고 있더라고요."

모든 과목을 다 잘하기란 쉽지 않다. 그렇지만 대부분의 명문대는 어느 한두 과목에서 두각을 나타내는 것만으로는 들어갈 수 없다. 서울대는 특히 더 그렇다. 전 과목을 고루 잘해야 한다. 다만 여기서 오해하지 말아야 할 점이 있다. 전 과목을 모두 완벽하게 잘해야 한다는 이야기가 아니다. 전 과목에서 적당히 잘하면 된다. 한 과목에서라도 크게 펑크가 나면 다른 과목을 아무리 잘해도 보완하기가 어렵다. 수리에서 4등급 나온 것을 언어 1등급으로 메울 방법은 없다. 영어를 잘하면서 사탐이나 과탐을 절반밖에 득점하지 못하면 참 대략난감이다.

다행히 고입이나 대학 수능에는 과락제도가 없다. 한 과목을 못 보았다고 시험성적 전체가 무효 처리되지는 않는다. 따라서 명문대를 고집하지 않는다면 한 과목을 망쳤어도 대학을 갈 수 있다. 학생들이 막판에 사탐 · 과탐에 열을 올리는 것도 그 때문인 듯하다. 수리를 단기간에 고득점하기 어렵다면서 수리를 포기하고 사탐이나 과탐에 집중하는 학생들이 많은데, 명문대를 목표로 한다면 어느 한 과목이라도 포기해서는 안 된다. 명문대에는 눈에 보이지 않는 과락이 존재한다.

취약과목에도 분명 봄은 온다

누구에게나 취약과목은 있다. 서울대생들도 예외는 아니다. 대부분의 학생들이 그렇듯 서울대생들도 수리와 언어를 취약과목으로 꼽은 학생들이 많았다.

취약과목을 끌어올리기란 쉽지 않다. 다 그런 것은 아니지만 보통 흥미를 느끼지 못하는 과목이 취약과목이 되는 경우가 많다. 재미가 없으니 공부하는 데 신이 나지 않고, 공부를 하는 동안 잡생각이 많이 난다. 그렇게 공부를 하니 성적이 잘 오르지 않는다. 게다가 나름 열심히 공부하는데도 성적이 오르지 않으면 자신감이 떨어진다. 흥미도 없는데다 자신감까지 부족하니 취약과목은 점점 더 취약해질 수밖에 없다. 그야말로 악순환이다.

반대로 잘하는 과목은 하면 할수록 더 재미있고 자신감도 붙는다. 원래 공부뿐만 아니라 다른 일들도 잘하면 잘할수록 재미있

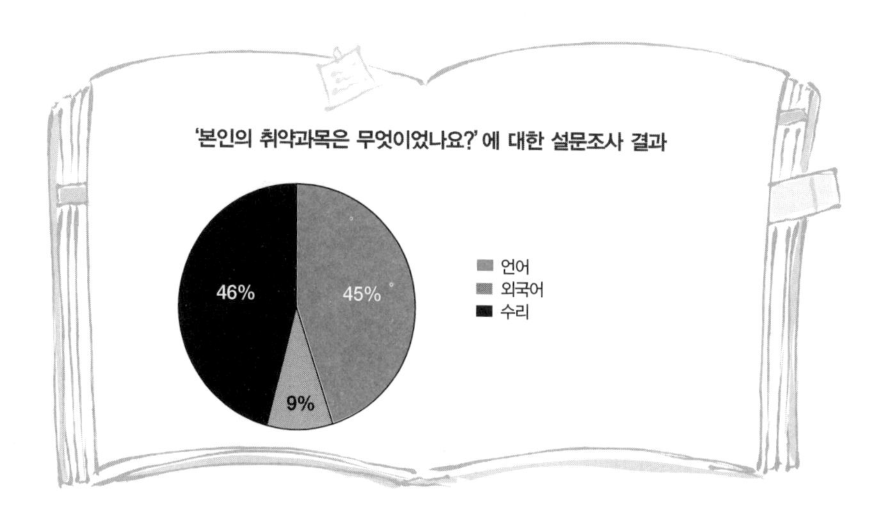

다. 원래부터 재미를 느껴 열심히 하던 과목인데, 성적도 잘 나오니 재미가 배가된다.

취약과목과 잘하는 과목 중 마음이 끌리는 과목은 당연히 잘하는 과목일 것이다. 실제로 많은 학생이 수능이 다가올수록 취약과목을 포기하고 잘하는 과목에 전력투구한다. 하지만 미운 놈 떡 하나 더 준다는 마음으로 취약과목에 더 집중해야 좋은 결과를 얻을 수 있다. 잘하는 과목에 집중하는 전략을 구사하다 실패한 학생들이 너무나도 많다.

취약과목을 포기할 때 대부분의 학생은 이런 핑계를 댄다.

"아무리 해도 안 되는 걸 어떻게 해요? 차라리 포기하고 잘하는 과목에서 점수를 더 올리는 게 낫겠어요."

열심히 해도 안 되는 과목은 없다. 취약과목, 특히 언어, 수리, 외국어처럼 기초부터 차근차근 쌓지 않으면 안 되는 과목들은 단기간에 절대 성적을 올리기 어렵다. 상당히 오랜 시간을 투자해야 조금씩 성적이 오르는데, 대부분 결과가 나오기 전에 지쳐 포기하는 경우가 많다.

서울대에 와서 친해진 국사학과 동기는 수학을 무척 잘했다. 얼마나 수학을 잘한다고 소문이 났는지 남들은 하나도 얻기 어려운 수학 과외 자리를 서너 개는 꿰차고 있었다. 그 동기에게 수학 과외를 받고 싶어 하는 학생들이 줄을 서 있다는 소문도 심심치 않게 돌았다.

문과생들은 대부분 수리에 취약하다. 그런데 어떻게 그렇게 수학을 잘하는지 궁금해 물었다.

"넌 문과애가 어떻게 그렇게 수학을 잘하니?"

"나도 고등학교 1~2학년 때는 수학 때문에 마음고생 많이 했어. 아무리 열심히 해도 계속 점수가 나오지 않아 애를 먹었어. 어디 네가 이기는지 내가 이기는지 해보자는 마음으로 계속 수학을 팠더니 나중에는 문과에서 제일 잘하게 되더라."

그 친구도 고등학교 1~2학년 때는 수학이 제일 싫었다고 한다. 그런데 다른 과목에서 벌어놓은 점수를 수리영역에서 늘 까먹으니 오기가 생겼나 보다. 그래서 2학년 겨울방학 때 그토록 싫어하는 수학만 계속 보았다고 한다. 2학년 겨울방학 동안에 고등학교 전 과정 수학책만 두 번씩 보았다니 밥 먹고 자는 시간 외에는 수학만 공부한 모양이다. 그렇게 결사항전의 각오로 수학을 공부한 결과 3학년 때는 수학점수가 크게 올랐다. 수능 때도 수리영역 상위 1%에 해당하는 높은 점수를 받았다. 취약과목을 정복해 서울대에도 무난하게 합격할 수 있었음은 두말할 것도 없다.

나도 고등학교 때 수학에 약했다. 게다가 영어도 썩 잘하지 못했다. 그나마 자신 있는 과목은 언어였다. 언어만큼은 전국 최상위권에 들 정도로 잘하는 편이었다. 하지만 수학과 영어가 문제였다. 모의고사를 보면 80점 만점에 60점 이하로 점수가 나왔으니 심각해도 보통 심각한 것이 아니었다. 영어와 수학을 끌어올리지 않으면 언어를 최고 득점해서 전국 0.1% 안에 든다고 해도 원하는 대학은커녕 중상위권 대학도 쳐다보지도 못할 상황이었다.

고등학교 2학년 겨울방학 동안 수학과 영어를 집중적으로 공부했다. 영어는 언어영역과 비슷한 부분이 있어서 그런지 공부하는 양에 비례해 성적이 올랐다. 그런데 수학은 좀처럼 성적이 오르지 않았다. 그때마다 조바심이 났지만 매일 연습장을 반장으로 접어 문제를 계속 풀었다. 그때 연습장을 최소 10권 이상 썼던 것으로 기억한다. 고등학교에 다시 입학한다는 마음으로 수학문제를 풀고 또 풀었다. 추운 겨울, 학교에 가서 오들오들 떨면서 수학문제를 매일 풀었던 기억과 아침마다 터지는 코피를 막으려고 두루마리 휴지를 챙겨 다니던 기억이 선하다.

노력은 배신하지 않는다고 했던가. 나 역시 서울대 국사학과 동기처럼 3학년 때는 수학 때문에 더 이상 고민하지 않을 수 있었다.

인디언들이 기우제를 지내면 꼭 비가 온다고 한다. 인디언들이 무슨 특별한 주술을 부리는 것이 아니라 비가 올 때까지 기우제를 지내기 때문에 그렇다고 한다. 공부도 그렇다. 열 번 찍어 안 넘어가는 나무가 없듯이 공부도 잘할 때까지 포기하지 않고 하면 반드시 만족스러운 결과를 얻을 수 있다.

공부 편식 습관! 공부를 망친다

전 과목을 두루두루 잘해야 한다고 말하면 이렇게 반박하는 사람들이 있다.

"대체 무슨 소릴 하는 거예요? 다 잘할 필요 없어요. 요즘에는 영어만 잘하면 얼마든지 좋은 대학 갈 수 있어요."

전혀 근거 없는 말은 아니다. 요즘 대학들은 대부분 영어 특기자 전형을 두고 있다. 영어 특기자 전형에서 영어가 매우 중요한 요소로 작용하는 것은 사실이다. 영어를 잘하면 확실히 이 전형에서는 경쟁력이 있다.

그렇지만 현실은 그리 희망적이지 않다. 일단 영어 특기자 전형으로 뽑는 인원은 적은데, 영어만 잘하는 학생들은 너무나도 많다. 어렸을 때 외국에서 몇 년 씩 살다 와 거의 원어민 정도로 수준 높은 영어를 구사하는 학생들이 수도 없이 많고, 해외 한 번 나가보지 않은 학생들 중에도 토플, 토익, 텝스와 같은 공인영어인증시험에서 만점에 가까운 점수를 받는 학생들이 무척 많다. 아주 뛰어나게 영어를 잘하지 않는 한, 너 나 할 것 없이 영어를 잘하는 학생들을 젖히고 합격하기란 결코 쉽지 않다.

또한 서울대를 비롯한 최상위권 대학에서는 영어 특기자 전형이라 해도 영어만 보지 않는다. 영어는 그 전형에 응시할 수 있는 최소한의 자격 요건 정도 역할을 할 뿐이고, 실제로는 내신과 다른 학업능력을 고려해 종합적으로 판단하는 경우가 더 많다. 경우에 따라서는 수능 최저점수를 두어 최종합격을 결정하기도 한다.

이런 현실적인 이유 외에도 어떤 특정과목만 편식해서는 안 되는 중요한 이유가 있다. 음식을 골고루 먹지 않고 편식하면 건강을 해치듯 어떤 특정과목만 편식하면 다른 과목을 공부할 수 있는 학습능력이 떨어져 결과적으로 공부를 망치게 된다.

초등학교 때 아버지를 따라 외국에 3년 동안 살다 온 아이가 있었다. 어린 나이에 외국에 가서 그런지 한국에 있을 때는 영어 한 마디 못했는데, 돌아올 때는 유창하게 영어를 구사했다. 말만 잘하는 것이 아니라 외국에 있는 동안 영어인증시험 공부도 열심히 해 토플 120점 만점에 105점이라는 높은 점수를 받았다. 그때가 중학교 3학년 때였다.

영어에 재미를 붙인 그 아이는 영어를 더 공부하고 싶다며 외국어고등학교에 지원했고, 어렵지 않게 합격할 수 있었다. 하지만 합격의 기쁨도 잠시, 고등학교 3년 내내 그 아이는 고통스러운 시간을 보내야 했다. 영어 이외의 과목은 도통 따라가기가 어려웠다. 초등학교 6학년부터 중학교 2학년을 외국에서 보내면서 우리나라 교육과정을 놓쳐서 그런지 수업 내용을 이해하는 것조차 힘겨워 했다. 언어영역의 경우 지문이 좀 길고 복잡하면 지문을 이해하고 문제가 어떤 답을 요구하는 것인지조차 이해하지 못해 애를 먹었다. 사회과목도 너무 복잡하고 어렵게만 느껴졌다.

결국 그 아이는 공부에 자신감을 잃었다. 그나마 위안을 주는 것은 영어였다. 다른 과목들은 바닥을 치는데, 영어만큼은 최상위권에 속하니 영어에만 집착했고, 다른 과목들의 점수는 더 떨어지기만 했다. 그래도 영어만으로 대학을 들어갈 수도 있다는 희망으로 열심히 영어를 공부했다. 다행히 최상위권 대학은 아니지만 인서울 대학에 영어 특기자 전형으로 국제학부에 합격했다.

그런데 대학에만 들어가면 고생 끝, 행복 시작이라 생각했는데 의외의 복병이 기다리고 있었다. 고등학교 때처럼 국제학부에서 공부하는 내용을 소화하기가 어려웠다. 수업이나 교재는 모두 영어로 진행하니 말을 못 알아듣거나 교재를 읽지 못하는 것은 아닌데, 이해하기가 어려웠다. 영어만 공부하면서 전체적인 학습능력을 키우지 못한 대가를 톡톡히 치르고 있었다.

영어뿐만 아니라 우리 주변에는 자칭 언어영역 전문가, 수리영역 전문가, 사탐 · 과탐 전문가라는 학생들이 많다. 사회에서는 어떤 특정 분야 전문가를 선호할지 몰라도 공부에서만큼은, 특히 고등학교까지의 공부에서는 어느 한 과목만 잘하는 학생보다는 두루두루 여러 과목을 잘할 수 있는 학생들을 더 높이 평가한다. 전 과목을 고루 잘하는 학생들의 학습능력이 훨씬 뛰어나기 때문이다.

기본적인 학습능력을 갖춘 학생들은 어떤 공부를 해도 잘할 수 있다. 따라서 특정 과목 전문가가 되기보다 전문가 수준은 아니더라도 전 과목을 두루두루 잘할 수 있는 팔방미인이 되도록 노력해야 한다.

길 잃은 양 한 마리만 보지 마라

성경에는 '곁에 있는 아흔아홉 마리의 양보다 길 잃은 양 한 마리를 찾아 나서야 한다'는 구절이 나온다. 심금을 울리는 말이다. 아흔아홉 마리가 곁에 있으니 양 한 마리쯤 없어도 크게 문제될 것은 없을 듯한데, 고생을 마다하지 않고 길 잃은 양 한 마리를 찾으려는 노고에는 따뜻한 사랑의 마음이 숨어 있다.

이 말은 그대로 공부에 적용해도 무리가 없다. 잘하는 과목이 아무리 많아도 길 잃은 양 한 마리를 찾듯이 싫어하는 과목, 취약한 과목에 더 많은 애정을 갖고 잘할 수 있도록 노력해야 한다. 결과적으로 취약과목을 얼마나 성공적으로 끌어올렸는가에 따라 명문대에 입학할 수 있느냐의 여부가 결정되기 때문이다.

하지만 지나치게 취약과목에만 집중하면 더 큰 문제가 생길 수 있다. 길 잃은 양 한 마리를 찾아 헤매는 동안 아흔아홉 마리의 양이 보살핌을 받지 못해 병들거나 굶어 죽는다면 애써 길 잃은 양 한 마리를 찾았다 한들 아무 소용이 없다. 길 잃은 양 한 마리도 소중하지만 다른 아흔아홉 마리의 양도 소중함을 잊지 않는 것이 공부다.

물동이에 구멍이 이곳저곳 샌다면, 한 군데만 열심히 막는 것은 무의미하다. 댐이 무너지지 않으려면 구멍을 최대한 많이 막아야만 한다.

취약과목과 전 과목의 조화가 중요하다

공부는 반복이다. 아무리 완벽하게 공부를 해두었다고 해도 오랜 기간 다시 들여다보지 않으면 머릿속에서 지워진다. 이미 공부해 둔 내용이라도 자꾸 반복해서 또 보고 공부해야 확실한 내 것으로 만들 수 있다. 취약과목에만 시간을 투자해서는 안 되는 이유가 바로 이 때문이다.

서울대생들의 공부계획을 보면 그들이 취약과목을 보충하는 것 못지않게 전체적인 학습에 신경을 많이 썼다는 것을 알 수 있

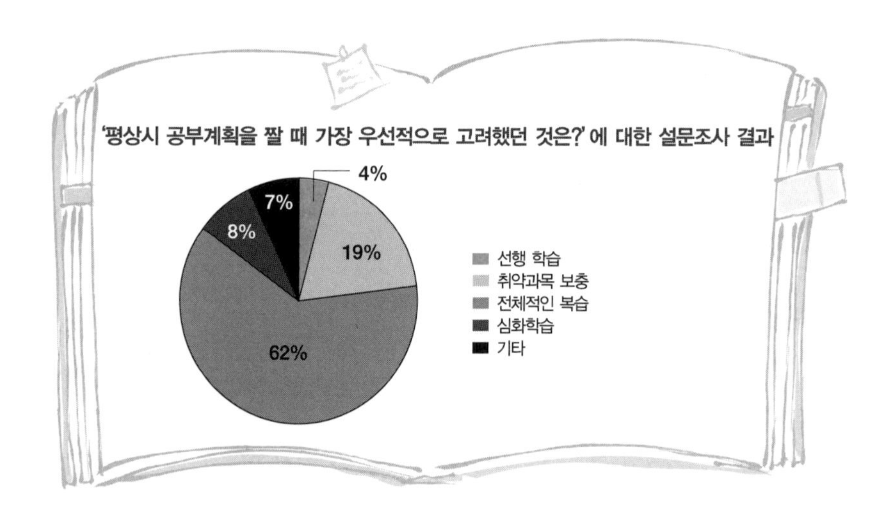

다. '평상시 공부계획을 짤 때 가장 우선적으로 고려했던 것은?' 이라는 질문에 '전체적인 복습' 을 가장 중요시한다는 사람이 전체의 62%에 달했다. 어느 한 과목에 치우치지 않고 모든 과목을 적어도 한 번씩은 공부할 수 있도록, 전체 과목의 균형을 중시하는 사람들이 많았다는 얘기다.

취약과목을 보충하는 데 주력한 서울대생도 적지는 않았다. 그렇지만 이렇게 대답한 학생들도 다른 과목에 비해 상대적으로 시간을 많이 투자했다는 뜻이지, 오직 취약과목만 공부했던 것은 아니다.

주말의 공부계획도 평상시와 크게 다르지 않았다. 주말에도 여전히 전체적인 복습에 중점을 두고 공부한다고 대답한 사람이 압

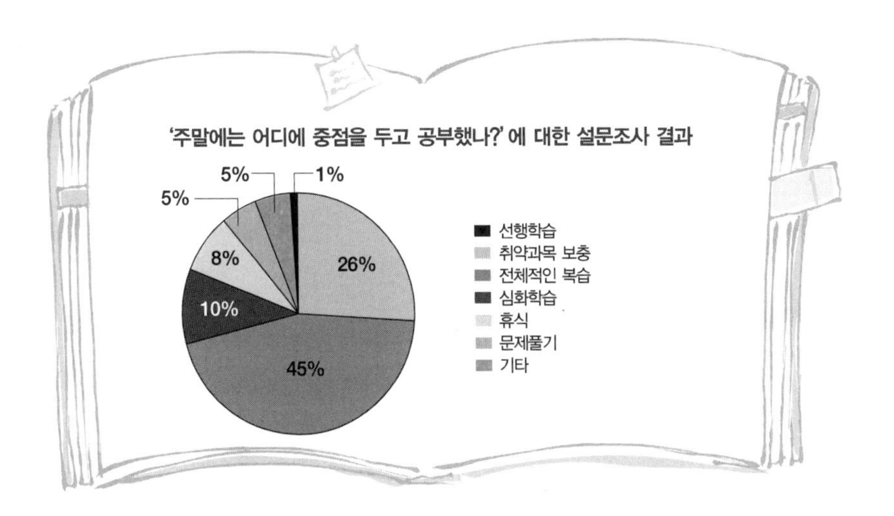

도적으로 많았다. 다만 비율 면에서는 차이를 보였다. 전체적인 복습이 전체의 45%로 제일 많았지만 평소 공부계획보다는 17% 가량 비중이 줄었고, 대신 '취약과목 보충' 의 비중이 26%가량으로 늘었다. 물론 이 역시 주말에는 평일보다 공부할 수 있는 시간이 많아 그만큼 취약과목을 보충할 수 있었다는 것을 의미하는 것이지 취약과목만 공부했다는 것은 아니다.

설문조사 결과에서도 알 수 있듯이 서울대생들은 전 과목의 조화를 염두에 두고 공부계획을 짠다. 서울대생이라고 취약과목이 없을 리 없다. 그럼에도 취약과목에만 올인하지 않고 전 과목을 골고루 복습함으로써 취약과목을 끌어올리면서도 다른 과목이 처지는 불상사를 막았다. 이런 공부전략 덕분에 어느 한 과목도 놓치지 않고 우수한 점수를 받을 수 있었고, 그 결과 서울대에 합격할 수 있었다고 생각한다.

방학은 길 잃은 양을 찾을 절호의 기회다

전 과목에 골고루 관심을 가지는 것은 중요하다. 하지만 취약과목을 끌어올리려면 그만큼 취약과목에 집중해야 하는 것도 사실이다. 잘하는 과목과 똑같은 시간을 투자해서는 좋은 결과를 얻기 어렵다. 취약과목에 좀 더 많은 시간을 할당해 집중할 필요가 있다.

문제는 시간이 제한되어 있다는 것이다. 모든 과목에 골고루 시간을 할애하면서 취약과목을 집중 공부하기에는 시간이 늘 부족하다. 다행히 조금은 여유 있게 취약과목을 보충할 수 있는 때가 있다. 나도 그랬지만 많은 학생에게 방학은 취약과목을 보충할 수 있는 최고의 기회다.

공부는 적은 시간이라도 꾸준히 하는 것이 가장 효과가 좋지만 때로는 집중적으로 시간을 투자해야 효과를 볼 수 있는 경우도 있다. 공부에도 '임계점' 이라는 게 있기 때문이다. 물은 100도가 되기 전에는 끓지 않는다. 100도에 도달해야 비로소 끓기 시작한다. 물이라는 액체가 수증기라는 기체로 변화는 중요한 전환점 역할

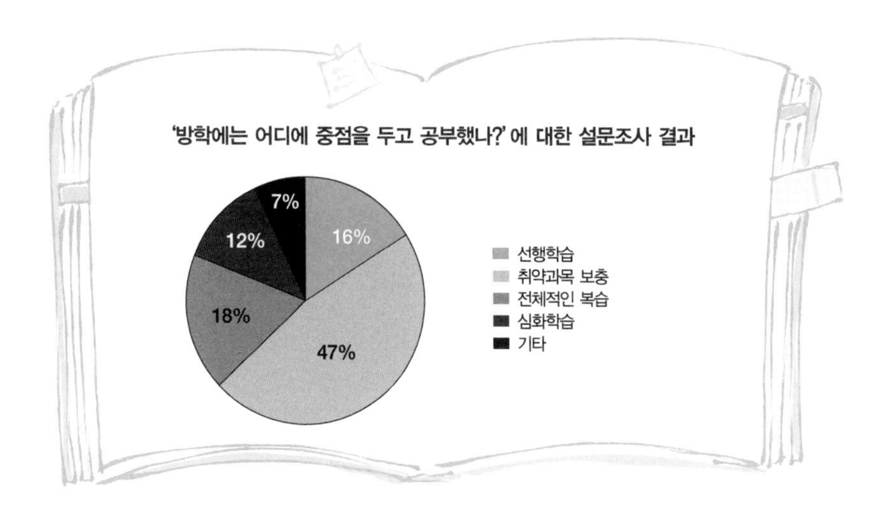

을 하는 100도가 바로 '임계점' 이다.

취약과목을 아무리 열심히 공부해도 성적이 오르지 않는 이유는 임계점을 넘지 못했기 때문이다. 물이 100도가 되려면 일정한 시간을 기다려야 하듯, 공부를 할 때도 어떤 결과를 보기까지는 절대적인 시간이 걸린다. 집중적으로 물고 늘어져 임계점을 넘어야 하는데, 학기 중에는 진득하게 취약과목과 씨름할 수 있는 시간이 절대적으로 부족하다. 그래서 방학이 절호의 기회라는 얘기다.

서울대생들은 방학의 중요성을 누구보다도 잘 알고 있는 듯하다. 평소에는 어느 한 과목에 지나치게 치우침이 없이 골고루 균형을 맞추며 공부하던 학생들이 방학 동안에는 전략을 바꾸어 취약과목에 집중하는 경우가 많았다. 설문조사 결과 방학 때만큼은 취약과목을 보충하는 데 중점을 둔다는 학생이 전체의 47%로 1위를 차지했다.

방학 동안에 임계점을 넘어 취약과목을 전략과목으로 바꾼 예는 너무나도 많다. 평소에 꾸준히 취약과목을 공부해도 성적이 잘 오르지 않았다면 방학 기간 동안 집중적으로 취약과목을 물고 늘어져야 한다.

서울대생이 제안하는 취약과목 정복 방법

서울대생들은 어떤 방법으로 자신의 취약과목을 정복했을까? 설문조사에서 답한 대답은 상당히 다양했다. 그럼에도 몇 가지 공통점은 분명 있었다. 영역과 상관없이 공통적인 내용도 있었고, 언어, 수리, 외국어 각 영역별로 일치하는 내용도 많았다. 비교적 많은 서울대생이 답한 내용들만 소개하면 다음과 같다.

공통

문제를 풀고 또 풀었다

영역과 상관없이 가장 많은 서울대생이 제시한 방법이다. 다양한 유형의 문제를 많이 풀어보는 것은 취약과목을 보충하는 것뿐만 아니라 모든 공부에 큰 도움이 된다. 문제를 풀면서 개념과 이론을 더욱 확실히 숙지할 수 있을 뿐만 아니라 응용력이 커져 개념과 이론이 어떤 형태로 변형돼도 당황하지 않을 수 있다.

언어

책, 잡지, 신문 등 텍스트를 많이 읽었다

언어 영역은 무조건 문제를 많이 푸는 것만으로는 성적이 잘 오르지 않는다. 글을 읽고 이해하는 능력이 바탕이 되어야 한다. 글을 읽고 이해하는 능력을 키우는 데는 텍스트를 많이 접하는 것만큼 좋은 방법이 없다. 그래서인지 많은 책을 읽고 주제를 깊이 있게 생각하면서 언어 영역을 극복했다고 대답한 학생들이 많았다.

우리말 단어장을 만들었다

언어는 어휘력이 딸리면 정복하기 어려운 영역이다. 어휘력을 키우면 글을 이해하기도 쉽고, 어려운 지문이 나와도 당황하지 않을 수 있다. 책을 읽는 것과 함께 우리말 단어장을 만들어 시간 날 때마다 틈틈이 본 것이 도움이 되었다고 한다.

지문을 최대한 많이 분석했다

언어는 밑도 끝도 없는 과목이다. 아무리 책을 많이 읽어도 내용을 전부 기억하기도 어려울뿐더러, 워낙 범위가 광범위해 시험에 나올 만한 지문을 다 읽어본다는 것 자체가 불가능하다. 따라서 어떤 지문이든 여러 번 보면서 분석해볼 필요가 있다. 처음 보는 지문이라도 여러 번 꼼꼼히 보면서 주제를 되짚어보고, 글의 구조를 파악하는 연습이 도움이 된다.

수리

기본 공식과 증명을 확실하게 이해하고 암기했다

원리를 확실히 이해하지 못하는 상태에서는 문제를 아무리 많이 풀어도 실력이 잘 향상되지 않는다. 수리가 취약했다고 대답한 학생들 중에는 기본 공식과 증명의 원리를 이해하고 암기한 학생들이 많았다. 원리와 기본 위주로 공부를 확실히 한 다음 응용문제를 많이 풀어보는 것이 중요하다.

다양한 방법으로 문제를 풀어보았다

수학 문제를 푸는 방법은 하나가 아니다. 같은 문제라도 여러 가지 방법으로 풀어보고, 다른 수학 잘하는 친구들은 어떤 방법으로 문제를 푸는지 확인하는 것도 수학 실력을 향상시키는 좋은 방법이다. 어떤 면에서는 많은 문제를 풀기보다 적은 문제를 여러 번 반복해서 다양한 방법으로 푸는 것이 훨씬 효과가 좋다.

오답노트를 활용했다

다른 과목도 그렇지만 수리의 경우 특히 더 틀린 문제를 또 틀리는 경우가 많다. 오답의 원인을 파악하고 비슷한 유형의 문제를 반복해서 풀면서 오답률을 줄여나가는 것이 중요하다. 단 앞서 이야기한 것처럼, 80% 이상의 정답률일 때만 활용했다.

문제 유형을 외우려고 노력했다

무조건 문제를 풀지 말고 문제의 유형을 익히면서 풀면 큰 도움이 된다. 굳이 어려운 문제를 풀지 않아도 기본서를 중심으로 최대한 반복하면서 문제의 유형을 외워 익숙해지면 어려운 문제도 쉽게 풀 수 있다.

외국어

단어를 많이 외웠다

외국어도 언어다. 언어는 어휘력이 기본이 되어야 한다. 그래서 외국어도 영어 단어를 많이 외워 극복했다고 말하는 학생들이 많았다. 영어 단어를 많이 알면 그만큼 독해도 쉬워진다. 영어 단어를 외울 때는 한

가지 의미만 외우지 말고, 다른 의미와 어떻게 적용이 되는지까지 외우는 게 좋다.

해석 없이 독해 문제를 풀었다

독해가 잘 안 될 때 해답지부터 펼쳐보는 학생들이 있다. 그렇게 해서는 독해실력이 안 는다. 일단은 죽이 되던, 밥이 되던 해석 없이 독해를 하고, 해답지와 비교해보는 것이 좋다. 이런 방법으로 외국어 점수가 올랐다는 서울대생이 많다.

LC 음원 속도를 빠르게 해 들었다

듣기는 달리 방법이 없다. 무조건 많이 들어야 귀가 뚫린다. 이왕 듣기 연습을 하려면 음원 속도를 빠르게 해서 듣는 것도 좋다. 그렇게 하면 아무래도 좀 더 집중하게 되고, 빨리 듣는 연습을 하다 보면 정상적인 속도일 때는 더 쉽게, 잘 들린다.

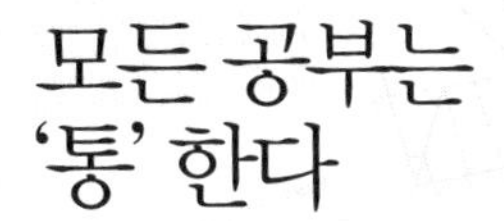

모든 공부는 '통' 한다

어려운 미분 적분과 씨름하다 보면 문득 이런 생각이 들 때가 있을 것이다.

"대체 내가 왜 이걸 공부하고 있지? 수학을 전공할 것도 아닌데, 이걸 도대체 어디에 써 먹겠다고 이 고생을 해야 하는 거야? 시험에 나온다니 어쩔 수 없이 하긴 하지만 정말 싫증 나."

나도 한때 비슷한 생각을 한 적이 있다. 공부란 써먹기 위해서 하는 것 아닌가! 배워서 아무데도 써먹을 수가 없다면 굳이 할 필요가 없지 않을까? 이런 생각을 하면서 공부하는 내용 중 상당 부분이 살아가는 데 필요한 것이 아니라 단지 시험을 보기 위한 것일 뿐이라고 단정 짓기도 했다.

그렇다면 초등학교 때부터 고등학교 때까지 공부하는 내용 중 우리가 살아가는 데 도움이 되는 내용은 얼마나 될까? 거의 대부분 시험을 위한 공부인 것일까? 그렇지 않다. 당장은 느끼지 못하겠지만 우리가 하는 공부는 모두 살아가는 데 큰 힘이 된다.

쓸데없는 공부는 없다

왜 수학을 공부해야 할까? 덧셈, 뺄셈, 곱셈, 나눗셈 정도만 알아도 세상사는 데 큰 불편이 없는데 그렇게 많은 시간을 들여 어려운 수학을 공부해야 하는지 선뜻 이해가 가지 않는다. 그래도 전 세계를 막론하고 모두 수학교육을 중시하는 이유가 있기는 있을 것 같은데, 대학에 들어오기까지는 나 스스로도 명쾌한 해답을 찾지 못했다.

궁금증은 수학을 잘하는 대학동기를 통해 풀 수 있었다. 앞서 소개했던 문과생이면서도 수학을 잘해 수학과외선생으로 명성을 떨치던 동기에게 나는 물었다.

"야, 애들이 수학 배워서 뭐하겠냐?"

친구는 마치 기다렸다는 듯이 대답했다.

"수학은 스스로 문제를 해결하는 연습을 하는 데는 아주 탁월한 학문이야. 그리고 논리적으로 생각하는 연습을 하는 데도 좋고 말이야. 사회생활에서는 언어를 많이 쓰겠지만, 언어와 수학은 아주 밀접해!"

나는 그때 그 친구에게 수학 과외를 배우고 싶은 충동마저 들었다. 동기의 말은 충분히 설득력이 있었다. 미분, 적분을 푸는 것이 목적이 아니라 수학을 공부하는 궁극적인 목적은 그 동기의 말대로 문제를 해결하는 능력을 키우는 데 있다는 생각이 들었다. 문제를 해결하는 능력은 살아가는 데 꼭 필요한 중요한 능력이다. 결국 삶이란 문제가 생겼을 때 슬기롭게 해결해나가는 과정의 연속 아니던가! 사회적으로 크게 성공한 사람들 대부분이 남들보다 문제 해결 능력이 탁월했음은 결코 우연이 아닐 것이다. 여담이지만 그 친구는 경제학과로 전공을 바꾸었고 수학을 바탕으로 한 미·거시 경제학에도 뛰어난 실력을 보여주었다.

수학을 예로 들었지만 다른 과목들도 다 삶을 살아가는 데 큰 도움을 준다. 언어와 외국어는 워낙 생활과도 밀접하게 연결이 되어 있어 수학에 비해서는 왜 공부해야 하느냐는 의문을 덜 품는다. 시험에서도 수학과 더불어 주요 3대 과목에 꼽히므로 대부분 열심히 공부하려 든다.

사회 탐구와 과학 탐구 영역은 사정이 좀 다르다. 우리나라에서 과목의 중요도는 수능과 같은 중요한 시험에서 얼마만큼의 비중을 차지하는가에 따라 좌우되는 경향이 있다. 사탐과 과탐이 실제

삶에 얼마나 도움이 되는지는 별 관심이 없다. 시험 과목에 들어가기는 하니 공부를 하긴 하지만 언, 수, 외에 비해 비중이 적으니 과목의 중요도도 상대적으로 낮게 생각한다. 시험에 포함되지 않는 기술 · 가정, 음악, 미술, 체육 등은 더 말할 것도 없다.

하지만 알고 보면 시험에서 차지하는 비중이 낮거나 포함되지 않는다고 천시하는 과목들이 살아가는 데 더 직접적인 큰 도움을 주는 경우가 많다. 사회 과목은 우리가 몸담고 있는 사회를 이해하고 때로는 어떻게 살아야 할 것인지 방향까지 제시해주는 소중한 과목이다. 과학은 또 어떤가! 우리가 느끼지 못할 뿐, 우리 주변에서 일어나는 많은 일과 현상들이 과학의 원리와 연결되어 있다. 또한 기술 · 가정이야말로 실생활에 필요한 지식과 정보를 전달하는 실용적인 과목이다.

음악과 미술 과목은 더 중요한 역할을 한다. 지식이 삶을 살아가는 데 필요한 지혜를 주는 것이라면 음악과 미술을 통해 얻는 감성은 삶을 살아가는 데 큰 위안과 행복을 준다. 한마디로 감성을 채워주는 과목이다. 감성이 없는 사회가 얼마나 메마르고 척박할지는 굳이 말하지 않아도 짐작할 수 있다. 앞으로의 사회는 지금보다 더 감성이 중요해질 것이므로 음악과 미술의 역할은 더 커질 것이 분명하다.

고등학교 때까지의 공부는 시민으로서의 기본적인 소양을 쌓는 과정이라 할 수 있다. 대학에 들어가서 어떤 전문적인 공부를 하더라도 꼭 필요한 기초적인 공부들이므로 과목별 중요도를 따지지 말고, 좋아하는 과목과 싫어하는 과목을 구분하지도 말고 최대한 열심히 하기를 바란다.

공부는 통합될수록 강해진다

모든 공부는 다 삶을 살아가는 데 도움이 된다. 뿐만 아니라 모든 공부는 결국 각자 따로 노는 것이 아니라 서로 '통'한다. 이것이야말로 우리가 고등학교 때 전 과목을 고루 공부해야 하는 진짜 이유이기도 하다.

서로 다른 영역의 공부가 어떻게 '통'하는지는 대학 공부만 봐도 쉽게 알 수 있다. 심리 치료사를 꿈꾸는 학생이 있었다. 열심히 공부해 원하는 심리학과에 합격했다. 그런데 본격적으로 심리학 공부를 시작한 그 학생은 얼마 안 가 충격을 받은 듯 넋두리를 늘어놓았다.

"심리학과에서 수학을 공부하는지는 정말 몰랐어요. 원래부터 수학에 젬병이었는데 통계, 확률을 공부하려니 미칠 것 같아요. 이럴 줄 알았으면 고등학교 때 수학공부 좀 더 열심히 할 걸 그랬어요."

그 학생 입장에서는 전혀 상관이 없을 것 같은 수학이 심리학과 연결이 되니 당황스럽겠지만 다른 전공 분야도 사정은 비슷하다. 대부분 전공 분야 이외의 학문들이 직·간접적으로 연결되어 있는 경우가 많다.

학문 자체가 다른 분야 학문과 통하는 부분이 많기도 하지만, 현대 사회에서는 전공 분야 하나만으로는 경쟁력을 갖추기는 어렵다. 요즘은 통합의 시대다. 이제 하나만 꿰고 있는 전문가는 넘쳐난다. 비슷비슷한 전문가 중에서 두각을 나타내려면 주 무기인 전공 분야 외에도 다른 분야를 통합할 줄 알아야 한다.

예를 들어보자. 산업 디자이너의 경우 디자인이 주 전공 분야이긴 하지만 디자인을 잘하는 것만으로는 최고가 되기 어렵다. 디자인 대상인 산업 분야에 대한 이해가 필요하다. 휴대전화를 디자인한다면 휴대전화의 주요 기능을 이해하고, 소비자들이 무엇을 원하는지 심리를 파악할 수 있어야 최고의 디자인을 만들 수 있다. 디자인, IT 기술, 소비자 심리를 통합할 수 있어야 경쟁력을 갖출 수 있다는 얘기다.

의사도 병만 잘 이해하고 있다고 명의가 될 수 있는 것은 아니다. 육체적인 질병만 보고 그 질병에 대한 처방만 하는 의사는 반쪽짜리 의사나 마찬가지다. 환자들의 심리를 잘 이해하고 환자들의 아픈 마음까지 달래줄 수 있는 의사가 진짜 명의다. 그러려면 의사들도 의학 외에 심리학, 커뮤니케이션 등을 공부해 결합시키려는 노력을 해야 한다.

이처럼 통합의 가능성은 무한대다. 때로는 전혀 상관이 없을 것 같은, 전혀 어울리지 않을 것 같은 분야가 통합해 뜻밖의 멋진 결과를 만들어내는 경우도 많다. 나도 처음부터 의도했던 것은 아니지만 서로 다른 분야를 통합해 얼마나 시너지 효과를 낼 수 있는지 직접 경험했다.

나는 국사학을 공부하면서 사법고시를 보았다. 사법고시를 준비하면서 학과 공부를 중도 포기할 생각도 했다. 국사학과 사법고시는 태생부터가 다른 학문이어서 두 가지 공부를 다 하기란 불가능해 보였기 때문이다. 사법고시 준비에만 전념해도 합격하리란 보장이 없는데, 전공 공부를 계속 하면서 사법고시에 합격한다는 건 더더욱 말이 안 된다고 생각했다.

그러나 인문학을 포기하기에는 인문학이 주는 재미가 너무나 컸다. 인문학을 통해 얻을 수 있는 지혜는 쉽게 버릴 수 있는 것이 아니었다. 결국 두 마리 토끼를 다 잡는 모험을 택했고, 운 좋게 사법고시에 합격할 수 있었다.

법조계에서 활동하면서 인문학을 공부한 것이 많은 도움이 된다는 것을 자주 실감하곤 한다. 인문학은 한두 문장으로 쉽게 정의할 수 없는, 우주와 같이 넓고 깊은 학문이다. 음악, 미술, 문학, 역사, 철학을 모두 아우르고 더 인간적이고 가치 있는 삶이 무엇일까를 공부하는 분야다. 법도 결국은 사람이 사람답게 살 수 있도록 도와주는 학문이다. 그러니 인문학의 바탕이 법을 활용하고 집행하는 데 도움이 되는 것은 당연하다.

모든 공부는 통한다. 당장은 지금 하고 있는 공부가 언제, 어떤 분야와, 어떻게 통합될 수 있을지 알 수 없어도 분명 다 통하게 되어 있다. 그렇게 여러 분야가 유기적으로 통합될 때 공부의 가치가 더욱 빛난다는 사실을 꼭 기억하길 바란다.

명문大식 공부혁명

공부불패

지은이 | 유재원
펴낸이 | 김경태
펴낸곳 | 한국경제신문 한경BP

제1판 1쇄 발행 | 2012년 3월 25일
제1판 2쇄 발행 | 2012년 6월 25일

주소 | 서울특별시 중구 중림동 441
기획출판팀 | 02-3604-553~6
영업마케팅팀 | 02-3604-595, 583 FAX | 02-3604-599
홈페이지 | http://www.hankyungbp.com
전자우편 | bp@hankyungbp.com
T | @hankbp F | www.facebook.com/hankyungbp
등록 | 제 2-315(1967. 5. 15)

ISBN 978-89-475-2845-0 03810
값 13,000원